TITUS
VERLAG

Das Buch

Auf Blasius kommt überraschend ein Abenteuer zu. Er hätte es nicht annehmen müssen, aber bewusst trifft er die Entscheidung. Für Blasius ist es wohl seine letzte Chance, aus seinem kleinbürgerlichen Leben auszubrechen. Pit, der ihm unfreiwillig die Möglichkeit verschafft, muss einen wichtigen Deal mit dem Albino abschließen, um auch seinerseits einen neuen Lebensabschnitt beginnen zu können. Zusammen bewegen sie sich auf einem schmalen Grat zwischen gefährlicher Kriminalität und erfülltem Lebenstraum.

»Milchshake für Blasius« ist ein Roman, der eine Verbindung zwischen dem durchschnittlichen Dorfleben und dem scheinbar aufregenden Milieu schafft. Blasius schwankt zwischen diesen Welten und muss es schaffen, aus dem einen auszubrechen, ohne von dem anderen eingenommen zu werden. Pit geht es ähnlich, jedoch will er nicht nur sich aus dem Milieu retten …

Der Autor

Sascha Ehlert, geboren in Wiesbaden 1974, pflegte selbst von Kindesbeinen an eine enge Beziehung zur Region, in der dieser Roman spielt. Aufgewachsen im Taunus kennt er die Sehnsucht nach der großen Stadt. Erst zu Zeiten des eigenen Studiums konnte er diesem Drang nachgeben und lebte in Frankfurt und Amsterdam. Den Willen auszubrechen konnte er auf seine Figuren in der Geschichte übertragen und schuf so einen Roman, der den Unterschied zwischen der dörflichen Ruhe und dem gefährlichen Großstadt-Milieu aufzeigt.

Weitere Informationen im Internet unter **www.titus-verlag.de** oder auf der Webseite des Autors **www.saschaehlert.de**

Milchshake für Blasius

von

Sascha Ehlert

TITUS
VERLAG

Titelfoto: Monja Niebergall
Gestaltung Cover: Maziar Rastegar
Druck und Bindung:
AALEXX Buchproduktion, Großburgwedel

Gedruckt in Deutschland

1. Auflage 2010

Bibliografische Information der Deutschen Bibliothek
Die Deutsche Bibliothek verzeichnet diese Publikation in der Deutschen Nationalbibliografie; detaillierte bibliografische Daten sind im Internet über http://dnb.ddb.de abrufbar.

ISBN 978-3-942277-01-3

Prolog

MIT BETONT GELASSENER STIMME sprach Barkley zu Pencil, seiner angehenden Nummer Eins. Er tippte dabei, hinter seinem großen Schreibtisch sitzend, mit den Fingerspitzen auf die Tischplatte: »Der Schöne Marcello, how fast kann er hier sein?«

In dem prunkvollen Büroraum, der fast schon etwas von einem Festsaal hatte, herrschte völlige Stille.

»Innerhalb der nächsten 48 Stunden, Barkley.« Pencil musste nicht lange nachdenken, denn er kannte die Vereinbarung zwischen seinem Boss und dessen gefährlichsten und mit Abstand skrupellosesten Mitarbeiter. Nach dem Schönen Marcello wurde nur gerufen, wenn jene Drecksarbeit anstand, für die andere nicht geeignet waren und bei der sonstige Gefolgsleute von Barkley Bedenken hatten.

»Soll er Pit beseitigen?«, fragte Pencil.

Barkley dachte nach, und Pencil versuchte, seine Gedanken zu erahnen.

»Hm«, sagte der Boss dann, »possible isses.«

An die eigenartige Ausdrucksweise von Barkley hatte sich Pencil längst gewöhnt. Nicht einmal zu einem geringen Lächeln hätte sich die rechte Hand des großen Bosses diesbezüglich jemals hinreißen lassen - das könnte zweifellos tödlich enden.

»Glaubst du, Pit wird den Deal einhalten?«, wollte Pencil von seinem Chef wissen, mit dem er von Anfang an per Du gewesen war. In diesem Milieu siezte sich kaum jemand.

Barkley grinste überlegen. »He should know, er würds net übberlebbe!«

»Was ist, wenn er abhaut?«

Der Boss erhob sich von seinem Stuhl und schritt an seinen Bodyguards vorbei. Die vier Männer gaben schon seit einiger Zeit keinen Laut von sich. Barkley schwieg zunächst, und niemand sonst wagte es, das Wort zu ergreifen.

Dann hörte Pencil, wie sein Boss sprach: »Tell me, Pencil, is die Erd e Scheib oder a big ball?«

»Die Erde ist eine Kugel«, antwortete Pencil pflichtbewusst.

»Aha«, entgegnete sogleich Barkley, »egal, who tries vor mir zu flüchten, will run in my arms, wie in Big Mamas Schoß. Nobody kann mer entkomme«, und der Boss fügte hinzu: »And by the way habb ich noch den Schönen Marcello! He will find everyone!«

Barkley lachte auf, und jeder andere Mann in diesem Raum tat es ihm gleich. Es gehörte sich so. Wenn der Boss lachte, hatten alle anderen wenigstens zu kichern. Auch Pencil sah sich dazu gezwungen. Erst nach einigen Sekunden verstummte das Gelächter der Männer.

Dann bemerkte Pencil: »Was, wenn Pit die Vereinbarung einhält?«

»What?« Für Barkley lag die Antwort klar auf der Hand: »Dann bekommt er, was em zustehe tut.«

Auch wenn der große Boss ein Mann sein konnte, der ohne zu zögern über Leichen ging, seine Vereinbarungen mit seinen Geschäftspartnern hielt er ein - wenn man ihn nicht anderweitig hintergehen wollte.

Darauf wollte Pencil jedoch nicht hinaus. »Was ist dann mit Marcello?«

»Der *Schöne* Marcello«, berichtigte Barkley leicht belustigt und machte Pencil damit auf seinen Fehler aufmerksam. »He calls himself: der *Schöne* Marcello. Wenn er das hört, könnte er dir sehr wehtun. A lot of pain for nothing.«

»Was ist also mit dem Schönen Marcello?«, wiederholte Pencil. »Wen soll er dann erledigen?«

Pencil und sein Boss wussten, dass der Killer nicht gerne umsonst den weiten Weg antreten würde. Selbst wenn die Bezahlung stimmte, dieser Kerl beförderte mit größter Leidenschaft einen nach dem anderen ins Jenseits. Verwehrte man ihm dieses Vergnügen, konnte er reagieren wie ein Kind, dem man sein Spielzeug weggenommen hatte.

»Anyone!«, sagte Barkley. »Wird sich schon aaner finne, der mer uff die Nerve geht. Believe me!«

Diese Ansage war deutlich: Irgendeinen würde es in den nächsten 48 Stunden treffen, und nur Pencils Boss würde entscheiden wen.

»And now, Pencil, take care, dass emool wieder Frischfleisch ins Haus kimmt! Wir sin ja hier net just for fun.« Im Milieu des Rotlichts war es eben üblich, dass dann und wann neue Mädchen das Geschäft belebten. »Wenn du eine hast, dann schick mer des Bunny in mei Apartment. But lass mer vorher en Milchshake bringe«, gab Barkley das Kommando und war im Begriff, den Raum in Begleitung zweier Bodyguards zu verlassen.

Kurz bevor der Boss durch die Tür ging, fragte Pencil: »Mit Schuss?«

»Natürlich, what else?«

Abenteuer Dorf

OB ICH AUF DIESE GESCHICHTE stolz sein kann, weiß ich nicht. Wenn ich sie heute erzähle, dann bin ich mir nicht sicher, ob ich Blasius' Leben verändert habe oder er meines. Vielleicht hat sich ja nichts geändert, und wir haben es nur so wahrgenommen. Ändern sich Leben überhaupt, oder nehmen sie einfach ihren Lauf? Wie könnte ich, gerade ich, behaupten, dass ich einen Menschen wie Blasius dazu brachte, sein Leben anders zu führen? Kann ich gar nicht. Jeder ist für sich selbst verantwortlich. Wie auch immer, unsere Laufbahnen kreuzten sich und schlugen immense Haken, damit konnte keiner von uns rechnen. Aber wer rechnet schon mit Überraschungen? Wären sie denn sonst noch sogenannte Überraschungen? Wohl kaum ...

»Blasius, kommst du runter, bitte?«, rief seine Mutter fast ein bisschen böse, denn das Essen stand dampfend auf dem Küchentisch, und Mama Blasi, wie sie von allen Bekannten von Blasius genannt wurde, hasste es, wenn ihr Sohn sich Zeit ließ, zum Mittagessen zu erscheinen.

›Warum muss mich diese Frau nur behandeln wie im Kindergarten?‹, dachte er, nahm ihre Art jedoch stillschweigend hin.

Der Sohn wusste, dass sie sich wie immer sehr viel Mühe gegeben hatte. Das Mahl wurde von der Vorspeise bis zum Dessert von ihr in geradezu lächerlicher Kleinarbeit selbst zubereitet. Zuweilen konnte Blasius die übertriebene Ordnung ›mächtig auf den Zipfel gehen‹, wie er insgeheim dachte. Es musste alles seinen geregelten Lauf haben. So war es gang und gäbe im

Hause Mannhaupt. Daran durfte nicht gerüttelt werden. Niemals! Auf gar keinen Fall!

›Immerhin habe ich es auf den Punkt genau zubereitet. Es ist auf die Sekunde zwölf Uhr!‹, imitierte Blasius sie in Gedanken. ›Es hat doch später nicht mehr die richtige Temperatur. Kalt schmeckt die Soße nicht mehr!‹

Genauso reagierte sie häufig, wenn in ihren Augen schon mal etwas aus dem Ruder lief und ihre Arbeit nicht entsprechend gewürdigt wurde.

»Blasius! Los, komm! Das Essen wartet!«, rief sie ungeduldig.

»Ja, Mama!« Blasius schlurfte mit seinen stattlichen 1,85 Meter über den edlen Parkettboden aus seinem Dachgeschoss. Diese Treppen hinunter zur Küche kamen ihm so unendlich öde vor. Schon einige tausend Male hatte er diesen Weg genommen. Er antwortete gelangweilt: »Ja, ja, ich eile wie der Wind!«

Seine braunen Haare gab er ziemlich zerzaust preis, und er ahnte, dass seine Mutter stark bezweifelte, ob seine Zähne wirklich geputzt waren.

»Ich habe mit meinen 51 Lebensjahren schon viel erlebt, gerade mit euch drei Jungs«, meckerte sie auch über Blasius' Brüder, »aber sich so gehen zu lassen wie du, hat sich bisher noch keiner erlaubt.«

Der 25-Jährige hasste es, seine Mutter so reden zu hören.

»Wie oft habe ich dir schon gesagt, dass du die Füße beim Gehen heben sollst, Junge? Das kann man ja kaum mit ansehen, wie du dich verhältst.«

Die Predigten seiner Mutter konnte Blasius kaum ernst nehmen. Sie in ihrer Küchenschürze war keine Respektsperson – im Gegensatz zu seinem Vater, wenn dieser denn überhaupt mal daheim war.

»Ich habe Urlaub, Mutter, da bin ich eben noch etwas müde!«, erklärte sich Blasius, der immer noch seinen Schlafanzug trug.

Er sah an sich herunter, und ihm wurde bewusst, was für ein albernes Bild er in dem leicht violetten Frottee-Anzug abgeben musste.

›Kein Wunder, dass sie mit mir umgeht wie mit einem inkontinenten Kleinkind‹, dachte er.

Wie kann eine Mutter ihren Sohn als erwachsenen Menschen ansehen, wenn dieser den ganzen Tag über einen beschissenen Schlafanzug trägt und auch noch so zum Essen kommt? Blasius machte sich doch dabei selbst zum Hanswurst. Meine Mutter für ihren Teil hatte ziemlich schnell mitbekommen, dass ich einen prächtigen Schwanz in der Hose habe, der auch voll funktionstüchtig ist – bedeutet, dass ich immer mein eigener Herr war. Erst recht bewusst wurde es ihr, als ihre beste Freundin ihren Mann für mich verließ - dabei war ich erst sechzehn ...

»Wenn du Urlaub hast, bist du unausstehlich!«, tadelte Blasius' Mutter.

Sie nahm mit ihrem Sohn auf der unbequemen Eckbank in der Küche Platz. Schweigend verzehrten beide den schmackhaften Rinderbraten mit Rotkraut und Klößen, serviert mit einer herrlichen Bratensoße – die Bratensoße war Mama Blasis Spezialität, darauf war sie stolz.

»Wenn die Soße nicht gelingt, dann ist der ganze Braten nichts wert«, hatten Blasius und die ganze Familie schon unzählige Male zu hören bekommen.

Der Vater der Familie nahm am Mittagstisch nicht teil, da er an seinem Arbeitsplatz saß.

›Nichts Neues im Staate Dänemark‹, dachte Blasius, dem die Abwandlung der Phrase klar war, und verkniff sich jeglichen Kommentar.

›Günther, ich glaube, du hättest deinen Chef heiraten sollen‹, klang es Blasius Mannhaupt in den Ohren.

Diesen Satz hörte er schon hunderte Male von seiner Mutter an das Familienoberhaupt gerichtet. Nun, im Hinblick auf seine letztlich herannahende Pensionierung, gab sie es schließlich immer mehr auf.

Die letzten Tage kurz vor der wohlverdienten Rente wollte der Vater noch gut und sauber über die Bühne kriegen.

›Eigentlich hat er nur noch eine Woche zu arbeiten‹, dachte der Sohn innerlich kopfschüttelnd, ›aber wenn er seinem Nachfolger den Schreibtisch übergeben muss, dann soll schon alles tipptopp und picobello sein. Fürchterlich kleinlich!‹

Vater Mannhaupt wollte keiner üblen Nachrede ausgesetzt sein. So viele Jahre der Arbeit, der guten, gewissenhaften Arbeit. Diese sollte nicht durch den schlechten Eindruck eines Jungspundes verdorben werden. Das wollte sich Dr. Günther Mannhaupt nicht nachsagen lassen - keinesfalls. Blasius allerdings verabscheute diese kleinbürgerliche Einstellung.

Ja, der Vater war ein Doktor. Kein Arzt, oder so was. Er machte irgendwas mit Chemie, glaube ich. Genau begriffen habe ich das nicht. Ich habe ja auch nie studiert. Allerdings glaube ich, dass auch sonst kaum einer in dieser Familie wusste, was er tatsächlich arbeitete. Die Kommunikation stockte doch sehr, und das schon seit Anbeginn der Familiengründung. Der Vater stellte ohne Zweifel den Häuptling in der Sippe dar und ließ niemanden so richtig in seine Karten sehen. Hugh, sein Wort galt. Dies erhob ihn zu einem unnahbaren Mysterium ...

Blasius trottete nach seiner Mahlzeit wortlos zurück in seine eigene Etage im elterlichen Haus. Gerade erst letztes Jahr hatte er mit Hilfe seiner beiden Brüder das Dachgeschoss ausgebaut und besaß seitdem sein eigenes großes Reich. Zuvor gab es nur sein altes Kinderzimmer.

›Ein Kinderzimmer noch mit 24‹, daran wollte Blasius heute gar nicht mehr denken.

Urban, sein sechs Jahre älterer Bruder, besorgte ihm über dessen Firma wichtiges Baumaterial bedeutend günstiger, und Servatius, sein genau elf Monate jüngerer Bruder, konnte ihm mit seinem handwerklichen Geschick zur Seite stehen. Blasius selbst hatte zwei linke Hände und war auf der Baustelle, außer zum Mittagessen holen, nahezu unbrauchbar.

Blasius war ein Unfall seiner Eltern. Niemals gehörte er wirklich zur Familienplanung der beiden. Er ist sozusagen ›passiert‹. Die Mannhaupts wollten keine zwei Kinder. Entweder nur eines, dem sie ihre vollkommene Aufmerksamkeit schenken konnten, oder dann gleich drei, die die Gunst der kleinen Großfamilie genießen sollten. Blasius' Geburt wurde zunächst zu einem Ärgernis für seinen Vater, da seine Mutter schlampig mit ihrem Diaphragma umging. Sie hatte das Pessar nicht vollständig dicht auf ihren Muttermund aufgesetzt. So wurde sie mit Blasius schwanger. Wie kann man nur so ungeschickt sein? Ich sage: Es war Absicht. Die Frau konnte sich eben nur auf dieses Weise gegen die Übermacht ihres Mannes durchsetzen. Was sollte schon passieren? Dr. Mannhaupt verdiente immerhin eine Menge Asche. Während sich Blasius noch im Leib seiner Mutter entwickelte, beschlossen seine Eltern nachzulegen. So zielte Blasius' Vater, schoss diesmal bewusst ohne Verhütung scharf und traf schnell ein drittes Mal voll ins Schwarze. Saß, passte, wackelte und hatte Luft! Servatius war unterwegs. Andere Paare brauchten Monate und Jahre dazu. Papa Blasi stellte sich als Naturtalent heraus, was sein Selbstbewusstsein ins Unermessliche wachsen ließ. Ein richtiger Hengst! Der dritte Sohn sollte seinem mittleren Bruder bald folgen und die Familienplanung vollenden, die Blasius ungewollt ins Wanken gebracht hatte. Der zweite Sohn war nicht mehr und nicht weniger als lediglich der Mittelstrahl seines alten Herrn ...

»Dies ist deine letzte Chance. Danach gibt es kein Zurück. Schluckst du die blaue Kapsel, ist alles aus. Du wachst in deinem Bett auf und glaubst an das, was du glauben willst. Schluckst du die rote Kapsel, bleibst du im Wunderland, und ich führe dich in die tiefsten Tiefen des Kaninchenbaus«, sagte Morpheus, eine Figur aus dem Film, den Blasius kurz vor dem Mittagsessen in seinen DVD-Player gelegt hatte.

›The Matrix‹ war einer der Lieblingsfilme von Blasius, und er kannte fast jede Passage auswendig. Er stellte sich oft vor, wie es wohl sein musste, ähnlich der Hauptfigur ›Neo‹, in eine andere Welt einzudringen. ›Neo‹ war der richtige Mann am richtigen Ort. Dieses Glück blieb Blasius immer verwehrt.

›Ich hätte die rote Pille genommen!‹, dachte Blasius. ›Was soll's? Das alte Leben kennt man doch in- und auswendig.‹

Insgeheim träumte Blasius von etwas Neuem. Einfach mal etwas anderes erleben, um dem Alltagstrott für einen Moment zu entfliehen.

›Bloß raus hier‹, dachte er. ›Raus! Bloß raus!‹

Bevor ich Blasius kennenlernte, war er nichts weiter als ein durchschnittlicher Kleinbürger. Ein Niemand, vollkommen unauffällig, nichts sagend, ein angehender Loser. Ein sogenanntes Sandwichkind, mittlerer von drei Brüdern, jahrelanger Bettnässer, weil er in seiner familiären Rolle keinen festen Stand hatte. Weder wurde er als Nesthäkchen bemuttert noch konnte er sich jemals gegen seinen älteren Bruder durchsetzen. So etwas kratzt mächtig am Selbstbewusstsein eines jungen Mannes.

Dazu kam dieses Leben in einem Dorf. Wirklich große Auswahl hatte da ein junger Mann nicht gerade, was die Frauen betraf. Blasius ging schon seit acht Jahren mit Dörte, seiner Jugendliebe. Ich hätte sie schon wegen ihres Namens nicht genommen. Aber ich heiß ja zum Glück auch nicht Blasius. Wer rechnen kann, weiß: Er kannte sie seit seinem 17. Lebensjahr. Sie selbst hatte damals sogar nur das zarte Alter von süßen vierzehn. Wem das gefällt - okay! Für mich wäre das nix. Wie soll ich eine Frau lieben und begehren, die ich kannte, bevor sie Brüste besaß? Das geht doch nicht! Blasius jedoch blieb mit dem ersten weiblichen Wesen zusammen, dessen Muschi er berühren durfte, seine Mutter natürlich ausgenommen - und dabei sah sie noch nicht einmal besonders gut aus; ich meine Dörte – obwohl: die Mutter von Blasius konnte man in heutigem Zustand auch nicht gerade als hübsch bezeichnen. Das hab ich aber nie laut gesagt ...

Blasius hörte das Läuten an der Tür und wusste genau, was nun passieren würde.

›Meine Mutter rennt zur Tür. Wie ein Kind, das auf den Weihnachtsmann wartet‹, dachte er und hatte damit offenkundig recht.

›Die Küchenschürze, die sie permanent umgebunden hat, verhindert allerdings schnellere Schritte.‹ Auch da lag er nicht ganz falsch.

Kaum jemand hatte Mama Blasi jemals ohne Küchenschürze gesehen, es sei denn an Hochzeitsfeiern oder Beerdigungen, obwohl sie dabei auch immer zu späterer Stunde in der Küche half - mit Schürze selbstverständlich. Diese Textilie war in Bezug auf ihre Person regelrecht allgegenwärtig. Spötter, die sie nicht Mama Blasi oder bei ihrem bürgerlichen Namen nannten, sagten zu ihr: die Frau mit der Schürze.

›Nun grinst sie breit‹, fuhr es dem Sohn durch den Kopf, ›reißt sie in die Arme und sagt gleich: Hallo mein Kind!‹

»Hallo mein Kind!«, rief die Mutter laut, sodass es auch Blasius oben in seinem Zimmer hören konnte. »Schön, dass du da bist. Blasius ist oben und wartet schon auf dich.«

›Lass doch das Mädel in Ruhe‹, dachte der Freund von Dörte. ›Immer diese Körpernähe, ständig diese Küsschen. Das hält doch kein Mensch aus!‹

Mama Blasi sah Dörte schon seit Anbeginn als ein vollwertiges Familienmitglied an. Dieses Mädchen und nun junge Frau gewährleistete, dass ihr Sohn Blasius auf dem rechten Pfad der Tugend blieb. Dörte war das Mittel, womit Blasius zu einem richtigen Mann werden sollte - wie sein ältester Bruder und vor allem sein Vater. Aus diesem Grunde schätzte sich die stets besorgte Mutter froh und glücklich, Dörte bei ihrem zweiten Sohn zu haben. Blasius nervte es schon fast, dass Dörte so beliebt war.

Er fläzte sich faul und bequemlich auf der Couch, als Dörte bei ihm erschien. Die Fernbedienungen des TV-Gerätes, des DVD-Players, der Dolby-Surround-Anlage und sogar des Hauptlichtschalters der Zimmerbeleuchtung hatte Blasius in Griffnähe. Die angebrochene Flasche Cola-Light ließ er offen auf dem Fußboden neben dem Sofa stehen. Er reagierte kaum, als Dörte sich bemerkbar machte.

›Jede Kalorie, die ich unnütz verbrenne, veranlasst mich, früher nach unten zum Essen zu gehen‹, dachte er spöttisch.

»Hallo Schatz«, sagte sie, und der Begriff ›Schatz‹ hallte wie Hohn durch den Raum. »Hast du gut geschlafen?«

»Japp!«, antwortete er, ohne weiter aufzusehen. »Komm, setz dich!«

Erst als Blasius auf dem Sofa ein wenig zur Seite rückte, konnte man an seinem Verhalten einen Hauch von Zusammengehörigkeitsgefühl erahnen. Sie gaben sich einen spitzmündigen Begrüßungskuss, und ›The Matrix‹ flimmerte weiterhin über den Bildschirm in der Ecke des Zimmers.

Diese Beziehung stank zum Himmel. Sie lebte nur aus der Erinnerung und aus der altbewährten Gewohnheit heraus. Was ist das für eine Liebe, wenn sich die beiden nichts mehr zu sagen haben und nur gelegentlich, wenn er mal nach zwei bis drei Wochen so richtig geil ist, in der Kiste landen. Dass Dörte dabei keiner abging, versteht sich von selbst. Wenn ich mit einer Frau zusammen war, bekam sie es von mir besorgt. Und damit meine ich jetzt keine kleine Schlampe, die ich in einer versoffenen Nacht aufgerissen habe. Ich meine Frauen, die ich wirklich zu lieben glaubte. All die sollten ihren Spaß an unserem Sex haben - oh ja, es war vom Allerfeinsten! Blasius und Dörte schliefen miteinander, aber vögelten nicht. Wenn sie Sex praktizierten, dann nur, weil man das eben so machte - als Paar. Immer nur im abgedunkeltem Raum und meist zu besonderen Anlässen: An Feiertagen, ab und zu mal sonntags oder wenn Blasius Urlaub hatte ...

Schnaufend fiel Blasius wieder auf die von seiner Mutter am Morgen frischbezogene Matratze.

›Fertig‹, dachte er und fühlte sich eigenartig.

Sein Herz schlug mit einer höheren Frequenz, als es das im Normalzustand tat. Blasius befand sich trotz des Orgasmus vor wenigen Augenblicken nicht gerade in Rage. Seine Bewegungen, die Dörte wenige Minuten erduldete, wurden phasenweise lediglich etwas hektischer, um dann in einem fast lautlosen Stöhnen zu enden. Das war Sex. Blasius bemerkte zwar nicht, dass Dörte unzufrieden ins Dunkel des Raumes schaute, allerdings tat er es ihr unbewusst gleich. Beide ertasteten auf ihrer jeweiligen Bettseite einige Taschentücher. Die Packungen standen dort vorbeugend, denn das Geschmiere nach dem Sex wollten sie möglichst unproblematisch entfernen. Sie sprachen nicht darüber, denn über die Fleischeslust zu reden oder gar schmutzige Worte zu benutzen, gehörte sich nicht. So hatten sie es gelernt!

Ich kann gar nicht so genau sagen, wie die Mannhaupts auf die Idee kamen, ihre Kinder so prüde erziehen zu müssen. Auch Dörtes Eltern waren da nicht besser. Natürlich waren diese Familien nicht repräsentativ für sämtliche Dörfer dieses Landes, aber wenn ich so etwas entdecke, dann bestärkt sich in mir das Klischeedenken. Ein Leben auf dem Land und erst recht in Heftrich, in der Mitte des Nichts, mitten im Taunus, wäre für mich das grausigste Abenteuer ...

Blasius Mannhaupt freute sich sehr darüber, seine freien Tage weiterhin genießen zu können. Als er an dem folgenden Morgen alleine aufwachte, dauerte es nicht lange, da klingelte schon schrill sein Telefon. Widerwillig nahm er das Gespräch an, selbst als er die Nummer erkannte.

›War ja klar, dass sie anruft‹, dachte er.

»Hallo Schatz!«, sagte Dörte am anderen Ende der Leitung.

Blasius wurde regelmäßig von ihr vom Arbeitsplatz aus angerufen und ließ lediglich eine leise Begrüßung seinerseits verlauten.

Dörte fragte ihren Freund: »Hast du gut geschlafen?«

»Nein, eigentlich nicht so wirklich gut!«, antwortete Blasius noch mit belegter Stimme.

Wie kann man auch gut schlafen, wenn man knapp 1500 Euro im Monat bekommt. Mickriger ging es ja kaum. Was war das denn für eine Arbeit? Ich könnte da kein Auge zumachen. Blasius hatte ja keine Ahnung, wie viel Geld man in einer einzigen Stunde machen kann. 1500 Euro im Monat. Ich lach mich kaputt ...

»Kommst du heute Abend wie verabredet zu mir?«, fragte sie dann.

›Heute?‹, dachte er widerwillig.

Blasius hatte eigentlich gar keine große Lust darauf, aber noch nie ist er aus dieser Gewohnheit ausgebrochen. Freitags sahen sie sich doch fast immer. Das Wochenende gehörte dem Beziehungsleben, auch wenn sie es manchmal gar nicht wollten. Blasius und auch Dörte brachen ungern mit dieser Tradition. Es gehörte zu ihrem Alltag, zu ihren ganz eigenen Ritualen.

»Japp, ich bin gegen 19 Uhr da!«, meinte er.

»Gut, ich freue mich drauf!«, sagte sie.

Er erwiderte diese Freude nicht und schwieg einige Momente. Einen Gefühlsausbruch konnte man nun nicht von ihm erwarten. Weit hatte es Blasius nicht zu ihr, aber allein sich für die fünf Minuten Fahrtzeit aufzuraffen, nervte ihn jetzt schon unheimlich.

Blasius Mannhaupt zeigte sich erleichtert, als Dörte das Thema wechselte. Sie wusste, dass Blasius schlecht darin war, seine Gefühle offen zu zeigen, erst recht am Telefon.

»Denkst du an deine Therapie?«, fragte sie.

»M-hm!«

Das musste man sich mal vorstellen. Der Typ hat tatsächlich seine eigene Pisse gesoffen. Jeden Morgen nach dem Aufwachen hat er schön den Mittelstrahl in den bereitstehenden Plastikbecher auf seinem Klo abgefüllt. Der Mittelstrahl soll ja so gesund sein. Nicht das, was als Erstes aus der Blase ausgeschieden wird und nicht die letzten Zuckungen, nein, der Mittelstrahl ist die Crème de la Crème. Ohne mit der Wimper zu zucken, kippte Blasius Morgen für Morgen und Tag für Tag die ekelerregende Brühe in sich hinein. Weswegen? Angeblich um seine Migräneanfälle zu behandeln, die er seit Monaten schon nicht mehr hatte - vorbeugend. Wenn mich einer fragt: Dem gehörte einfach mal wieder ordentlich einer geblasen, dann gehen auch die leidlichen Kopfschmerzen weg ...

»Schatz?« Dörte lag am Abend neben Blasius auf der ausgezogenen Schlafcouch im Kinderzimmer ihres Elternhauses, und es beschäftigte sie ein Gedanke.

»Japp?«, fragte Blasius unaufmerksam, denn die geliehene DVD forderte auf dem Bildschirm fast seine vollständige Konzentration.

»Bist du mit unserem Sexleben zufrieden?« Blasius ahnte Böses. Nun sollte er wohl eine ehrliche und aufrichtige Antwort von sich geben.

›O-oh‹, dachte er, ›böse Falle!‹

Ohne weiter darüber nachzudenken meinte Blasius geradeheraus: »Ja, klar! Und du?«

Blasius hätte die unterschwellige Unwahrheit in ihrer nun folgenden Antwort erkennen können, aber die Szene im Fernseher war gerade so spannend.

»Auch!«, sagte sie nach kurzer Zeit.

Die Lüge der beiden sollte nicht weiter zur Sprache kommen. Sie legte ihren Kopf auf seine Brust, wodurch er sich etwas aufrichten musste, ihre Haare verdeckten ihm die Sicht. Abwesend strich er ihr über ihre dunkelblonden Haare und bemerkte nicht, dass ihre strahlend blauen Augen mit den Tränen kämpften. Blasius und Dörte hielten den Schein einer glücklichen Beziehung aufrecht, aus Angst vor dem großen Knall.

Glückliche Beziehung? Einen Scheiß waren sie, und zufrieden schon mal gar nicht. Ihr Sexleben glich dem ihrer Urgroßeltern heute - und die sind schon vor mehreren Jahren gestorben. Dörte hatte den tiefen, geheimen Wunsch, dass es mit ihm beim Sex mal richtig schön dreckig zur Sache ging. Eine Schlampe in den eigenen vier Wänden wollte sie sein. Sie traute sich jedoch nicht aus ihrer Haut, um ihn nicht zu entsetzen. Nichts wäre schlimmer, als ihren Blasius zu erschrecken. Was sie nicht ahnte: Auch er hatte sogenannte schmutzige Gedanken, ähnlich den ihren, aber eben nur, wenn er eine DVD aus seiner geheimen Pornosammlung einlegte. So vergingen Tag um Tag und Nacht um Nacht in diesem Trott. Das ist doch kein Leben ...

Mit großen Schlucken trank Blasius seinen Urin auch am Samstagmorgen im Badezimmer von Dörte.

›Rein damit‹, dachte er kühl, ›was drin ist, muss drin bleiben.‹

Nicht, dass ihm die Therapie etwas ausmachen würde. Den gelben Saft zu verdrücken, daran hatte er sich nach mehreren Monaten der Eigenurintherapie schnell gewöhnt.

›Hustensaft schmeckt auch nicht besonders‹, dachte er. ›Aber es hilft trotzdem.‹

Er benötigte den anfänglichen Apfelsaft, um den Uringeschmack zu verschleiern, schon lange nicht mehr. Er konnte sich nur nicht mit dem Gedanken anfreunden, dass ihn seine Freundin dabei sehen könnte. Wie stand er denn da, wenn er seinen Urin vor ihren Augen trank? Selbstverständlich wusste sie davon, aber zusehen musste sie deswegen noch lange nicht. Er schloss ja auch immer die Tür ab, wenn er auf Toilette ging.

›Auf dem Klo muss ich für mich alleine sein‹, vertrat er seine Meinung. ›Manche Dinge gehören einfach zu meiner Intimsphäre. Ich will ja auch niemanden auf dem Pott sitzen sehen.‹

Blasius putze sich nach seiner täglichen Therapie selbstverständlich gründlich die Zähne, außerdem seine durch die Nacht ebenfalls bakteriell belegte Zunge, frisierte sich akkurat den Mittelscheitel auf seinem Kopf, wie er es schon immer tat, und rasierte sich die männlich anmutenden Bartstoppeln.

›Ich muss einigermaßen gepflegt aussehen, wenn ich mich an den traditionell samstäglichen Frühstückstisch bei Dörtes Eltern setze‹, dachte er, und ihn widerte dieser traditionell samstägliche Frühstückstisch an.

Die Stimmung in Dörtes Elternhaus überstieg niemals die einer feierlichen Beerdigungszeremonie. Zum Teufel noch mal, Dörtes Eltern liefen permanent mit einem fetten Stock in ihrem Arsch durch ihr verschissenes Dorf und markierten die ach so feine Gesellschaft. Alles was sie hatten, das Haus, der Garten, das Auto, das Ferienhaus an der Ostsee, und alles was sie taten, Tennis spielen, etwas Golf, es waren nicht mehr als nur spießige

Statussymbole. Sie hatten große Pläne mit ihrer Tochter und duldeten den vermeintlichen Langeweiler Blasius allein aufgrund des guten Ansehens und Rufes seines erfolgreichen und wohlhabenden Vaters Dr. Mannhaupt. Ohne seinen Vater hätte Blasius schon längst einen gewaltigen Tritt in seine Eier bekommen. Man muss sich das auch mal reinziehen: Blasius führte bereits seit ganzen acht Jahren eine Beziehung mit Dörte. Er vögelte die Tochter von Herrn Schmitzdorf seit etwa sechs Jahren, jedenfalls was man bei den beiden so ›vögeln‹ nennen konnte, und Blasius siezte seine Schwiegereltern in spe noch immer. Herr Schmitzdorf hier, Herr Schmitzdorf da! Einmal, auf einer Familienfeier vor zwei oder drei Jahren, da bot Heinz, so hieß Herr Schmitzdorf, seinem zukünftigen Schwiegersohn das Du an. Kaum zu glauben, aber wahr! Blasius wusste jedoch, dass Heinz, noch vollkommen betrunken am Abend, dieses Angebot am nächsten Morgen nicht mehr wahrhaben wollte. Blasius wagte es nicht ein einziges Mal nach diesem Tag ihn anders zu nennen als ›Herr Schmitzdorf‹. Es war nicht mehr als ein 24-Stunden-Du. Krank, oder? Ich mein, wenn ich eine Braut flachgelegt habe und dann mal irgendwann ihre Eltern kennenlernen musste, um mit ihr weiterhin Sex haben zu dürfen, dann waren ihr Papa und ich nach spätestens drei Stunden die besten Kumpels. Vielleicht lag es an der Kiste Wein für ihn und dem Blumenstrauß für seine Frau. Die Geschenke brachte ich natürlich wie selbstverständlich mit. Eventuell hing es auch mit meinem dicken Mercedes in der Hofeinfahrt zusammen. Wer weiß das schon? Aber ich siezte die Eltern meiner Perle doch nicht weiterhin! Die kacken doch auch nur in eine Porzellanschüssel. Bitte? Ja, ich fahre Mercedes. Ja, gut, auch mal BMW oder einen Porsche oder andere Flitzer. Woher ich die habe? Die habe ich natürlich vorher geknackt. Zu gege-

benem Anlass brauchte ich doch eine entsprechende Karosse ...

Nachdem Blasius die Prozeduren bei den Schmitzdorfs über sich ergehen lassen hatte, sah er sich mit Dörte, wie fast jeden Sonntag, wieder im Haus seiner Eltern. Der Abend des Sonntages wurde oftmals zu einem Familienabend im Hause Mannhaupt. Alle fanden sich ein: Zu Dörte und Blasius kamen noch Servatius, Urban, dessen Frau Martina und deren Zwillinge. Jutta Mannhaupt trug wie immer den ganzen Abend über ihre Küchenschürze und kümmerte sich aufopferungsvoll um das leibliche Wohl der Personen, während sich Günther Mannhaupt nicht ein einziges Mal vom Esstisch erhob. Er als Oberhaupt der Familie vertrat die Ansicht, als Ernährer, oder besser Finanzier, keinen Finger rühren zu müssen.

›Dies soll wohl eine Art der Belohnung für die harte Arbeit sein, die er werktags voller Inbrunst verrichtet‹, dachte Blasius innerlich kopfschüttelnd bei dem Thema.

Dörte und Martina versuchten, ihre Schwiegermama zu unterstützen, die stets jede Hilfe erfolglos ablehnte.

»Ihr braucht mir doch nicht zu helfen, bleibt ruhig bei euren Männern sitzen«, sagte Mama Blasi etwa sieben bis zehn Mal pro Abend, und keine der beiden angesprochenen Frauen hörte auch nur ein einziges Mal auf sie.

Servatius, nicht nur der jüngste Spross der Familie, sondern augenscheinlich auch der optisch attraktivste, kam wie immer zu spät.

›War ja klar! Der kann immer machen, was er will‹, dachte Blasius.

Der junge Bruder präsentierte mal wieder eine neue Geliebte, die ihren zahllosen Vorgängerinnen, gemessen am Sexappeal, in nichts nachstand.

›Wo bekommt der nur immer diese Mädels her?‹, dachte der Mittlere der drei Brüder. ›So toll sieht er doch nun wirklich nicht aus!‹

Keiner wollte im Laufe des Abends bemerken, dass Servatius seine Freundin immer wieder heimlich unter dem Esstisch befingerte. Der jüngste Bruder durfte sich scheinbar alles erlauben.

›Nicht hinschauen und einfach ignorieren. Einfach nicht hinschauen‹, dachte Blasius fast ein wenig neidvoll.

An Blasius' Stelle, hätte ich schon längst mal auf den heimischen Tisch gehauen. Nicht nur, dass sein kleiner Bruder ihm gerade mal elf Monate nach der eigenen Geburt für ein Leben lang als immer währendes Nesthäkchen die Show stahl und von seinem Vater auch noch Monat für Monat die Kohle in den Arsch geblasen bekam. Nein, das reichte nicht. Denn was tat das geliebte kleine Bruderherz mit der ganzen Knete? Er studierte ein wenig, bumste hier und da an der Uni herum und hielt seinen Alten bei der Stange. Als Sahnehäubchen schleppte er dann noch diesen kleinen Fickhasen an und schraubte an der Schnitte in Gegenwart aller herum. Das geht doch nicht. Wenn, dann soll er sie doch gleich auf dem Esstisch nageln. So haben wenigstens alle was davon! Dann hätte er auch meinen persönlichen und vollen Respekt verdient ...

Blasius wusste, dass seine Mutter die Namen ihrer drei Söhne liebte. Die Namen stellten für sie das Besondere im Leben dar, nachdem Jutta Mannhaupt ihr Leben lang suchte. Als ihr erstes Kind zur Welt kam und die Mannhaupts bereits in dem kleinen Dorf ansässig waren, musste das Kind wenigstens Urban heißen. Urban, lateinisch für ›der Stadtbewohner‹. Und nach ihrer letzten, sehr schweren Geburt lag der Name des Babys auch schnell auf der Hand: Servatius, ›der Gerettete‹. Bei Blasius' Namensgebung hatte sich die Mutter allerdings weniger Gedanken über die Bedeutung gemacht. Es musste ein lateinischer Name sein, wie der seines älteren Bruders. Dass er soviel wie ›der Lispelnde, Stammelnde‹ bedeutet, fiel nicht weiter auf. Wer denkt schon an so was?

Wie kann man sein Kind nur Blasius nennen, wenn man der deutschen Sprache mächtig ist und über eine einigermaßen durchschnittliche Intelligenz verfügt? Jeder weiß doch, dass Kinder anderen Kindern Spitznamen geben, und da kann bei Blasius wenig Vernünftiges herauskommen. Es gab zwei Möglichkeiten: Entweder steckte der junge Blasius einen solchen Namen als supercoole Sau einfach so weg, oder er würde mächtig unter den Sticheleien der Mitmenschen leiden. Fakt ist, dass Blasius Mannhaupt mit seinem Namen alles andere als glücklich sein konnte - von cooler Sau ganz zu schweigen ...

»Sag mal, Dörte«, Günther Mannhaupt bestimmte ohne Zweifel ab jetzt die Gesprächsthemen, denn der kleine Zwillingsnachwuchs wurde noch während der Mahlzeit in das Nachbarzimmer verlegt, um geruhsam zu schlafen, »wann willst du mich eigentlich endlich zu deinem Schwiegervater machen?«

›Och nee, nicht schon wieder‹, dachte Blasius bei dem Thema. Natürlich überraschte diese Frage sämtliche Anwesenden und Stille durchfuhr den Raum, während die Blicke sich auf Dörte und Blasius konzentrierten.

›Ich hasse es, wenn er das macht, und er weiß, dass ich das hasse!‹, fuhr es dem grimmig werdenden Sohn durch den Kopf. ›Und ich weiß, dass er weiß, dass ich weiß, dass er weiß, dass ich es hasse.‹ - sie hatten Kenntnis über die Gedanken des anderen, aber niemanden störte es, schon gar nicht das Familienoberhaupt.

»Vater!« Blasius versuchte, ihn zu zügeln.

Er sagte niemals ›Papa‹, ›Papi‹, ›Paps‹ oder ›Dad‹. Er sagte ›Vater‹, weil sich Günther Mannhaupt seinen Söhnen gegenüber niemals wie ein ›Papi‹ verhielt. Die Bezeichnung ›Vater‹ hatte er sich regelrecht verdient, mit all der damit verbundenen Distanz. Der Vater aber ließ sich von seinem Sohn nicht zügeln.

Blasius konnte sich noch nie gegen seinen Vater durchsetzen. Jegliche Diskussion endete regelmäßig in Zurechtweisungen durch den älteren Mann. Günther Mannhaupt ließ sich nicht für einen Moment das kleinste Stück an Respekt und Gehorsam absprechen. Der Doktor entschied alleine über die Belange der Familie. Einzig der Meinung des ältesten Sohnes schenkte er von Zeit zu Zeit eine Spur an Beachtung.

Der Vater hob die Hand und verwies seinen Sohn in dessen Schranken: »Nein, nein, Blasius, dies ist ein Gespräch zwischen deiner zukünftigen Frau und mir!«

›Ich hasse es‹, dachte Blasius, ›und ich weiß, dass er weiß, dass ich weiß, dass er weiß … ach, ist doch egal!‹

Sag mal, wie erbärmlich muss sich ein erwachsener Mann wohl vorkommen, wenn der eigene Vater die Freundin fragt, wann sie ihn doch endlich bitte, bitte heiratet? Wenn mein Vater das gemacht hätte, ich hätte ihm die Kehle durchgeschnitten – glaube ich jedenfalls. Aber mein Vater würde so was ja nicht fragen, denn mein Vater hat mich nie kennengelernt. Wie könnte er da meine Freundin fragen? Logisch, oder?

»Ich weiß nicht, Herr Mannhaupt. Das kommt natürlich auch auf Blasius an«, antwortete Dörte schüchtern und gleichermaßen hoffend, dass der

Schwiegervater in spe nach dieser kleinen Ausrede nicht weiter nachhaken würde.

›Oh nein, das war die falsche Antwort‹, dachte der Sohn, machte dabei seiner Dörte aber kaum einen Vorwurf, ›sie hätte nun sicher alles Mögliche sagen können. Er hätte es auf jeden Fall gegen mich verwendet.‹

Kritisch blickte Vater Mannhaupt herüber zu seinem mittleren Sohn und zog die dicken Augenbrauen aneinander. Es braute sich etwas zusammen hinter der gerunzelten Stirn, und Blasius ahnte schon was. ›Gleich geht sie los, die überflüssige Standpauke!‹

»Soll das heißen, du willst sie nicht heiraten?«, fragte er, »das ist nicht dein Ernst, Junge!«

»Vater«, versuchte Blasius zu erklären, aber er konnte nicht ausreden.

»Du bist nun schon zehn Jahre oder länger mit ihr zusammen …«

Dörte berichtigte ihn: »Acht, Herr Mannhaupt.«

›Das ist doch jetzt vollkommen egal‹, fuhr es Blasius durch den Kopf.

»Na gut, acht! Lange genug, um den nächsten Schritt zu gehen. Und du willst nicht? Was soll denn aus euch werden, um Gottes willen?« Entsetzen machte sich in seinem Gesicht breit, während alle anderen Personen peinlich berührt an die Decke, die Wände oder aus dem Fenster sahen, bis auf Mama Blasi, die sehr besorgt blickte, und natürlich Blasius.

»Wir werden bis in alle Ewigkeit wie die Hottentotten in wilder Ehe in einer Höhle leben, und unsere Kinder werden mit Wolfsmilch aufgezogen«, hätte Blasius am liebsten gesagt - er tat es jedoch nicht.

Günther Mannhaupt schwang empört die flache Hand mit weit gespreitzten Fingern auf die Tischplatte vor sich, was einem Hieb mit der Faust auf dieselbige gleichkam. ›Ja, jetzt zickt der auch noch rum!‹ Blasius verdrehte innerlich die Augen.

»Günther, denk doch an deinen Blutdruck!«, sagte Jutta und versuchte, ihren Mann zu beruhigen.

›Ja, denk an deinen Blutdruck‹, dachte der Sohn, ›und an meine Nerven.‹

»Mein Blutdruck? Ich soll an meinem Blutdruck denken? Dein mittlerer Sohn sollte mal an meinen Blutdruck denken und diese entzückende junge Frau endlich heiraten«, entschied der Vater entschlossen.

Bei der Bezeichnung ›entzückende junge Frau‹ sahen sich Servatius und seine neue Geliebte für einen Augenblick belustigt an, denn Dörte entsprach mit ihrer dicken Brille, ihren zu einem Pferdeschwanz zusammengebundenen Haaren und der unbeschreiblich weiten Kleidung gar nicht dem Bild, das die beiden unter der Überschrift ›Entzückend‹ vermuten würden. Blasius bemerkte dies und sah scharf zu ihnen herüber. Der Bruder und seine Begleiterin ließen sich zu keinem abfälligen Blick mehr hinreißen.

»Vater, der nächste Schritt wäre erst mal, zusammen in eine Wohnung zu ziehen«, behauptete Blasius sogleich und wurde unterbrochen.

»Ihr könntet hier wohnen! Oben im Dachgeschoss ist doch genug Platz für zwei Personen. Auch für drei! Du kannst dir doch von deinem kleinen Gehalt vom Postamt kein Haus leisten«, sagte er, und Martina sprang schnell auf, um nach ihren Zwillingen im Nachbarraum zu sehen, die trotz der aufkommenden Lautstärke weiterhin friedlich schlummerten.

›Oh Mann, nicht die Leier!‹ Der zweite Sohn der Mannhaupts stand kurz vor der Verzweiflung. »Vater, bitte! Muss das denn jetzt …?« Blasius versuchte, seinen Vater zu beschwichtigen.

»Ja, es muss sein!«

Armer Blasius! Seine Zukunft wurde bereits verplant. Wenn er das tat, was für ihn geplant wurde, dann würde er auf die volle Unterstützung seiner Familie zählen können. Und verdammt, scheinbar brauchte Blasius diese Unterstützung. Seine Brüder standen auf eigenen Beinen. Der Ältere hatte eine gut gehende Firma, und der Jüngere hatte bald mit der finanziellen Zuwendung des Vaters ein abgeschlossenes Studium in der Tasche. Blasius schlug vor ein paar Jahren lediglich die mittlere Beamtenlaufbahn auf dem nächstgrößeren Postamt ein, wofür er von seinem Vater wenig Anerkennung erntete. Es konnte ja niemals zu einer Position führen, die eines Mannhauptes würdig wäre. Nun musste er, um allen ein wenig zu gefallen, Dörte früher oder später heiraten. Immerhin kannten sich die Mannhaupts und die Schmitzdorfs sehr gut. Die Fusion der beiden Sippen sollte ein paar möglichst süße Kinder zu Tage fördern. So musste Blasius nun bald mit seiner Dörte Nachwuchs produzieren und letztlich das alte Haus der Mannhaupts übernehmen. Dadurch war das Erbe der Familie gesichert. Ob Blasius dieser scheinheilige Plan gefiel, fragte niemand. Wenn das mit mir einer hätte machen wollen, ich hätte wahllos um mich geschlagen ...

Der Koffer

DIE GUTE ISOLDE knatterte durch eine der wenigen Straßen des kleinen Dorfes. Das Moped, das von Blasius diesen Namen bekam, stank, machte ungehörigen Krach und sah für moderne Verhältnisse lächerlich aus - was Blasius allerdings nicht störte. Irgendwie passte dieses motorisierte Zweirad zur Umgebung. Wer Heftrich als einen unspektakulären Ort bezeichnete, der beschrieb nur die halbe Wahrheit. Langweilig, überaus ruhig und ohne einen Hauch von modernem Flair waren ebenfalls Attribute, die auf dieses Nest zutrafen. Es gab eine ganz neue Pizzeria. Wow! Und einen neuen Kunstrasenplatz hatte der kleine Sportverein auch, aber eigentlich gab es nur ein Event im Ort: den Altenburger Markt. Dieser fand mehrmals im Jahr statt und sämtliche Anwohner fieberten dem dörflichen Großereignis immer wieder entgegen, um sich dort im primitiven Zustand des Alkoholkonsums möglichst zu amüsieren. Ach ja, fast vergessen: Eine Freiwillige Feuerwehr konnte dieses Dorf ebenfalls sein Eigen nennen. Da versiegten die erwähnenswerten Eigenschaften aber auch schon. Das war Heftrich, und Isolde passte genau hier hin!

Blasius hatte den Auftrag, für seine Mutter an diesem Montagnachmittag eine Flasche billigen Weißwein für die Soße am Abend zu besorgen. Zu Beginn seiner letzten Urlaubswoche hatte er ohnehin nichts Besseres zu tun und fuhr so mit seinem Moped zu dem ›Getränkemarkt Justus‹ auf der Hauptstraße des Ortes. In einer Großstadt wie Frankfurt wäre diese sogenannte Hauptstraße zwar nichts weiter als eine verkehrsberuhigte Gasse, aber hier war sie eben der meistbefahrene Weg des Ortes.

»Guude!«, sagte Justus aus reinem Automatismus, wenn jemand seinen Verkaufsraum betrat - mit Freundlichkeit hatte das wenig gemein. Michael Justus wurde von kaum jemandem beim Vornamen genannt, er war für alle einfach nur ›Justus‹.

»Hallo«, antwortete Blasius, denn zu diesem hessischen Dialekt ließ er sich niemals herab. Dies untersagte ihm schon die Erziehung seines Vaters. Der junge Mann sollte sich wenigstens sprachlich von den anderen Dorfbewohnern unterscheiden. Von seinen Eltern bekam Blasius von klein auf beigebracht, möglichst hochdeutsch zu reden.

»Dialekt macht den Menschen bäuerlich«, sagte Günther Mannhaupt immer, »und Bauern gibt es seit deinem Großvater mütterlicherseits glücklicherweise keine mehr in dieser Familie!«

Blasius Mama mahnte stets: »Wenn du platt sprichst, dann bist du auch ein platter Mensch. Platte Menschen sind keine Menschen von Welt.«

Diese Leute vergaßen, dass sie dadurch, nur weil sie sich niemals einen Dialekt aneigneten, kaum weltoffener wurden. Blasius' Eltern kannten nicht das spannende Gefühl, neuen Erfahrungen interessiert entgegenzutreten. Sie verwehrten sich allem, was anders war als das, was sie aus ihrem näheren Umfeld kannten. Ganz nach dem Motto: Was der Bauer nicht kennt, frisst er nicht. Aber Bauern waren sie ja angeblich nicht ...

Bevor Justus seine Kunden betreute, ließ er sie stets eine Weile im Laden herumsuchen. Vielleicht fanden sie ja von selbst, was sie brauchten. So hatte sich der Geschäftsbetreiber viel Zeit und Mühen erspart. Eventuell fand der Kunde zusätzlich noch etwas, das er zuvor gar nicht hatte kaufen wollen. Faulheit und anfängliches Desinteresse gehörten zu seinem Geschäftsprinzip. Wenn er jedoch angesprochen wurde, kümmerte er sich sogleich um seine Kunden - meistens jedenfalls.

»Sag mal, hast du auch Weißwein da?«, fragte Blasius, noch in den unübersichtlichen Regalen Ausschau haltend.

»Weißwoi?«, fragte Justus, der sich in den Anfängen der Dreißiger bewegte, durch seine voluminöse Körperfülle und seine Trägheit aber älter wirkte.

Blasius wusste genau, dass er bereits verstanden wurde und ahnte, was Justus nun zelebrieren würde. »Ja, Weißwein!«

›Der Dicke will mir doch garantiert gleich wieder blöd kommen‹, dachte Blasius und wurde sogleich bestätigt.

»Sauf mool en ordentlische Klare oder en Kaste Bier, dann gehe aach die Pickel fott unn du bekimmst Tinte uff en Füller!«, behauptete Justus, dem offenbar egal war, dass Blasius gar keine Pickel hatte - der Spruch schien ihm einfach zu gefallen.

›Na, ob das eine kundenorientierte fachliche Beratung ist, wage ich zu bezweifeln‹, überlegte Blasius und musste im Falle dieses Mannes seinem Vater nun wirklich recht geben: ›Der Dialekt verleiht einem tatsächlich etwas besonders Bäuerliches.‹

Er schnaufte kurz auf und suchte wortlos weiter in den Regalen. ›Hat doch eh keinen Wert, mit dem Dicken zu reden.‹

Die Hände in seiner Latzhose vergraben, schlich Justus zu Blasius und stellte sich fast teilnahmslos neben ihn.

»Hast du nun Weißwein, oder was?«, fragte Blasius nun ein weiteres Mal, der den Mann mit dem ausladenden Wanst und der monströsen Herrenbrust im Hintergrund erahnte.

»Troggner oder lieblischer?«, fragte Justus verbissen.

»Hm, ich weiß nicht genau. Ist für meine Mutter zum Kochen. Ich denke, lieblicher Wein sollte es sein!«, machte Blasius dem Getränkehändler klar.

»Lieblische habb isch kaaner«, stellte Justus fest.

›Dann frag doch nicht so blöd!‹

Blasius dachte nach. Sollte er trockenen Weißwein mitbringen? Er hatte keine Lust noch nach Idstein, der nächstgrößeren Stadt, zu fahren. Mit seiner Isolde würde das 25 Minuten dauern. Das wusste er, da sich das Postamt in Idstein befand, auf dem er normalerweise arbeitete, wenn er nicht gerade Urlaub hatte. Er entschied sich, seiner Mutter wenigstens irgendeinen Weißwein zu präsentieren. Nach Idstein konnte er dann immer noch fahren.

»Na, dann gib mir doch bitte den trockenen Wein!«, bat Blasius seinen vermeintlichen Gesprächspartner ausgesprochen höflich, obwohl es dieser gar nicht verdient hatte.

»Habb isch net!«, sagte dieser ebenso trocken, wie der Wein sein sollte.

»Wie, hast du nicht?« Blasius richtete seinen Blick überrascht auf Justus. »Du hast doch gerade gesagt …!«

»Isch habb gar nix gesacht. Isch habb kaan weiße Woi unn aus!«

Das sollte wohl das Stichwort für Blasius zum Gehen sein.

Dieser kleine Penner! Der hätte mir mal so dumm kommen müssen. Ich hätte ihn durch seinen Scheißladen gedroschen. Aber mit Blasius konnte er es ja machen. Und warum hat er das gemacht? Hat einen ebenso klaren, wie bescheuerten Grund: Er konnte Blasius nicht leiden. Es gibt Leute, die können sich einfach nicht ausstehen. Schluss! Das war's! Das genügte dem dicken Getränkehändler, Blasius wie ein Stück Scheiße zu behandeln, obwohl Justus mit einem Stück Scheiße natürlich niemals gesprochen hätte - hoffe ich für ihn ...

Ohne weiter über die unfreundliche Art von Justus nachzudenken, ging Blasius zu seiner Isolde.

›Wenn ich mit leeren Händen daheim ankomme, rastet die Mutter aus‹, dachte Blasius. ›Also, ab nach Idstein!‹

Auf Hochglanz poliert stand das Moped an der Straße und wartete darauf, dass Blasius es wieder in Betrieb nahm. Isolde und Blasius, das wurde zu einem Begriff in dem Ort. Wer die silbergraue Zündapp KS50-WC mit ganzen fünf Kilowatt Leistung, 50 Kubikzentimeter Hubraum und Kickstarter sah, wusste: Blasius konnte nicht weit sein. Isolde kannte er solange er denken konnte. Von seinem Vater übernahm er das Kleinkraftrad mit der Erstzulassung aus dem Jahre 1979 und fuhr es nun schon über viele Jahre als stolzer Besitzer.

Mit den Jahren spielte er das ein oder andere Mal mit dem Gedanken, das Moped zu ersetzen, aber die gute alte Isolde wegzugeben, das hätte er niemals übers Herz gebracht.

›So viele Erinnerungen verbinden mich mit dieser Maschine.‹

Das erste Mädchen umarmte ihn auf diesem Moped, Karin Donners von nebenan. Näheren Kontakt hatte er zu seiner Nachbarin natürlich niemals, aber diese Umarmung vergaß Blasius bis heute nicht. Sie war mittlerweile mit irgendeinem Musiker oder Künstler oder so durchgebrannt. Der kindlichen Umarmung folgte unmittelbar Dörte. Das erste Mal geküsst hatte sie ihn, als sie sich gemeinsam an Isolde anlehnten.

›Und einmal‹, daran konnte sich Blasius auch sehr gut entsinnen, ›da hatte Isolde sogar unwiderstehliche 90 Sachen auf dem Tacho.‹

Bergab, mit Rückenwind! Diese Tatsache verdrängte er gerne, wenn er daran zurückdachte. Bis dato die schnellste Geschwindigkeit, die Blasius mit seinem Moped erreicht hatte.

Natürlich geschah dies, ohne an dem Motor herumgeschraubt zu haben. Das hat Blasius seinem Moped niemals angetan. An der guten Isolde war immer alles original.

Wenn ein Mann, und so will ich Blasius jetzt einfach mal bezeichnen, seinem Moped einen Namen gibt, dann müssen doch schon alle Alarmglocken angehen. Kein normaler Mensch gibt seinem Fahrzeug einen ernsthaften Namen. Gut, ich hatte mal einen Van, dessen Ladefläche ich mit Matratzen zu einer Liegefläche umarbeiten ließ. Dieses Fahrzeug nannte ich auch ›Sexmachine‹, aber doch nur aus gegebenem Anlass. Als die Bumsflächen durchgenudelt waren, habe ich die blöde Kiste doch wieder namenlos verkauft. Isolde! Wenn ich das schon höre, bekomme ich Ausschlag ...

›Ich habe keine Lust, nach Idstein zu fahren‹, dachte Blasius verärgert, als er sich den weißen Integralhelm über den Kopf zog. ›Bis ich wieder da bin, ist es schon nach sechs Uhr, und ich wollte heute echt mal nichts machen!‹

Der junge Mannhaupt schwang sich auf die durchgezogene Sitzbank, drehte den Schlüssel in der Zündung und trat den Kickstarter kräftig herunter. Kräftiger, als es nötig war. Den Zorn übertrug er auf sein Moped, was ihm im selben Moment schon wieder leidtat.

›Sorry, Isolde‹, dachte er, obwohl er genau wusste, dass man mit Mopeds nicht kommuniziert.

Gleichzeitig schnurrte Isolde nicht ganz so leise, aber gleichmäßig vor sich hin. Im Stand gab sie ein angenehmes Geräusch von sich. Das Moped zeigte sich startklar für die Fahrt in die Stadt. Mit einem Ruck betätigte Blasius die Fußschaltung. Der erste Gang sprang ins Getriebe.

›Also Isolde, gib alles, was du hast, denn ich will schnell wieder daheim ...‹

»Hey!« Eine Stimme störte Blasius' Plan.

Als ich Blasius zum ersten Mal begegnete, hatte ich es mächtig eilig. Ich hatte mich heillos verfahren und kam durch dieses verlassene Kaff. Irgendwie fand ich einfach nicht den verfluchten Weg zur Autobahn. Ich konnte auch kaum noch klar denken. Was sollte ich also noch länger rumsuchen?

Ich sah diesen Typen auf seinem Moped am Straßenrand und dachte mir: ›Frag den einfach!‹

Dabei hatte ich keine Zeit, um mir einen Eindruck von ihm oder seinem peinlichen Moped zu verschaffen. Ich wollte einfach nur weiter, und Blasius war der erstbeste Depp am Straßenrand ...

Als Blasius sich umsah, traute er seinen Augen nicht. Vor ihm stand ein weinroter Ford Mustang mit Metalliclackierung, dessen äußere Erscheinung anbetungswürdig war. Vollkommen beeindruckt von dem Wagen übersah Blasius, dass der Fahrer des Wagens sich in einem offensichtlich sehr nervösen Zustand befand. Schweiß stand ihm auf der Stirn, und er fuchtelte wild mit den Händen.

»Hey, du, hör mir doch mal zu!«, rief er, denn das Auto besaß selbst bei Standgas einen enormen Geräuschpegel, den es zu übertreffen galt.

Wie in einem Trancezustand drehte Blasius den Schlüssel in seiner Isolde. Er stieg von der Sitzbank und ging um den Wagen herum, während sich tiefste Bewunderung in ihm breit machte.

›Heiliger Strohsack, ist das ein Geschoss!‹, dachte er.

»Hey!« Pit, der Fahrer des Mustangs, verlor Blasius für einen Moment aus den Augen.

»Ja, ist denn das zu fassen? Wo ist denn dieser Bauerntrampel?«, sprach Pit und erblickte Blasius im nächsten Moment schon wieder, der hinter dem Ford herum an der Beifahrerseite entlang lief, schließlich die Motorhaube passierte, um wieder zum Fahrer zu gelangen.

›Wo bekommt man nur so ein heißes Gerät her?‹, dachte Blasius und fiel in Gedanken regelrecht auf die Knie. ›Mit so einem Auto ist man ja wohl der King!‹

Okay, ich gebe ja zu, der Mustang gehörte schon zu einem der geileren Fahrzeuge, die ich jemals gefahren bin. Immerhin war es ein Shelby GT-350 Baujahr 1965. Von diesem Rennsportableger des Mustang Fastback wurden nur 562 Exemplare gebaut. Meine Zwiebel hatte einen 4,9 Liter V8-Motor bei 306 Pferdeäpfeln. Eine echte Schwanzverlängerung wie diese sah man nicht jeden Tag in diesem gottverlassenen Dorf ...

»Sag mal, wie komme ich hier zur Autobahn?«, fragte Pit, dessen Hektik ihm deutlich anzumerken war.

Blasius aber nahm dies leider nicht wahr: »Geile Karre! Ein Mustang, was?«

»Äh, ja, natürlich!«, sagte Pit unsicher, und man merkte ihm an, dass dies in diesem Augenblick mehr als unwichtig für ihn war.

Ich weiß, welches Auto Asche bringt. Denn wenn du eines knackst, musst du wissen, was sich in etwa lohnt und welche Karren scheiße sind. Dass mein Schlitten ein Büchsenöffner war, sah ein Blinder mit Krückstock. Genaue Bezeichnungen für Modelle, die derzeit besonders gefragt waren, bekam ich oftmals von Sydney, dem fettesten aller Halsabschneider, vermittelt. Die meisten Autos fuhr ich und musste nicht deren komplette Lebensgeschichte kennen. Mir doch egal! Entweder ein Auto bringt die Mäuse, und du kannst vorher das ein oder andere blechgeile Flittchen damit abschleppen, oder eben nicht ...

Blasius' Gegenüber wurde ungeduldig. Das spürte der junge Mann nun.

›Was ist denn mit dem?‹, fragte er sich. ›Was macht der hier so ein Heckmeck?‹

Schweißperlen rannen dem Fahrer des Mustangs die Schläfe herunter. Erst jetzt wurde Blasius wirklich bewusst, dass mit dem Kerl etwas nicht stimmten konnte.

Der Mann begann zu zittern und sagte stotternd: »H-hör mal, sag mir bitte einfach, wie ich hier am b-besten zur Autobahn komme. Z-zur Autobahn Richtung Frankfurt! Okay?«

Natürlich wollte Blasius dem Mann helfen, der in diesem Dorf außergewöhnlich und deplatziert erschien. Kaum jemand hier wagte es, sich dem Gerede der Leute auszusetzen. Man färbte sich seine kurzen, pomadigen Haare nicht wasserstoffblond. Zudem trug kein Mann im Ort Ohrringe in beiden Ohren und hatte ein Piercing in der Unterlippe. Ein blondierter Ziegenbart allein fiel schon aus dem Rahmen. Pit war definitiv nicht von hier.

›Der Typ kommt von außerhalb und hat sich noch niemals zuvor nach Heftrich verirrt‹, dachte Blasius, was auch aus der Ortsunkenntnis zu schließen war.

»Nun, das ist ganz einfach«, sagte Blasius ruhig und drehte sich mit ausgestrecktem Arm deutend in Richtung Ortsmitte. »Sie fahren einfach geradeaus, dort kommt ein kleiner Kreisel. Wenn Sie dann rechts abbiegen, führt die Straße nach Idstein. Dort kann man dann auf die Autobahn nach …«

Mit diesen Worten drehte sich Blasius wieder zu dem Fahrer des Mustangs und erschrak.

›Ach du Scheiße!‹ Es durchfuhr ihn ein mächtiger Schrecken.

Pit zuckte am gesamten Körper, während sein Gesicht gleichzeitig erstarrte.

›Was ist denn jetzt los?‹ Blasius konnte kaum reagieren.

Der Mann Anfang dreißig legte seinen Kopf verkrampft auf die linke Schulter und konnte sich augenscheinlich nicht mehr artikulieren. Blasius beobachtete hilflos, wie seinem Gegenüber nach wenigen Sekunden blutig schaumartiger Speichel aus dem Mund lief.

›Er beißt sich auf die Zunge‹, erschrak Blasius.

Pit gab merkwürdige, röchelnde Laute von sich. Der Mustang machte einen Satz nach vorn und soff ab.

›Verflucht‹, dachte Blasius, während er sich nach Hilfe umsah, aber niemanden in der Nähe erblicken konnte. ›Der hat einen Anfall, oder so was!‹

Seit meinem zwölften Lebensjahr habe ich diese scheiß epileptischen Anfälle. Es sind sogenannte konvulsive Anfälle, die zu Bewusstseinsverlust, rhythmischen Zuckungen der Arme und Beine und Verkrampfungen führen. Woher die kommen, weiß ich bis heute nicht. Wenn ich aber meine Medikamente regelmäßig einnehme und nicht unter Stress gerate, habe ich die Krankheit unter Kontrolle. In diesem Moment, als Blasius vor mir stand, hatte ich die Einnahme meiner Antiepileptika jedoch schon mehrmals übergangen, und von normalem Stress konnte schon lange keine Rede mehr sein. Normalerweise piss ich mir bei meinen Anfällen auch noch in die Hose. Diesmal hatte ich verdammtes Glück ...

»Hey, Sie, was haben Sie?«, rief Blasius nervös durch die geöffnete Scheibe des Mustang.

Etwas Geistreicheres wollte ihm in dieser Sekunde kaum einfallen.

›Hey, Sie, was haben Sie‹, dachte er sofort, ›etwas Blöderes kann man einen, der ohnmächtig ist, wohl nicht fragen.‹

Blasius Mannhaupt riss die Tür des Automobils auf. Das hätte er besser nicht getan, denn der Körper von Pit fiel ihm nun vollkommen erschlafft und unkontrolliert entgegen. Es war ein Krachen zu hören, als wenn ein Ast durchbrach. Die Herkunft dieses Geräusches konnte Blasius allerdings nicht sofort lokalisieren. Als er kniend Pit aufzufangen versuchte, sah er an ihm entlang und erkannte mit Schrecken, dass sein Bein im Wagen zwischen den Pedalen eingekeilt zu sein schien.

›Oh verdammt, das war das Krachen!‹, dachte Blasius und ihm wurde bewusst, dass dies ein Knochen von Pit gewesen sein musste.

›Ich brauche Hilfe!‹

»Justus!«, schrie Blasius im nächsten Augenblick.

Der Getränkehändler erschien ihm als der Mensch, der ihm nun am schnellsten weiterhelfen konnte, denn die Hauptstraße des Dorfes zeigte sich menschenleer.

»Justus!«, rief Blasius erneut und dachte: ›Wo ist denn das fette Aas? Wenn man den einmal braucht, bekommt der seinen dicken, weißen Hintern nicht auf die Straße.‹

Der Ladenbesitzer ließ mit jeglicher Reaktion immer noch auf sich warten.

»Justus!«, brüllte Blasius abermals und diesmal noch dramatischer und schriller.

›Wo bleibt denn der Kerl? Der soll endlich herkommen‹, und Blasius wusste, dass sich Justus aufgrund seiner Rufe nicht im Entferntesten beeilen würde.

Justus musste die Schreie gehört haben - da konnte sich Blasius, der mittlerweile fast in Panik auszubrechen drohte, durchaus sicher sein. Dass von dem dicken Mann nichts zu sehen war, lag einzig und allein an seinem Desinteresse für jegliche Belange Blasius'.

»Juuuustuuuuuus!«, kreischte Blasius ein weiteres Mal.

›Dieser Dreckskerl muss sich doch mal blicken lassen!‹, dachte Blasius immer zorniger und hielt Pit mit festem Griff in seinen Armen, während er in den Fenstern und Türen der umherliegenden Häuser nach weiterer Hilfe Ausschau hielt. Nichts!

›Was ist das für ein Ort, wo man am helllichten Tag und auf offener Straße sterben könnte, und keiner nimmt davon Notiz?‹

Der junge Mannhaupt konnte sich unter dem Gewicht des etwa 1,75 Meter großen Mannes nicht rühren. Lediglich das rechte Bein ragte noch in den Innenraum des Wagens. Der Oberkörper lastete mit seiner gesamten Wucht auf Blasius.

»Was willste, Blasi?«, schrie Justus aus seinem Verkaufsraum auf die Straße, ließ sich jedoch nicht sehen.

Überrascht und froh überhaupt eine Reaktion erhalten zu haben, keimte in Blasius neue Hoffnung.

»Komm endlich raus, du fettes Stück Scheiße!«, rief er laut und erschrak selbst über die Wahl seiner Worte.

Sogleich waren die hastigen Schritte von Justus zu hören. Er stapfte durch die große Eingangstür, und seine grimmige Miene konnte Blasius vom ersten Augenblick klar erkennen.

»Wennste mer uff de Sack gehe willst, Blasi, dann kann isch der aach ei uff dei blääd Maul …« Da sah Justus Blasius' Not und erkannte die Situation.

›Wurde auch Zeit‹, dachte Blasius.

Sofort verschwand die Wut des Getränkehändlers, und er rannte, den Ernst der Lage erkennend, dem Ford Mustang entgegen, um zu helfen. Die wenigen Meter in Eile brachten den deutlich übergewichtigen Mann merklich außer Atem.

»Was issn passiert?«, fragte Justus nach Luft japsend, und er half, den ohnmächtigen Mann vorsichtig aus seinem Wagen zu ziehen, um ihn in eine stabile Seitenlage auf der Straße zu positionieren.

›Die Mitgliedschaft Justus' bei der örtlichen Freiwilligen Feuerwehr zahlt sich erstmals aus‹, dachte Blasius.

Er zuckte mit den Schultern: »Weiß nicht! Von jetzt auf gleich hatte der Typ einen Anfall, oder so.«

»Wer issn des?«, wollte Justus wissen.

»Keinen blassen Schimmer! Eigentlich hatte er mich nur nach dem Weg gefragt!«, erklärte Blasius, und plötzlich wurde ihm klar, dass noch kein Notruf ausgelöst wurde.

»Jetzt ruf doch erst mal einen Krankenwagen, Mann!«, wies Blasius den Dicken energisch an, der dann sogleich mit plumpen Schritten in seine Geschäfträume raste - was man bei ihm so ›rasen‹ nannte.

Bis die Deppen mal einen Arzt kommen lassen haben, war ich schon längst wieder einigermaßen bei mir. Natürlich hatte ich noch kleinere Orientierungsschwierigkeiten, aber wer hätte das nicht, dessen Großhirn einmal komplett heruntergefahren ist. Ich musste meine Systeme erst einmal wieder initialisieren, oder wie das heißt ...

»Der Koffer darf nicht unter die Räder kommen!«, lallte Pit benommen und verdrehte dabei merkwürdig die Augen.

Blasius begriff sofort, dass der Mann wieder zu sich zu kommen schien, aber noch keinen wirklichen Sinn für die Realität hatte. Dennoch begann Blasius, mit ihm zu reden, auch wenn er die Thematik nicht verstand.

»Es ist alles in Ordnung. Sie sind in Sicherheit. Gleich kommt ein Krankenwagen«, erklärte Blasius, rechnete aber kaum damit, dass seine Worte Anklang fanden. ›Der rafft jetzt sowieso nichts.‹

»Ohne den Koffer kann ich auf keinen Deal eingehen. Heute Abend muss alles erledigt sein. Ich muss nach Frankfurt«, plapperte der Blondierte und artikulierte sich ebenso klar wie überraschend wirr.

›Frankfurt?‹, dachte Blasius. ›Er ist also aus der Stadt.‹

Im Hintergrund hörte man bereits deutlich die Sirene der Ambulanz. Auch Pit vernahm das Martinshorn, und es versetzte ihn in weitere Aufregung. Er versuchte, sich aufzurichten, und ein Schmerz durchfuhr ihn, der von seinem Fuß herrührte.

Vollkommen verblüfft sah Pit an sich herunter, und Blasius log in einem ausgewählt ruhigen Ton, um nicht noch mehr Panik auszulösen: »Der wird wohl leicht angestaucht sein.«

Wenn ich gekonnt hätte, sofort wäre ich in meinen Mustang gesprungen und verschwunden. Mein dämlicher Fuß machte mir aber einen gewaltigen Strich durch die Rechnung. Ich musste doch eigentlich nach Frankfurt. Was wollte ich denn in diesem abgelegenen Nest oder gar im Krankenhaus? Ich hatte Wichtigeres zu tun ...

Kurz bevor Pit von den Sanitätern auf der Bahre fixiert wurde, um in das nahe gelegene Unfallkrankenhaus Idstein gebracht zu werden, wandte er sich noch an Blasius.

»Hier«, rief Pit plötzlich scheinbar vollkommen geistesgegenwärtig und warf Blasius den Schlüssel des Mustangs zu, den Blasius ihm kurz zuvor erst in die Hand gedrückt hatte, »nimm den Wagen an dich und komm zu mir ins Krankenhaus! Ich muss mit dir reden!«

Blasius stand verdutzt auf der Hauptstraße. Er wurde von Pit näher zu sich zitiert. Der verletzte Mann auf der Bahre zog Blasius ganz dicht an sich heran.

Er flüsterte Blasius fast unhörbar ins Ohr: »Komm zu mir in die Klinik, heute noch, es geht um Leben und Tod!«

Blasius fuhr ein eiskalter Schauder über den Rücken. ›Leben und Tod? Spinnt der?‹

Die Dramatik in der Stimme des unbekannten Mannes löste in Blasius ein neues Gefühl aus. Er stand unter Spannung. Irgendetwas geschah. Etwas Neues! Etwas Erregendes! Endlich! Für einen kleinen Augenblick wurde das bisher von Eintönigkeit und Trübsal geprägte Leben von Blasius mächtig interessant. Er hatte diesen Schlüssel in der Hand, und die Türen des Krankenwagens schlossen sich. Mit dem Auftrag, Pit zu folgen und sich um den Wagen zu kümmern, stand Blasius auf der Straße mitten im Dorf. Wenige Meter entfernt: der dicke Justus, der von Pits Worten nichts vernehmen konnte und nur sah, dass Blasius der Schlüssel des Mustangs übergeben worden war. Als der junge Mannhaupt zu dem Dicken herübersah, ahnte er dessen missgünstigen Gedanken.

Blasius parkte seine Isolde sicher vor Justus' Getränkemarkt. ›Wehe, ich komme wieder und an der Isolde hat jemand rumgefingert. Dann kann der Dicke was erleben.‹

Umgehend stieg Blasius in den 65er Ford Mustang Shelby ein.

›Ist das ein scharfes Auto.‹ Blasius war die Begeisterung förmlich anzusehen.

Nachdem er den Schlüssel in der Zündung des Wagens drehte und dieser sein unnachahmliches Geräusch abgab, dachte der bisherige passionierte Mopedfahrer: ›Geil!‹

Ich weiß noch, wie ich das erste Mal in einem Sportwagen am Steuer saß. Es war zwar nur ein ganz ordinärer 911er Porsche, aber in meinem zarten Alter von gerade einmal vierzehn Jahren konnte das Gefühl nur von dem Luder Peggy Mayer aus der Nachbarschaft ein halbes Jahr später übertroffen werden. Es war für uns beide das erste Mal. Ich hatte endlich Verkehr mit einer Frau, seit Monaten dürstete es mir schon danach, und sie machte es erstmals für umsonst. Ich musste wohl niedlich auf sie gewirkt haben. Nachdem ich es mit Peggy tat, war es lange nicht mehr so gut. Wie hätte es auch? Peggy kam, wie ihr Vorname schon verrät, aus dem Osten Deutschlands und erfüllte jedes sexuelle Klischee, das es gab, mit Bravour. Genau wie mit dem Porsche. Es ist einfach ein geiles Auto. All die Kleinwagen, die ich danach knackte, gaben mir nicht den geringsten Kick ...

Als das dunkelrote Fahrzeug in die Hofeinfahrt der Mannhaupts fuhr, hatte Blasius nur rund 500 Meter darin zurückgelegt und kam nicht weiter als bis zum zweiten Gang, aber es vermittelte ihm ein wahnsinniges Gefühl von Freiheit und Männlichkeit.

›Am liebsten würde ich eine kleine Spritztour machen‹, schmunzelte Blasius, ›wobei Spitztour bei dem Wagen und seiner Wirkung auf Frauen sicher wörtlich zu nehmen wäre.‹

Der Wagen stoppte vor der geschlossenen Garage von Vater Mannhaupt, und die Mutter des Hauses hatte schon lange die fremde Karosse bemerkt. Als sie aus dem Haus trat, um ihren Sohn zur Rede zu stellen, konnte sie kaum übersehen, wie Blasius das Auto noch darin sitzend geradezu anhimmelte. ›Dieses Fahrzeug ist nahezu perfekt!‹

Er strich über das Lenkrad, fühlte den Schaltknüppel und wanderte zärtlich über die Lederausstattung auf dem Beifahrersitz. So gefühlvoll hatte er Dörte schon seit Monaten nicht mehr berührt. ›Wahnsinn. Dich würde ich am liebsten behalten.‹

Dieses Auto übte in diesem Moment einen deutlich größeren Reiz auf ihn aus als seine eigene Freundin in den letzten Jahren. Als Mama Blasi den Mustang erreichte, klopfte sie unvermittelt an die Seitenscheibe neben ihrem Sohn. In Gedanken versunken, schrak Blasius auf und blickte etwas beängstigt zu seiner Mutter herauf. Erleichtert registrierte er jedoch schließlich ihre Anwesenheit. ›Mann, hab ich mich erschreckt!‹

Als Blasius die Tür öffnete, begann sie abrupt zu schnattern: »Wo ist der Wein? Und was ist das für ein Auto?«

›Halleluja, das hat sie auch gemerkt‹, durchfuhr es den Sohn.

Blasius stieg aus und musste zunächst seine Gedanken sortieren, ehe er seiner Mutter eine plausibel klingende Erklärung bot. Er warf sachte die Fahrertür zu und genoss diesen wunderbaren Klang, der dabei seinen Gehörgang durchströmte.

›Ich habe mich verliebt!‹, dachte Blasius und lachte dabei innerlich über sich selbst.

Da seine Mutter keine Antwort von ihrem Sohn erhielt, wurde sie ungehaltener. »Blasius, willst du mir denn keine Antwort geben?«

›Ich weiß genau, was sie jetzt denkt‹, dachte Blasius, ›ich weiß es ganz genau: ›Das passt so gar nicht zu meinem Blasius. Dieser Wagen, sein Schweigen, jede Veränderung in meinem Haus, alles was die Ruhe stört, den Lauf der geplanten Dinge aus dem Gleichgewicht zu bringen droht, alles das ist schlecht.‹ Die kocht vor Wut!‹

»Ich habe dich etwas gefragt, Blasius!«, sagte sie energisch, und ihr Tonfall hatte etwas von ihrem Ehemann - sie imitierte ihn bewusst ein bisschen, um einen Teil seines Durchsetzungsvermögens zu erhalten.

Blasius ahnte das unberechtigte Misstrauen, das in seiner Mutter erweckt wurde. Er fühlte sich grundlos von ihr angegangen.

›Die soll mir jetzt bloß nicht auf die Nerven gehen!‹

Deswegen zögerte er seine Antwort, die alles hätte erklären können, vorsätzlich heraus.

»Blasius!«, Mama Blasi wurde biestig, »soll ich deinen Vater anrufen?«

Das war das Stichwort.

›Alles, nur das nicht!‹, dachte der Sohn.

»Beruhige dich, Mutter! Es ist halb so wild.«

»Ach ja? Und was, bitte? Was ist halb so wild? Wo ist dieser Wagen her?« Sie ließ einfach nicht locker. Der Wein interessierte sie gar nicht mehr.

Mit 22, vielleicht war ich auch 23, kam ich mit einem erstklassigen Wagen, einem himmelblauen Cadillac Eldorado Cabriolet Convertible 8,2-Liter, zu meiner Mutter gefahren. Sie hatte sich damals so wahnsinnig für mich gefreut, dass wir gleich einen kleinen Ausflug gemacht haben. So wie Mama Blasi hätte sie niemals reagiert. Meine Mama hätte auch niemals gefragt, wo dieser Wagen herstammte. Sie wusste ganz selbstverständlich, dass ich das Auto geklaut hatte, freute sich aber für den Moment, in dem sie von einem meiner letzten betrunkenen Stiefväter für eine Weile weg kam ...

Blasius richtete sich vor seiner Mutter auf. Es gab eigentlich keinen Grund, einen Streit mit ihr zu provozieren, aber er wollte einfach nicht derartig mit sich umspringen lassen.

›Immerhin bin ich 25 Jahre alt und kein Kind mehr.‹ Er beschloss: ›Ab heute lasse ich mich nicht mehr wie ein Kind behandeln.‹

Stark schaute er seiner Mutter tief in die Augen. So hatte sie ihn noch niemals gesehen, und er fühlte, wie er sie beeindruckte.

»Ich helfe nur einem Mann, der vor einer halben Stunde einen epileptischen Anfall im Dorf hatte. Er hat sich wahrscheinlich den Fuß gebrochen und kann das Auto nicht mehr fahren. Nun ist er auf dem Weg ins Krankenhaus, und ich habe mich lediglich um diesen Wagen gekümmert. Weiter nichts! Okay?« Blasius' Stimme war voller Trotz.

»Ach so, äh«, stotterte sie. »Und wer ist der Mann?«, fragte die Mutter schüchtern, nicht mehr mit dem Tonfall ihres Ehemannes.

›Na also, geht doch‹, dachte Blasius, und auch er beruhigte sich, denn er konnte allmählich nachvollziehen, was seine Mutter gedacht haben musste. ›Man kann ja wirklich auf schräge Gedanken kommen, wenn man mich in dem Mustang sieht.‹

»Weiß ich nicht«, antwortete Blasius seiner Mutter, »er hatte mich nur nach dem Weg gefragt und bekam dann den Anfall!«

»Und was passiert jetzt?«

»Ich laufe ins Dorf. Da habe ich Isolde stehen. Ich werde die Schlüssel dem Mann ins Idsteiner Krankenhaus bringen. Und das war es dann. Wahrscheinlich wird er den Wagen dann irgendwann hier abholen«, erklärte er, und selbst für Mutters Ohren klang dies überzeugend und unbedenklich.

Natürlich erwähnte Blasius nicht die letzen Worte von Pit, bevor er weggebracht wurde. Hätte seine Mutter die Worte ›um Leben und Tod‹ vernommen - auf der Stelle wäre die Polizei alarmiert worden.

Als ich in diesem Krankenhaus lag und darauf wartete, dass diese bescheuerten Ärzte mir endlich den blöden Fuß röntgten, ging mir nichts anderes durch den Kopf als mein Koffer. Der Koffer. Was war bloß mit dem Koffer? Dem Koffer durfte nichts passieren. War denn dieser Dorftrottel vertrauenswürdig? Geschissen auf das Auto. Der Koffer, der sich hinten im Mustang befand, war wichtiger als alles andere ...

»Ich möchte zu dem Mann mit dem epileptischen Anfall und dem wahrscheinlich gebrochenen Fuß, der vor etwa einer Stunde mit dem Rettungswagen eingeliefert wurde«, meldete sich Blasius an der Pforte des Krankenhauses an und wurde zu ihm geschickt.

Als Blasius vor Pit trat, verfiel dieser abermals in nervöse Hektik.

»Gut, dass du da bist, Junge!«, sagte der blonde Mann mit dem frischen Gipsfuß, um den gerade eine junge

Schwester einen blauen Stützverband wickelte. »Vielen Dank! Du bist Gold wert! Kannst du fahren? Lass uns los!«

Die Schwester horchte auf. »Sie können hier jetzt nicht weg!«

›Tja, dann müssen wir wohl hier bleiben‹, dachte der Dörfler grinsend.

Streng und voller Überzeugung in der Stimme sagte Pit, dem man nun höchsten Respekt entgegenbringen musste: »Wer will mich aufhalten? Du, kleine Schwester?«

Betretenes Schweigen durchfuhr den Raum.

›Nun ja‹, bemerkte Blasius richtig, ›dann bleiben wir doch nicht hier.‹

Die Pflegerin beendete eilig ihre Arbeit am Gipsfuß und verließ sichtlich beleidigt das Zimmer. Als sich hinter ihr die Tür schloss, wurde Pit schlagartig freundlicher und wandte sich wieder Blasius zu. »Komm, wir müssen los!«

Blasius Mannhaupt fühlte sich überrumpelt. Er hob die Arme und bat somit um Einhalt.

»Wo willst du denn hin?«, fragte er sogleich und befürchtete: ›Der will mit mir doch nicht etwa nach Frankfurt?‹

»Nach Frankfurt, ich muss eine wichtige Lieferung abgeben«, erklärte Pit, »heute noch!«

›War ja klar. Frankfurt. Heute noch? Hat der mal auf die Uhr geschaut?‹

»Heute noch? Wir haben mittlerweile nach 19 Uhr. Bis wir da sind, hat da sowieso kein Laden mehr auf. Und was sollte das Um-Leben-und-Tod-Geschwafel?«

Blasius wollte es nun wissen.

»Ein Laden?«, Pit runzelte verwundert die Stirn.

Ich hätte es ahnen müssen, dass ich meine meine blöde Fresse nicht halten konnte. Wäre ja auch das erste Mal gewesen. Ich wusste gar nicht mehr, dass ich in meinem Dämmerzustand so einen Mist erzählt hatte. Aber was sollte ich machen? Er sollte es eigentlich nicht wissen, aber es entsprach der Wahrheit. Es ging tatsächlich um Leben und Tod. Blasius weckte in mir den letzten Funken Hoffnung, dass alles noch gut ausgehen würde, obwohl er nicht einmal im Ansatz ahnte, wohin ich wollte. Ein Laden! Dass ich nicht lache ...

»Hör zu, ich erklär dir alles, wenn wir auf dem Weg sind, okay?«

Blasius bemerkte, wie der Mann versuchte, ihn auf seine Seite zu ziehen, und der Blondierte flüsterte wieder: »Es ist wirklich enorm wichtig für mich!«

Blasius blickte seinem Gegenüber starr in die Augen. Er erkannte nervöses und zugleich ängstliches Zucken. Ein Geheimnis umgab diesen Mann, das nicht nach dem üblichen Leben roch, das Blasius kannte. Er spürte, dass da etwas Gefährliches zu drohen schien, wenn er diesem Mann nicht half.

»Bitte!«, bekräftigte der Mann mit dem Ziegenbart, »ich schaffe das nicht alleine.«

Er drehte seinen Kopf zu seinem Gipsbein und blickte enttäuscht. Mit diesem Fuß konnte er sicherlich nicht den Mustang fahren, das stand fest. Blasius Mannhaupt sah ein, dass sein Gegenüber auf Unterstützung angewiesen war. Nur konnte Blasius noch nicht beurteilen, ob er ihm diese Hilfe anbieten wollte.

»Gehen wir?«, fragte Pit noch einmal.

»Ich muss erst wissen wohin«, forderte Blasius überzeugend, »vorher geht gar nichts!«

Pit flüsterte, als würden sie belauscht werden, obwohl offensichtlich niemand den Raum mit ihnen teilte: »Zu Barkley, nach Frankfurt auf die Kaiserstraße!«

›Barkley!‹, dachte Blasius, ›hört sich gruselig an.‹

Natürlich hieß in Heftrich niemand Barkley oder so ähnlich. Solche Namen kannte Blasius nur aus Spielfilmen. Er musste sich selbst eingestehen, dass es in ihm eine Art innere Spannung auslöste, als er daran dachte, eventuell auf diesen ominösen Barkley zu treffen.

»Also, was ist nun?«, fragte Pit.

Blasius hatte Interesse an der Sache gefunden.

»Ich muss erst den Wagen holen«, antwortete er.

Der Mann mit dem Gipsfuß schrak auf: »Den Wagen holen? Wo ist der denn, zum Geier? Ich hatte dir doch den Schlüssel gegeben.«

»Ja, na klar, ich habe den Mustang auch in unserem Hof geparkt.«

»Na, dann lass uns da hinfahren!«, forderte Pit.

Glücklicherweise hatte Blasius eine glaubhafte Ausrede: »Ohne zweiten Helm kann ich dich nicht mitnehmen. Bin nur mit dem Moped da!«

»Nur mit dem … was? Moped? Was bist du denn für ein Typ?«, wunderte sich Pit, vermied es jedoch bewusst, noch abfälliger über Blasius zu urteilen, denn er war ja auf ihn angewiesen.

Blasius versicherte Pit, dass er mit dem Mustang so schnell wie möglich wieder im Krankenhaus sein würde. »Ich bin umgehend wieder hier.«

Der junge Mannhaupt ahnte, dass Pit kaum eine Wahl hatte, als auf ihn zu warten. Blasius machte ohnehin den Eindruck eines ganz braven Dörflers. Er wirkte auf den Städter vertrauenswürdig, deswegen wollte Pit ihm Glauben schenken. Jedoch glaubte sich Blasius in diesem Fall noch nicht mal selbst.

›Komme ich wirklich zurück?‹

Er war in höchstem Maße verunsichert. Was sollte er nur tun? In den 25 Minuten, die er benötigte, um wieder auf dem heimischen Hof anzukommen, dachte Blasius nach. Die Situation beängstigte ihn.

›Soll ich dem Mann helfen, oder soll ich einfach die Polizei das Ganze regeln lassen?‹, fuhr es Blasius immer wieder durch den Kopf. ›Was tue ich nur? Soll ich mitfahren? Nach Frankfurt? Zu Barkley?‹

Ich an Blasius' Stelle hätte mir auf keinen Fall geholfen. Ja, wie bescheuert muss man denn sein, einer so zwielichtigen Person wie mir zu helfen? Nee, im besten Falle hätte ich mir den Wagen vor die Klinik gestellt und hätte mich verpisst. Blasius war aber nicht ich, denn er witterte sicherlich endlich mal ein kleines Abenteuer für sein, sagen wir, überschaubares Leben ...

Da lag er, der Koffer.

Als Blasius den Kofferraum des Mustangs öffnete, sah er ihn. Nun hatte Blasius ihn gefunden und vor sich. Ein mit braunem Leder überzogener Aktenkoffer. Qualitativ sicher nicht sehr hochwertig, aber er tat, was er tun sollte.

Gedankenverloren betrachtete Blasius den geheimnisvollen Koffer.

Da rief seine Mutter aus dem Küchenfenster: »Blasius, komm rein, du hast noch nichts gegessen!«

›Boah, jetzt nervt die Alte aber!‹ Blasius erschrak bei diesem Gedanken und wunderte sich über sich selbst. ›Alte?‹

Wenn er den Wagen nach Idstein bringen würde, um dem Fremden zu helfen und mit ihm nach Frankfurt zu fahren, dann könnte niemand wissen, was an diesem Tag noch alles passierte. Er war sich unschlüssig.

›Soll ich nun die blaue oder die rote Pille nehmen?‹, dachte er nach, so wie ›Neo‹ in Blasius' Lieblingsfilm, ›die blaue oder die rote Pille?‹

Letzte Woche noch wählte er vor dem Bildschirm die rote Kapsel und hätte sich so für die tiefsten Tiefen des Kaninchenbaus entschieden.

»Blasius! Essen! Bitte!«, hörte er noch einmal seine Mutter rufen.

›Nein‹, sagte er sich, ›heute will ich mir ansehen, was die Kaninchen machen.‹

Blasius blieb in seinem Abenteuer und wählte die rote Pille beziehungsweise den roten Mustang. Nachdem er den Kofferraum des Wagens zuschlug, eilte er durchs Haus in sein Stockwerk.

Seine Mutter rief von unten herauf: »Blasius, was machst du denn noch da oben?«

Nun wollte Blasius eine Sicherheit einbauen - für seine Nerven. Er legte Dörte in einem Umschlag eine Nachricht auf seinen Schreibtisch. Dörte würde die Nachricht sicher finden - früher oder später. Blasius wusste nicht weswegen, aber diese Nachricht beruhigte ihn enorm.

Für einen Moment dachte ich, es wäre alles aus und der Mistkerl hätte sich alles unter den Nagel gerissen. Ich habe mir schon ausgemalt, wie ich Blasius fertigmachen würde. Über mich selbst geärgert hab ich mich, dass ich meine Medikamente nicht genommen hatte, dass mir der Scheiß mit dem Fuß passiert war. Wie konnte ich nur so dämlich sein? Da stand ich nun vor dieser bekloppten Klinik irgendwo im Taunus, und der mir vollkommen fremde Typ kam einfach nicht bei ...

Als der Mustang um die Ecke bog, um auf den Hof der Unfallklinik zu fahren, fiel Pit ein Stein vom nervös schlagenden Herzen. Das konnte Blasius ihm sogar im Dämmerlicht der Krankenhausbeleuchtung ansehen. Der Heftricher griff noch schnell nach seinem Mobiltelefon in seiner Hosentasche. Er schaltete es ab.

›Wenn ich ungestört bleibe, ist das sicher von Vorteil‹, dachte Blasius.

Der Mann mit den Krücken sprang von der Bank, auf der er saß, und humpelte dem Wagen entgegen. Er hatte es offenkundig eilig, öffnete schnell die Beifahrertür und setzte sich in das Auto zu Blasius.

»Danke, dass du gekommen bist!«, sagte Pit. »Also, wir müssen nach Frankfurt. Ab! Auf die Autobahn! Kennst du den Weg?«

»Japp!«, erwiderte Blasius kurz und fuhr los.

›Dann schauen wir mal, was der Kaninchenbau so zu bieten hat.‹

Bereits nach wenigen Minuten befanden sie sich auf der A3, und Blasius drückte ordentlich aufs Gas. Pit wollte es so. Im Inneren drängte Blasius darauf, mehr über diese Fahrt zu erfahren.

›Ich muss langsam wissen, was auf mich zukommen wird.‹

So richtig traute sich Blasius Mannhaupt jedoch nicht, Pit zu fragen, denn auch dieser schwieg zunächst. Blasius bemerkte, dass Pit nachdachte - ihn beschäftigte etwas. ›Was der jetzt wohl denkt?‹

Erst nach etwa 20 Minuten brach Pit die Stille: »Wie heißt du, Mann?«

Blasius schaute Pit verwundert an: »Blasius, und du?«

»Blasius, ja?«

Blasius nickte.

›Ja, Blasius!‹, dachte der Dörfler und fühlte, dass es in seinem Beifahrer vor Vergnügen brodelte – das Schmunzeln in seinem Gesicht war klar zu erkennen.

»Ernsthaft?«, fragte Pit nach.

Als Blasius nickte, prustete Pit los. »Ach du Scheiße, Mann. Hast du deine Eltern wenigstens verklagt?«

Der junge Mannhaupt wollte die Komik der Situation nicht erkennen und blieb ernst. Der Mann mit dem Ziegenbart lachte lauthals, aber bemerkte schnell, dass dies seinen Helfer störte. Er beruhigte sich nach Luft schnappend. »Sorry! War nicht so gemeint!«

Blasius zuckte mit den Augenbrauen, als wollte er sagen: »Kein Problem!«

Er gab jedoch keinen Ton von sich.

»Pit!« Der blondierte Beifahrer streckte seine Hand aus, um die persönliche Bekanntmachung zu vollenden.

Blasius, der solche Gefühlsausbrüche bei der Offenbarung seines Vornamens schon gewohnt war, blickte herüber und zögerte für eine Sekunde.

Pit konnte die Gedanken seines Fahrers lesen: ›Ich muss den Scheiß hier nicht machen. Also, sei freundlich und geh mir nicht auf die Nerven!‹

Blasius packte dann die Hand und schüttelte sie mit einem festen Griff, während seine Linke am Lenkrad blieb.

»Danke, Mann«, sagte Pit sogleich.

Blasius nickte wieder.

»Blasius?«, fragte Pit nochmals. »Echt wahr?«

Blasius nickte abermals wortlos.

Bei der Gelegenheit fasste sich Blasius ein Herz, auch um das Thema von seinem Vornamen abzulenken: »Sag mal, wo fahren wir denn hin?«

»Frankfurt, hab ich doch gesagt!«, sagte Pit, glaubte aber nicht eine Sekunde, dass Blasius sich mit dieser Aussage zufrieden geben würde.

Blasius schaute möglichst streng: »Erzähl mir keinen Scheiß, oder ich fahr rechts ran und keinen Meter weiter.«

Pit atmete tief durch.

»Kennst du Barkley?«, fragte Pit.

»Nein, ich kenne keinen Barkley.«

Jedem kleinen Ganoven wäre das Herz nun in die Hose gerutscht. Keiner will mit Barkley mehr zu tun haben, als unbedingt notwendig, und schon gar nicht, wenn es um Leben und Tod ging. Daran erkannte ich, dass Blasius ein unbeschriebenes Blatt sein musste. Barkley ist ein harter Hund, oder besser, seine Leute sind harte Hunde, die für ihn die Drecksarbeit machen. Barkley hat sicherlich noch keinem selbst ein Haar gekrümmt. Er lässt krümmen. Barkley hatte ein paar Puffs, machte ab und an seine Drogendeals und sicherlich die einen oder anderen heißen Geschäfte – manchmal auch mit mir. Er hatte aber eine weiße Weste - vor dem Gesetz. Barkley war sicher nicht die größte Nummer in Frankfurt, war aber groß genug für mich - und schon lange für Blasius ...

›Woher soll ich in meinem kleinen Dorf jemals von diesem Barkley gehört haben?‹, dachte Blasius Mannhaupt. ›Natürlich sagt mir dieser Name nichts.‹

»Barkley ist ein Puffbesitzer in Frankfurt aus der ehrenwerten Kaiserstraße.« Bei diesem Worten erstarrte Blasius, aber Pit berichtete weiter. »Dem schulde ich etwas Knete. Die muss ich ihm noch heute Abend vorbeibringen, sonst passieren unschöne Dinge.«

»Unschöne Dinge?«

Pit blickte ungläubig zu Blasius herüber: »Ja, unschöne Dinge!«

»Was meinst du mit unschönen Dingen?«, fragte Blasius, der jedoch ahnte, was tatsächlich Gegenstand des Gespräches war.

»Unschöne Dinge sind, äh, unschöne Dinge eben!« Pit rang nach Worten. Er wollte seinen Helfer, auf den er nun angewiesen war, nicht verschrecken.

»Leben-und-Tod-Dinge«, versuchte Blasius, sich selbst die Frage zu beantworten.

Pit nickte: »Ja, genau, Leben-und-Tod-Dinge! Richtig!«

›Oh Mann, hoffentlich geht der Schuss mit dem blöden Kaninchenbau nicht nach hinten los‹, dachte der junge Dörfler, und er bekam plötzlich Respekt vor den ›Unschönen Dingen‹, die bislang so gar nicht in seinem Leben vorkamen.

Jedoch wollte Blasius mehr wissen. »Erzähl es mir!«

»Was?« Pit versuchte, sich nach Kräften dagegen zu sträuben, die Wahrheit zu sagen.

»Ich will wissen, warum du ihm Geld schuldest.«

Natürlich hätte Pit nun alles Mögliche sagen können. Er war es gewohnt, nahezu auf Knopfdruck das Blaue vom Himmel herunterzulügen. Doch er mochte diesen Dorfmenschen irgendwie. Wahrscheinlich tat es dem Ganoven Pit auch gut, sich mal seine Sorgen von der Seele zu reden. Blasius erfuhr weswegen dieser Barkley Geld forderte.

»Deswegen der Koffer hinten drin?«, meinte anschließend der junge Mannhaupt. Blasius erkannte, wie er Pit mit dieser Frage überraschte.

»Liegt er noch hinten drin?«, wollte Pit sofort aufgeregt wissen. Als Blasius stumm nickte, hakte Pit angespannt nach: »Hast du ihn geöffnet?«

»M-mmh! Nein! Hab ich nicht. Ich habe nichts angerührt!«, beteuerte Blasius, der Pit keines Blickes würdigte.

»Gut!«, sagte Pit und nahm eines seiner Medikamente, die er im Krankenhaus erhalten hatte – einen weiteren Anfall konnte der Mann sich jetzt nicht leisten.

Milchshake

SELBST AUF DER altehrwürdigen Kaiserstraße fiel der rote Ford Mustang auf. Es tummelten sich an diesem Montagabend gegen 21.30 Uhr allerlei dunkle Gestalten auf Frankfurts Rotlichtstraße Nummer eins. Der Motor des Mustangs blubberte sanft, als Blasius gemächlich im ersten Gang auf den Seitenstreifen fuhr, um vor einem Striptease-Lokal zu halten - der bekanntesten Strip-Bar in der Gegend.

»Hier finden wir Barkley«, sagte Pit und atmete noch einmal tief durch, bevor er Blasius eigentlich nur aus reiner Höflichkeit fragte: »Willst du mit reinkommen?«

Blasius nickte, obwohl er spürte, dass Pit von blanker Angst erfüllte wurde. Noch mehr, als Blasius ihn nun doch begleiten wollte.

»Du musst nicht. Das kann da drin echt haarig werden«, bekräftigte Pit nochmals.

›Jetzt oder nie‹, dachte Blasius und feuerte sich selbst an. ›Kneif die Arschbacken zusammen!‹

Er wollte mit hinein und versuchte die aufkommende Furcht, bloß nicht in eine Panikreaktion übergehen zu lassen. ›Ruhig! Ganz ruhig!‹

Niemals hätte ich geglaubt, dass dieser Teufelskerl mir tatsächlich bis zu dem fiesen Barkley folgen würde. Ich dachte, Blasius kackt sich vor Angst voll in die Buchse, springt aus meinem Wagen und nimmt den nächstbesten Zug nach Hause zu Mutti. Welcher normale Mensch geht schon dieses Risiko ein? Aber wahrscheinlich, nein, mit ziemlicher Sicherheit sogar, ahnte er da noch gar nicht, wer dieser Barkley überhaupt war ...

Blasius blickte hinauf und sah, wie in großen, leuchtenden Lettern der Name des Etablissements in den späten Abend prangte.

»Milchshake - Strip & Table-Dance!«, las der Dorfmensch ebenso aufmerksam wie fasziniert.

Noch niemals hatte er eine solche Bar betreten und schon gar nicht in solch unbekannter Mission. Sein Herz pumpte wie wild. Diese Situation kannte er nur aus Hollywoodfilmen.

»Sagtest du nicht, wir fahren in ein Bordell?«, fragte Blasius seinen Begleiter, der mit dem Koffer aus dem Auto in der einen und einer Krücke in der anderen Hand in Richtung Eingang humpelte.

»Nein, ich sagte Puff. Wir fahren in einen Puff!«, berichtigte Pit ihn.

Blasius wunderte sich: »Das ist aber nur ein Table-Dance-Club!«

Pit blieb stehen und verzog das Gesicht. »Siehst du da drüben die Frisierstube? Was glaubst du, was die da drin so machen?«

›Hmm? Nun ja …‹, dachte Blasius

»Haare schneiden?«, antwortete er fragend und wusste nicht worauf Pit nun tatsächlich hinaus wollte.

Pit verzweifelte fast an der kindlichen Naivität seines Begleiters. »Äh, was? Ja, sicher, das vielleicht auch, aber in erster Linie wird in dem Schuppen Geld gewaschen! Verstehste? Die buttern da schwarze Knete rein, was der angebliche Besitzer als Umsatz angibt.«

»Ach!«, brachte Blasius lediglich raus und unterdrückte seinen Gedanken: ›So ist das also. Gar nicht mal so unclever!‹

»Oh Mann, du bist mir einer. So ein richtiger Dorftrottel!«, meinte Pit, und Blasius fühlte sich gar nicht beleidigt.

Im Gegenteil, Pit hatte durchaus recht. In dieser Welt, die überwiegend nachts am Leben war, konnte Blasius nicht mehr als ein kleiner ahnungsloser Trottel vom Dorf sein. Allerdings faszinierte ihn diese Welt, von der er so gar nichts verstand.

Deswegen begann er dann auch gleich festzustellen: »Dann ist das hier gar keine Table-Dance-Bar …«

»… sondern ein derber, ordinärer Puff, in dem du für ein paar Kröten alles zu machen in der Lage bist, was du dir in deinem klitzekleinen Spatzenhirn ausdenken kannst. Ja!«, vervollständigte Pit, und betrat nun das ›Milchshake‹. »Komm schon, ich will Barkley nicht länger warten lassen! Es ist nicht gut, ihn auf die Folter zu spannen.«

Als Blasius Mannhaupt die Räume des ›Milchshake‹ betrat, offenbarte sich ihm ein Bild, welches er lediglich aus dem Fernseher kannte. Es war ihm nur niemals bewusst, dass es in solchen Läden gar nicht so dunkel und düster zuging. Nein, es wurde plötzlich so ungewohnt hell, dass Blasius die Augen leicht zukneifen musste. Und enorm laut wurde es zudem.

›Das hier hat ja fast etwas von einer Discothek‹, drängte sich Blasius der Gedanke auf.

Halbnackte Frauen rekelten sich an der Bar, schwangen ihre perfekten Körper über verschiedene kleine Bühnen oder lagen fremden Männern in den Armen, während sie ihnen den Bauch oder so was streichelten. Blasius wurde von unzähligen Reizen überflutet. ›Okay, nicht ganz Disco. Nur, wenn man sich die Frauen wegdenkt.‹

Endlich erreichten die beiden Männer die Theke, um sich auf einem der Hocker zu platzieren. Pit sah sich nervös um.

»Suchst du jemanden, kann ich helfen?«, fragte Blasius, der nicht annahm, dass dies wirklich der Fall sei.

Pit schüttelte den Kopf. »Kannst du nicht. Ich muss zu Barkley, und ich suche eine Frau.«

»Eine Frau? Hier gibt es Dutzende.«

»Eine bestimmte Frau«, bekräftigte Pit, »aber sie ist nicht hier.«

»Hast du einen Plan in Bezug auf Barkley?« Blasius wollte irgendwie in die Thematik einbezogen sein.

»Habe ich, aber das Verhalten von Barkley kann man kaum kalkulieren. Er ist unberechenbar. Meist ist er fair, auf seine Weise, aber nicht immer. Barkley hat es nicht nötig, immer gerecht zu bleiben.«

Als Blasius dies bewusst wurde, machte es ihn nur noch nervöser.

»Ist er hier?«, fragte Blasius sodann Pit, der den Koffer auf seinem Hocker sitzend fest umklammerte.

Genervt sah Pit den Dorfmenschen an. Seine Krücke hatte er in Reichweite an die Bar gelehnt.

»Natürlich ist er hier. Was denkst du denn?«, sagte Pit.

»Woran erkenne ich ihn?«, wollte Blasius Mannhaupt danach wissen.

»Wen? Barkley?«, wunderte sich Pit, und als Blasius leicht nickte, fügte er hinzu: »Glaub mir, den erkennst du sofort.«

»Aha!«, sagte Blasius, und seine Anspannung spürte er in seinem ganzen Körper ansteigen.

Einige Minuten saßen beide an der Bar, und Blasius beobachteten das Treiben. Er sah, wie immer wieder neue Mädchen aus zuvor geschlossenen Türen kamen, um hereinströmende Männer anzusprechen und sie alsbald in die hinteren Räume zu führen. Die tanzenden, jungen Frauen wechselten permanent auf den verschiedenen Bühnen und führten beim Verschwinden fast immer einen Gast mit sich.

Diese Welt hatte der junge Mann aus dem Taunus bislang noch nie aus der Nähe beobachten können. Er bereute bisher keine Sekunde, die imaginäre rote Pille gewählt zu haben und lächelte zufrieden und höchst interessiert.

Da kam eine Mitarbeiterin des Hauses auf Blasius zu. Ihm wurde heiß und kalt. Er wusste auf der Stelle, was ihm bevorstand. Diese Frau lächelte ihn direkt an und kam immer näher. Blasius' Puls raste plötzlich. Was sollte er tun? Was musste er sagen?

›Oh nein, die will was von mir!‹

Unsicherheit breitete sich in ihm aus.

»Hallo Süßer!«, sagte die sehr attraktive und gleichermaßen leicht bekleidete Frau. Blasius lächelte sie schüchtern und etwas hilflos an.

»Willst du mir ein Getränk ausgeben?«, fragte die Dame Blasius in lasziv erotischem Tonfall.

Blasius wachte plötzlich auf. Ein Getränk, das sollte drin sein, dachte er. »Ja, na gut, was möchtest du denn haben?«

Für einen Moment sah er zu Pit herüber. Dieser schüttelte amüsiert den Kopf.

»Wie wäre es mit Champagner?«, sagte die Angestellte des Hauses und löste in Blasius damit große Überraschung aus.

›Champagner?‹, dachte er. ›Wie wäre es denn mit einer kleinen … Cola?‹

Blasius traute sich nicht, dies laut auszusprechen. Schließlich griff Pit ein, um seinen Begleiter aus der misslichen Lage zu helfen.

»Komm, Katy! Schwirr ab! Wir machen hier heute keinen Umsatz!«, sagte er schroff.

Sie lächelte noch immer zu Blasius herüber: »Du vielleicht nicht, aber dein Freund doch sicher.«

»Auf! Wackel ab! Hier gibt's nichts zu holen«, sagte Pit.

Sauer verließ Katy die beiden Männer und zischte noch einige unfreundliche Worte beim Gehen.

›Schlappschwänze?‹, dachte Blasius. ›Hat sie das gerade wirklich gesagt?‹

Der unerfahrene Mann schaute der Frau hinterher, deren Rückansicht ebenfalls sehr beachtlich war. Doch ihm fiel plötzlich auf, dass sich keine Dame im ›Milchshake‹ für Pit zu interessieren schien.

»Warum spricht dich eigentlich keine an?«, fragte Blasius.

Mit schmerzverzerrtem Gesicht rückte Pit sich auf dem Hocker zurecht und sah, nachdem er kurz prüfend nach seinem Bein griff, zu seinem Begleiter herüber.

›War dies eine blöde Frage?‹, überlegte Blasius.

»Erstens bin ich hier hinlänglich bekannt«, sagte der Mann mit Koffer und Krücke, »und zweitens mögen die wohl keine Männer mit Hinkebein.«

Nicht zuletzt an Pits ironischem Lächeln erkannte Blasius, dass wohl eher der erste Grund der zutreffendere war.

Da bekam er von Pit einen Stoß mit dem Ellbogen in die Rippen. »Achtung, es geht los!«

Urplötzlich tauchten mehrere Gestalten auf. Pit blickte kontrollierend auf seine Armbanduhr, was dann auch Blasius tat.

Pit murmelte leise: »21.40 Uhr. Ich habe noch über eine halbe Stunde Zeit.«

Von seiner Seite wurde der Termin also eingehalten, den er mit Barkley abgesprochen hatte. Das war wichtig! Auch Blasius registrierte die Personen, die auf ihn und Pit zuschritten.

Zwei große Farbige, die offensichtlich dem Muskelaufbausport zugetan waren und besonders unfreundlich und grimmig zu schauen in der Lage waren, kamen Blasius und Pit näher. Sie hatten schon fast etwas

Dämonisches in dem Licht- und Schattenspiel des Raumes. Sie folgten einem bedeutend kleineren Mann, der wie seine Begleiter vollkommen in schwarz gekleidet war. Der kleine Mann hatte kurze Haare, einen Seitenscheitel und einen stechenden Blick. Einen solch durchdringenden Blick hatte Blasius niemals zuvor erlebt. Alle drei Männer stoppten wenige Zentimeter vor Blasius und seinem Begleiter, während die beiden augenscheinlichen Bodyguards jeweils einen auf der entsprechenden Seite fest in den Blick nahmen. Der eine starrte Pit an, der ein solches Auftreten wahrscheinlich gewohnt war, der andere und größere von den zwei farbigen Männern nahm Blasius ins Visier. Blasius konnte diesem Blick nur für den Bruchteil einer Sekunde standhalten. Es wurde ihm blitzartig unbehaglich.

›Scheiße, was geht denn hier ab?‹

»Hast du alles dabei?«, fragte der Kleine mit eigenartig hoher Stimme.

Pit nickte, zeigte auf seinen Koffer, und Blasius war sich sicher, als er den sonderbaren Kleinen betrachtete: ›Das ist also Barkley!‹

»Folgen!«, wurden Pit und Blasius kurz angewiesen.

Die drei Männer drehten sich, wobei die zwei Farbigen zu dem Kleinen eine Lücke ließen, die von Blasius und Pit sofort wieder geschlossen wurde.

Der kleine Mann vor Blasius faszinierte ihn. Stark schritt er durch die Gänge der Bar.

›Jetzt lauf ich wohl hinter dem großen Boss her‹, dachte der Mann vom Dorf.

Es erfüllte ihn für einen Augenblick mit wahrem Stolz, dass ihm Barkley vor all den Gästen, vor all den schönen Frauen, diese Aufmerksamkeit entgegenbrachte.

In den nächsten Sekunden dachte er aber auch: ›Dieser kleine Mann namens Barkley muss sicherlich besonders brutal und skrupellos sein, um einen solchen Stand in dieser Szene erhalten zu haben.‹

Keiner der Männer ahnte, was in Blasius vorging.

›Dieser kleine Barkley ist bestimmt unheimlich gefährlich‹, dachte er, und der Gedanke ängstigte ihn ein wenig.

Er brauchte nun ein Feedback. Der junge Mannhaupt konnte diesem Mann nicht folgen, ohne eine Bestätigung seiner Vermutung zu bekommen, und er suchte Pits Aufmerksamkeit.

Blasius beugte sich herüber zu seinem neuen Freund und flüsterte: »Das ist also Barkley?«

In dem Moment dachte ich, mir fällt ein Ei aus der Hose. Diese lächerliche Witzfigur sollte der Barkley sein, vor dem ich mich so richtig vor Angst eingeschissen habe? Glücklicherweise hat der echte Barkley diese saudumme Frage nicht gehört, denn dann wüsste ich nicht, was er mit Blasius hätte anstellen lassen. Der kleine Pimpf sollte Barkley sein? Ich fasste es nicht ...

»Sei still!«, zischte Pit, und Blasius begriff weniger als nichts.

Sie folgten den ominösen Männern, die offenbar ihr Leben lang in der zwielichtigen Branche tätig waren.

›Wird man so, oder ist man so?‹, fragte sich Blasius in Gedanken. ›Drängt diese Leute deren Charakter in das Milieu, oder kommen sie über Umwege im Leben hier hin?‹

Der Gang in die Hinterräume des Bordells kam ihm ewig vor.

›Was ist das nur für ein riesiges Labyrinth?‹, überkam es den jungen Mannhaupt. ›Bestimmt ein Schutz vor Razzien, oder so.‹

Pit hatte seine Last, mit dem Tempo der Männer Schritt zu halten. Er bemühte sich jedoch nach Kräften, nicht den Anschluss zu verlieren, was ihm unter großer Anstrengung auch gelang. Die Bodyguards trieben ihn regelrecht vor sich her.

Schließlich betraten sie einen riesigen Raum, in dem einige Männer herumstanden – Blasius überblickte auf Anhieb acht, hatte jedoch nicht die Zeit nachzuzählen. Für ihn überschlugen sich die Eindrücke. Einer schloss hinter Blasius und Pit die schwere Tür. Mit einem Mal wurde es still. Keinen Laut der Musik konnte man mehr vernehmen, kein Geräusch drang von außen in diesen großen Saal, der wie ein geschäftliches Büro eingerichtet war, aber auf höherem Niveau.

›Es hat schon fast etwas vom Oval Office‹, bemerkte Blasius.

Marmor zierte den Fußboden, ein großer Kronleuchter ragte von der Decke, Stuckverzierungen waren an den Wänden zu erkennen. Scheinbar zeigte Barkley ganz deutlich, dass er uneingeschränkt und unantastbar der Chef war. Luxus als Statussymbol. Der Mann, der Blasius und Pit in diesen Raum geführt hatte, reihte sich unbemerkt bei seinen Kollegen ein, und dem Dörfler wurde klar: ›Der Kleine kann nicht Barkley sein.‹

Sofort fiel ihm ein großer, wuchtiger Mann auf, der jeden in diesem Raum an körperlicher Kraft überragen musste. Er hatte sicherlich ein Alter von 45 Jahren, obwohl er sich auffallend durch Sport und Körperpflege jung hielt. Die tiefen Falten unter seinen Augen und an seinem Hals verrieten ihn jedoch.

›1,95‹, schätzte Blasius innerlich, ›100 Kilogramm. Aber durchtrainierte Kilo. Nicht schlecht.‹

Was aber noch viel auffallender als sein fast perfekter Körperbau war, konnte niemand übersehen: Seine Augen hatten nichts von gewöhnlichen Augen. Sie waren hell, nicht blau, eher weiß mit einer dunkleren Umrandung. Die beiden Punkte in seinem Gesicht stachen besonders heraus. Sie fielen jedem sofort auf. Blasius konnte kaum etwas anderes betrachten als diese Augen.

›Der ist wohl so was wie ein Albino‹, stellte Blasius für sich fest.

Er bemühte sich, diesen Mann nicht anzustarren, was ihm nur schwerlich gelang.

›Solche Leute mögen es sicher nicht gerne, wenn man sie durchdringend betrachtet‹, dachte er.

»Wer is des?«, fragte Barkley streng, als er das fremde Gesicht von Blasius ausmachen konnte.

Der Heftricher beobachtete, wie der Kleine, Barkleys Mitarbeiter, der sie in diesen Raum geführt hatte, sich zu seinem Boss neigte und mit gedämpfter Stimme sprach: »Den hat Pit mitgebracht!«

Der Kleine, der hier im Milchshake nur unter dem Namen Pencil bekannt war, bemerkte in Barkelys Gesicht sofort, einen Fehler begangen zu haben. Die Fehler häuften sich in der letzten Zeit. Dabei wollte doch Pencil eigentlich immer alles richtig machen.

»Ihr kennt den net? Ihr kennt diese motherfucking guy net unn bringt en aafach hier nei?«

Barkley ist Ami. Der ist in Utah geboren, oder so, kommt eigentlich auch aus einer Mormonen-Sippe - erzählt man sich. Mit dem Sekten-Kram hat er aber nicht viel am Hut, nur dass er sich zwei Frauen leistet. Naja, eigentlich noch mehr, bei seiner Branche. Er ist mit zwölf oder dreizehn Jahren nach Deutschland gekommen und ist schon damals ein kleiner, mieser Gauner gewesen. Er hat mir die Story mal erzählt, habe sie aber fast wieder vergessen. Ich glaube, als erste Nutte hat er seine eigene Cousine beschäftigt, die er an ein paar Freunde vermitteln konnte – irgendetwas in der Art. Was aber außer seinem Werdegang und seinen monströsen Husky-Augen heute noch besonders auffällt an ihm, kann er kaum verbergen: Wenn der Wichser das Maul aufmacht, dann spricht er mit einem ziemlich beschissenen amerikanischen Akzent gepaart mit diesem typischen Frankfurter Dialekt. Schrecklich! Hört sich furchtbar lächerlich an für einen Mann mit solch einem Erscheinungsbild. Wie Heinz Schenk im Oval Office. Barkley nennt es sogar selbst ironisch ›henglisch‹. Henglisch! Wie beknackt hört sich das überhaupt an? Henglisch! Ich nenne diesen hessisch-englisch Kauderwelsch so, wie es sich anhört: hesslisch! Aber Barkley darf das natürlich niemals erfahren ...

»Er ist ein Freund von mir, er musste den Wagen fahren«, erklärte Pit, und Blasius wurde ganz anders bei dem Gedanken, dass er hier alles andere als erwünscht war. ›Was mache ich hier überhaupt?‹

Barkley erzürnte sich und zeigte theatralisch mit dem Finger auf Pit: »Shut up, mit dir red isch net, motherfucking asshole!«

Besonders, wenn Barkley sich aufregte, kamen immer wieder Wortfetzen aus der englischen Sprache zum Vorschein. Erst jetzt bemerkte Blasius die weißen Stoffhandschuhe, die Barkley trug.

Der Albino zog seine Brauen zusammen und kniff die Augen leicht zu. Er setzte ein angsteinflößend grimmiges Gesicht auf. Seine Miene wirkte nun noch viel ernster als zu Anfang. Blasius hatte nicht gedacht, dass eine solche Steigerung möglich wäre. Als nächstes drehte sich Barkley in den Raum, und es schien, als wandte er sich an die Allgemeinheit.

»Kennt sonst jemand, irgendjemand diesen Kerl da?«, fragte er und zeigte auf Blasius.

›Mich kann keiner kennen‹, dachte Blasius, ›ist das gut oder schlecht?‹

Da sich niemand meldete, widmeten die Männer ihre Blicke nach und nach dem Kleinen. Kurz war es still.

›Scheinbar ist es gut für mich, dass mich keiner kennt‹, realisierte Blasius erleichtert.

Pit wandte sich seinem Begleiter zu: »Du bist somit nicht als Bulle bekannt. Freu dich!«

›Und ob ich mich freu!‹ Blasius wagte nicht zu reden, denn er sah in Barkleys Augen noch immer einen Funken Zorn – nur, auf wen war dieser gerichtet?

Dann ergriff der Albino wieder das Wort.

»Come on, macht ihn ferdisch!«, forderte der Bordellbetreiber.

Sogleich packten dieselben Männer, die zuvor als Leibgarde des Kleinen auftraten, den nun überaus ängstlichen Pencil und zerrten ihn durch eine bisher von Blasius unbemerkte Tür hinaus.

›Fertig?‹, mit aufgerissenen Augen hatte Blasius nur diesen einen Gedanken, ›fertigmachen? Was heißt das? Wollen die ihn umbringen? Wegen mir?‹

Zwar versuchte sich der arme Kerl zu erklären und darüber hinaus körperlich zur Wehr zu setzen, er hatte jedoch keine Chance. Niemand bis auf Blasius hatte Mitleid mit ihm. Selbst Pit blickte kalt.

»De Schöne Marcello is schon unnerwegs!«, meinte Barkley, und jeder hatte wohl Kenntnis, wer dieser Mann war oder was mit seinem Kommen in Verbindung stand.

Jeder, bis auf den jungen Mannhaupt.

Der Schöne Marcello war eine lebende Legende. Jedenfalls im Milieu. Niemand hatte ihn jemals wirklich gesehen oder konnte noch davon erzählen. Er bewegte sich angeblich nur im Schatten, und keiner konnte wirk-

lich beschreiben, wie er tatsächlich aussah. Der Schöne Marcello wurde von Barkley eingesetzt, wenn ein todsicherer Job von Nöten war. Hier bei dem kleinen Penner reagierte er sicher etwas über, aber wenn Barkley mal einen gefressen hatte, dann erlangte derjenige nur schwer wieder seine Gunst. Der Schöne Marcello würde kommen und mit dem Kleinen ganz schnell kurzen Prozess machen, wenn er diese Aufgabe bekam. Das stand außer Frage ...

Was mit dem Kleinen passierte, erfuhr Blasius nicht. Er ahnte jedoch das Schlimmste. Blasius Mannhaupt, der junge Mann, der heute früh noch ahnungslos in seinem Heimatdorf aufgewacht war, stand der blanke Schrecken ins Gesicht geschrieben. Barkley wurde hingegen plötzlich ganz gelassen – zu gelassen.

»Ich hass es, wenn mei Mitarbeiter schlambisch abbeite«, meinte er, »unn by the way konnt ich die klaane Mistratt sowieso net leide!«

›Das sollte wohl ein Witz sein, oder so‹, stellte Blasius für sich fest.

Ihm fiel auf, dass sämtliche Männer, die zuvor grimmig und ausnehmend ernst blickten, nun sanft grinsten. Dazu wippten sie leicht mit dem Kopf, als würden sie innerlich lachen und ihm zustimmen.

»Nun zu dir«, wandte er sich an Blasius und trat an ihn heran, »du bist doch kaan Beamter, oder?«

Blasius Mannhaupt wusste genau, worauf der Bordellbesitzer hinaus wollte. Natürlich wollte er einfach nur wissen, ob der Kerl mit dem fremden Gesicht, Blasius, von der Polizei geschickt wurde. Der Dörfler jedoch brachte all seinen Mut zusammen und versuchte, so kess wie möglich zu wirken. Er wollte diesen Mann beeindrucken.

Er sagte: »Doch!«

Barkley überraschte zwar die Antwort, jedoch zeigte er kein Zeichen der Beunruhigung. Nachdem er eine Sekunde darüber nachdachte, fing der starke Mann sogar an zu lächeln.

»Postbeamter im mittleren technischen Dienst«, vervollständigte Blasius, und Pit verdrehte schockiert die Augen.

Wie kann man nur so dämlich sein und Barkley eine so was von bescheuerte Story auftischen? Mittlerer technischer Dienst! Ich habe Typen gesehen, die Barkley wegen eines falschen Grinsens fertigmachen ließ. Und dieser Dörfler wagte es tatsächlich, ihn zu verarschen. Barkley verarscht man nicht. Das ist ein ungeschriebenes Gesetz und zudem lebensgefährlich. Ich war kurz davor, Blasius eine reinzuschlagen. Selbstjustiz war hier erlaubt. Er spielte mit seinem Leben, und, was noch viel schlimmer war, mit meinem ...

»Du bist en idiot«, sagte Barkley, und das englische ›idiot‹ klang viel erniedrigender als ein deutsches ›Idiot‹, »du hast Courage, allerdings du bist en idiot! But velleicht isses aach nur Dummheit.«

Niemand im Raum sagte sonst etwas.

»Er ist sauber!«, bekräftigte Pit, der sich jetzt ärgerte, dass er Blasius da mit reinziehen musste.

»Halt lieber dei Maul, sonst passiert dir dasselbe wie Pencil.« Pit verstummte unverzüglich bei diesen Worten von Barkley, denn er spürte deutlich, dass es der Besitzer des ›Milchshake‹ ernst meinte.

»Du gefällst mer awwer«, sagte Barkley zu Blasius und riss ihn aus seinen Gedanken. »Komm mal her!«

Blasius Mannhaupt folgte ihm auf die andere Seite des Raumes, wo ein großer, schwerer, ausladender Marmorschreibtisch stand. Auf diesem Tisch wurden keine

Arbeiten im herkömmlichen Sinne durchgeführt. Das konnte man deutlich sehen, denn es lagen lediglich ein Füllfederhalter auf der Schreibunterlage, und eine Gegensprechanlage stand auf der Tischplatte. Das teure Möbelstück zierte nur den Platz von Barkley. Wieder ein Luxus, den sich der Mann leistete, um seinen Status zu unterstreichen! Ein Boss saß ganz einfach hinter einem großen, edlen Schreibtisch. Punkt! Aus! Basta!

»Sit down!«, wies Barkley an, und Blasius tat, was er sollte.

Er blickte unsicher, denn er wusste nicht, was Barkley nun mit ihm vorhatte.

»Wie heißt du?«, fragte Barkley dann Blasius, der sich in dem tiefen, mit dunklem Leder überzogenen Ohrensessel so gar nicht wohlfühlte.

»Mannhaupt, Blasius Mannhaupt.« Er zitterte merklich, als er das sagte.

»Blasius, also.« Der Nachname war für Barkley ohne Belang. »Warste schon emool Gast hier im ›Milchshake‹?«

Blasius schüttelte den Kopf und wunderte sich gleichzeitig, dass der Amerikaner nicht mit einer weiteren Silbe auf seinen Vornamen einging.

›Kein Witz? Keine blöde Bemerkung?‹, wunderte er sich.

Gewöhnlich konnte sich niemand ein geringstes, dreckiges Grinsen verkneifen, wenn er den Namen hörte. Nicht aber Barkley, er konzentrierte sich allein auf sein Vorhaben. Er wollte Blasius etwas mitteilen. »Weißte, wesweeche des ›Milchshake‹ genau so heiße tut?«

Der junge Mann dachte kurz nach. »Weil ihr hier Milchshakes verkauft?«

»Fast richtig!«, rief Barkley begeistert, »but?«

»Hm, ich weiß es nicht!«, antwortete Blasius.

Barkley trat zu Blasius und tätschelte ihm mit flacher, aber doch strammer Hand die Wange.

»Das spricht fer dich, mei boy, du hast net so en versautes Hirn wie mir alle hier!« Als Barkley das sagte, lachte die Allgemeinheit im Raum wie auf Kommando leicht auf.

»Diese Bar«, fuhr er dann fort, »heißt, wie sie heißt, einmool nadierlich, weil mer hier Milchshakes serviere, da liegste ganz rischtisch, but net nur des …«

Diese Milchshake-Story habe ich schon ein paar Mal hören dürfen. Immer wieder dasselbe Drama. Barkley trägt sie für sein Leben gerne vor. Sie ist sein Stolz, diese Bar, dieses Konzept, all das hatte er sich mal ausgedacht. So berichtete er schon unzählige Male davon, und dies auf seine ganz eigene Weise. Jedoch eigentlich nur bei Leuten, die sich bereits verdient machten und sein Vertrauen genossen. Es kam einer kleinen Belohnung gleich, diese Story von Barkley erzählt zu bekommen - mit all seinen Vorzügen. Da Blasius aber erst seit fünf Minuten bei Barkley war, wunderte es mich zunehmend, dass Blasius diese Erzählung schon so früh ›genießen‹ sollte. Ich sage genießen, weil ich ihr Ende kenne ...

»Dieses Etablissement bietet seim Gast die besten Milchshakes der City, nein, Deutschlands, ach, was babbel ich, der ganzen verfluchten world. Mer mache Indian-Curry-Shakes, Asia-Reis-Shakes, Red-Chili-, African-Mango-, Blonde-Berry-, Black-Mamba-, Brown-Anus-, Blind-Touch- unn was waaß ich noch alles fer Shakes. Es sin die ausgeklügelsten Rezeptscher mit dene ausgefallenste Geschmäcker. Was macht diese awwer so wahnsinnig super besonners?« Barkley machte eine dramatische Pause und stellte die letzte Frage selbstverständlich rhetorisch, ohne wirklich eine Antwort zu erwarten.

»Sie lassen sie von ihren Stripperinnen servieren?«, sagte Blasius unbedacht.

Enttäuscht ließ Barkley die Schultern fallen: »Mensch, verdirb mer doch net die Pointe!«

Da begriff Blasius, dass er die Klappe hätte halten sollen. »Oh, Entschuldigung!«

»Guud, noch emool!« Barkley holte nun ein weiteres Mal verbal aus. »Diese Shakes sin die besten des ganzen gottverdammten Universums, weil mei Mädels se serviere. Rischtisch, mei boy! But se serviere die Shakes net nur …«

Wieder legte Barkley eine Pause ein, und Blasius sah ihn zur Gegensprechanlage schreiten.

Der Albino beugte sich herunter und betätigte den Knopf: »Angelo, einen Indian-Curry-Shake in mei Büro. Pronto!«

Voller Stolz nahm Barkley wieder die aufrechte Haltung ein und sah zu seinem Publikum, zu Blasius herüber.

Da kam für ihn überraschend die Antwort: »Chef, Sheema ist schon heim. Geht also nicht!«

»What?«, rief Barkley in die Anlage.

»Sorry, sie ist nicht mehr da, und eine andere kann den Shake nicht durchführen«, erklärte Angelo.

»Ja, ist ja gut! Dann eben einen normalen Vanille-Shake - doesn't matter, wer ihn bringt«, sagte Barkley fast etwas enttäuscht und wandte sich grinsend wieder an Blasius. »Sorry, Vorführeffekt!«

Nun stieg in Blasius die Spannung. Alle anderen wussten, was passieren würde, und sie freuten sich innerlich bereits. Wenige Momente später klopfte es an der Tür. Als ein Bodyguard Barkleys die Pforte öffnete, betrat eine Stripperin den Raum. Selbstbewusst schritt sie in hautengen, kurzen Jeans und bauchfrei, mit einem hellen T-Shirt bekleidet, zu ihrem Chef.

›Heiliger Strohsack‹, dachte Blasius begeistert, und diesen Gedanken teilte er mit nahezu jedem einzelnen Mann im Raum.

Sie balancierte mit flacher Hand geschickt ein silbernes Tablett, auf dem mittig ein Glas platziert worden war. Darin sollte sich anscheinend der Milchshake befinden. In der andern Hand trug sie einen kleinen CD-Player.

»Hallo Barkley«, begrüßte sie ihn, gab ihm einen Kuss auf die Wange und glitt ihm fast unbemerkt mit dem Handrücken sanft in den Schritt. Anschließend fragte sie: »Wer soll den Shake bekommen?«

Barkley deutete nickend und wortlos auf Blasius, der sich eingeschüchtert in dem Ohrensessel regelrecht verkroch.

Die Stripperin schaute zu Blasius herüber und fragte gleichzeitig Barkley: »Mit Schuss?«

»Sicher!«, antwortete er leise.

Sie stellte den CD-Spieler auf den großen Schreibtisch und kam Blasius nahe. Sie beugte sich mit ihrem Oberkörper zu ihm herunter.

Ihr langes, dunkelblond gelocktes Haar fiel ihm entgegen und rahmte ihr zierlich markantes Gesicht ein. Dunkle Augenbrauen, blaue Augen und volle Lippen ließen Blasius erröten, angesichts der Nähe, die ihm zuteil wurde.

»Hallo, wir sollten uns vorstellen. Ich bin Jackie. Wie heißt du?«

»Ich«, Blasius musste sich räuspern, »ich heiße Blasius!«

Die Stripperin fing an zu kichern, besann sich jedoch schnell auf ihre eigentliche Aufgabe.

»Hallo Blasius!«, sagte Jackie und strich ihm lasziv über die Wange, bevor sie sich wieder zum CD-Player drehte.

Nun konnte er ihre körperliche Pracht erstmals genießen. Sie besaß eine unfassbar anregende Figur. Noch niemals hatte Blasius eine solche Frau so bewusst aus der Nähe und so leicht bekleidet gesehen. Ihr kleiner, praller Hintern füllte vollends die knappe Hose aus. Jackie war eine Frau, die man im Allgemeinen als ungewöhnlich sexy titulieren würde.

Sie stellte die Musik an. Es begann eine Mainstream Popmusik, die Blasius kannte. Titel und Interpreten konnte er nicht ausmachen, was in diesem Moment auch nicht nötig war. Der rhythmische Song veranlasste Jackie, sich leicht zu dessen Klängen zu wiegen.

›Wer singt das nur?‹, fragte sich Blasius und versuchte, sich mit diesem Gedanken künstlich abzulenken, denn er ahnte, dass er der Mittelpunkt der folgenden Darbietung sein sollte. ›Ich darf nicht erregt sein. Ich kenne das Lied doch?‹

Schon nach wenigen Klängen erkannte man die außerordentliche Beweglichkeit der Stripperin. Sie griff das Glas mit dem Vanille-Shake und hielt es sicher in der Hand.

›Sie verschüttet nicht einen einzigen Tropfen. Bemerkenswert!‹ Blasius beschäftigte sich nun gedanklich mit möglichst vielen Nebensächlichkeiten.

Barkley begann, über das ganze Gesicht zu lächeln. Seine Augen funkelten noch viel mehr, als sie es ohne diese Prise Stolz sowieso taten. Plötzlich bewegte sich Jackie schneller. Anzüglicher. Sie vibrierte am gesamten Körper, hielt den Shake aber weiterhin fest in den Händen, ohne einen einzigen Tropfen zu vergießen.

›Wie heißen die nur?‹ Blasius wollte sich auf die Frau vor ihm nicht einlassen. ›Wie heißt die Band? Wie nur? Wie?‹

Er konnte sich für diese Art des Tanzes nicht öffnen. Nicht vor all den Männern im Raum. Und schon gar nicht in seiner prekären Situation. Er kannte diese Strips nur vom Bildschirm oder vom Hörensagen. Eine Live-Show wie diese sah er vorher noch nie. Er ahnte kaum, was noch auf ihn zukommen würde. Die Stripperin drehte nun auf. Mit gekonnten Griffen zog sie in Sekundenschnelle ihre Hose vom Körper und zeigte sich im stoffarmen Tanga. Mit einem Ruck, aber dabei immer rhythmisch zur Musik, riss sie ihr Shirt ein und zerrte es schlagartig von ihren Brüsten, die nun vollkommen unbedeckt für Blasius und alle anderen sichtbar waren. Blasius Mannhaupt konnte nicht fassen, wie prall und fest diese Brüste waren und sich trotz des Tanzes kaum rührten.

›Diese Frau besteht jeden Bleistift-Test!‹, dachte Blasius und erfreute sich nun zunehmend an der Vorführung, ›die können doch nicht echt sein!‹

Minuten beobachtete er Jackie, wie sie ihre Beine um ihn herum schwang, sich an ihm entlang schlang und ihn doch kaum dabei berührte. Es erregte ihn nunmehr sehr, er konnte sich nicht mehr wehren, aber Blasius Mannhaupt, der Dörfler, dachte niemals daran, auch nur zu versuchen, sie anzufassen. Er wusste, woher auch immer, dass dies nicht gewollt war.

Endlich begann Jackie, den Milchshake zu servieren. Sie beugte sich über Blasius und träufelte die Flüssigkeit nach und nach über ihren Busen, sodass die Milch an der spitzesten Stelle, ihrer erhärteten Brustwarze, abtropfte. Vollkommen von dem Strip und dem Milchshake begeistert nahm Blasius die Milch in seinen Mund auf und genoss die Show. Mittlerweile vergaß er fast die fremden Menschen im Raum.

Die Interpreten des Liedes waren ihm nun auch egal. Er wunderte sich, dass der Milchshake so gar nicht nach Alkohol schmeckte.

›Hatte sie anfänglich nicht etwas von Schuss gesagt?‹

Sämtliche Personen beobachteten genau die weiblichen Kurven Jackies und ihre erotischen Bewegungen.

Jackie näherte sich erneut Blasius' Ohr, und er dachte schon, sie wolle ihn küssen – sie sprach jedoch: »Und jetzt kommt der Schuss!«

›Der Schuss?‹, fragte sich Blasius und wartete, was nun wohl passieren würde. Angst überkam ihn plötzlich. ›Schuss? Hat sie eine Waffe?‹

Die Stripperin griff Blasius unvermittelt in den Schritt. Ihre Hände waren ihre Waffe. Vor Überraschung zuckte er zusammen. Es fühlte sich alles andere als unangenehm an, dennoch sträubte sich Blasius. Jackie öffnete seine Hose. Ihr vermeintlicher Kunde erstarrte.

›Oh nein, d e n Schuss meint sie‹, dachte Blasius, den gemischte Gefühle durchströmten: Erleichterung, dass ihm eine befürchtete Gewalttat erspart blieb und Entsetzen über die Wahrheit.

Blasius konnte sich für einige Momente nicht rühren. Sie fühlte nach seinem Glied, das sie erregt vorfand. Blasius ahnte, was sie nun mit ihm vorhatte. Er dachte nach. Wie er nun darauf reagieren sollte, wusste er für eine Sekunde nicht.

›Was … was … was?‹, er konnte noch nicht einmal den Gedanken zu Ende führen.

Jackie beugte sich herunter. Sie öffnete ihren Mund. Und da hielt er sie zurück. Wenige Zentimeter vor seinem Penis drückte Jackie sich mit offenem Mund hinab. Nur die Hände des jungen Mannes an ihrer Stirn hinderten sie daran, ihr Vorhaben durchzuführen. Die

Spannung zwischen Kopf und Handflächen war für alle, durch ein leichtes Zittern klar zu erkennen. Es hatte etwas von Armdrücken, nur dass sich der Bizeps und Unterarm von Blasius mit der Nackenmuskulatur von Jackie maßen.

›Das geht nicht, ich will das nicht‹, dachte Blasius, dem schon peinlich genug war, dass diese Frau sein Glied in der Hand hielt.

Blasius dachte an seine Freundin. Wie hätte er das nur Dörte erklären sollen? Zwar wünschte er sich insgeheim schon lange, diese sexuelle Erfahrung zu machen, aber nicht hier, nicht jetzt und nicht mit einer Prostituierten.

Blasius weigerte sich: »Nein, bitte! Bitte, lass es!«

Verwundert schaute Jackie zu ihm herauf und gab dem Druck seiner Hände nach: »Was ist?«

Sie konnte kaum begreifen, dass ein Kunde es nicht wünschte, mit ihr Oralverkehr zu haben. Sie drehte ihren Kopf zu Barkley. Dieser blickte ebenfalls verwundert. Es vergingen wenige Sekunden, in denen Barkley nachzudenken schien. Schließlich zuckte er mit den wuchtigen Schultern, und Jackie ließ vollends von Blasius ab. Verachtungsvoll wandte sie sich von ihm ab und ging zurück zu ihrem Chef. Blasius schloss eilig seine Hose.

»Da missachtet wohl aaner dei Künste, Jackie-Maus!«, sagte Barkley ruhig, »macht nix, Klaane, ich komm nachher mal zu dir, dann kannst du vollende, was du hier aagefange hast.«

Bereitwillig gab sie Barkley einen langen, feuchten Kuss und verabschiedete sich. Blasius atmete tief durch, denn ein solches Erlebnis hatte er noch nie.

Barkley ging auf Blasius zu, der versuchte, wieder ruhig zu atmen.

Ich konnte es kaum glauben. Jackie ist ein Brett von einem Weib. So eine Gelegenheit bot sich kaum jemandem mal, außer dem, der dafür gut zahlte. Und Blasius, der kleine Dorfdepp, der er nun mal war, hat einfach gekniffen. Wäre es ihm möglich gewesen, er hätte den Schwanz wortwörtlich eingezogen. Unglaublich! Jeder im Raum, der schon einmal in den Genuss kam, einen Milchshake mit Schuss von Barkley geschenkt zu bekommen, mich eingeschlossen, hätte und hat es nicht gewagt, den Blowjob von einem seiner Mädels abzulehnen. Wer will es schon riskieren, einen skrupellosen Dreckskerl wie Barkley zu verärgern? Jeder hätte sich vor Angst in die Hose geschissen. Damals, bei mir, habe ich wirklich gedacht, dass der Typ sie nicht mehr alle hat, aber ich habe mich nicht gewehrt ...

»War etwas net okay?«, fragte Barkley ruhig.

Blasius schaute zu ihm hoch und dann auch in die Gesichter der anderen Leute. Er bemerkte, wie sie ihn alle belächelten. Blasius musste sich nun wehren. Selbstbewusstsein wollte er nun ausstrahlen. Er versuchte, Barkley ernst in seinen Bann zu ziehen, durchdrang ihn mit seinem Blick. Nach mehreren Sekunden bemerkte Blasius sogar, wie die grellen Albinoaugen zwar den Blick standhielten, aber leicht zitterten. Der Dörfler spürte nun, dass er den Bordellbesitzer erheblich beeindruckte.

»Ich habe eine Freundin! Warum sollte ich sie mit so einer betrügen?«, sagte Blasius leicht streng.

Barkley entzog sich nun dem Blickfeld Blasius' und stapfte hinter den Sessel. Er klatschte mehrmals leicht in die Hände. Die Handschuhe dämpften den Schall deutlich.

»Bravo, mei boy!«, rief Barkley. »Bravo! Du bist konsequent. Des muss mer dir lasse.«

Er kam hinter Blasius wieder hervor und flüsterte ihm zu: »Ich hätte des net gekonnt.«

Blasius spürte, dass er nun eine gute Konversation mit Barkley führen konnte. Dies brachte ihm den nötigen Mut, ihm auch eine Frage zu stellen.

»Wofür sind diese weißen Handschuhe gut?« Es klang fast etwas arrogant für die Allgemeinheit. Vielen stockte der Atem. Alle anderen waren sich sicher, dass Blasius einen erheblichen Fehler begangen hatte. Niemand sonst hätte gewagt, dieses Thema anzusprechen, aber Barkley nahm Blasius' Frage überraschend interessiert auf.

»Die da?«, Barkley hob seine Hände an und lächelte leicht, »tja, des hat mer mei Uncle Dokter gerate.«

Blasius runzelte die Stirn.

»Ich habb tierischen Hautausschlag. It's going to kill me. Die Händ sin am schlimmsten betroffe. Eischentlich sin nur die Händ betroffe. Des Jucke quält mich, die Haut is trogge, se reißt ei, es is mörderisch. Ich habb schon alles versucht, but es hat nix geholfe. Jetzd muss ich diese Handschuh tragen, darunner befinnet sich nadierlich ei Creme. Mal sehe, was es bringe tut!«, führte Barkley aus.

Der Dörfler hatte einen Einfall, zögerte kurz, aber sprach dann doch.

»Haben Sie es mal mit Eigenurintherapie versucht?«, wollte Blasius wissen.

Alle im Raum, die nach der ersten Frage wieder lockerer wurden, erstarrten nun gänzlich. Barkley drehte langsam seinen Kopf zu Blasius. Jeder ahnte, dass sich nun der Boss veralbert vorkommen musste.

Blasius bereute bereits seine Aussage und dachte: ›Vielleicht habe ich ihn damit beleidigt?‹

»Sorry, was soll ich schon gemacht habbe?«, versuchte sich Barkley zu vergewissern.

Blasius erklärte: »Im Eigenurin befinden sich körpereigene Bestandteile, die einen Heilungsprozess fördern. Der Mittelstrahl des Morgenurins soll dabei angeblich am wirkungsvollsten sein.«

Barkley lachte kurz auf und sagte gelassen: »Eigenurin, ja?«

Blasius nickte. »Es existiert auch eine Fremdurintherapie, damit habe ich aber keine Erfahrung.«

»Du meinst«, Barkley versuchte, das für ihn Unglaubliche in seine eigenen Worte zu fassen, »du meinst also honestly, ich soll mer selbst üwwer die Händ pisse, damit es meiner Haut besser geht?«

Blasius nickte abermals. Er vermied den Satz: »Man kann es auch trinken.« Und erst recht die Bemerkung: »Ich tu es jeden Morgen.«

»Des brennt doch wie die Sau!«, behauptete Barkley.

Blasius schüttelte den Kopf. »Meines Wissens nicht. Sie müssen es kurz einwirken lassen und können sich nach kurzer Zeit die Hände wieder reinigen. Ist vollkommen unkompliziert.«

»Mei boy, du hast se nimmer all!«

Als Barkley das sagte, dachte ich, der jagt dem Trottel gleich selbst eine Kugel in die Birne. Was glaubte Blasius eigentlich, wo er war? In den Katakomben von einer der größten Banden-, Puff-, Mafioso-Chefs und was weiß ich noch alles, jedenfalls in Frankfurt, rät der ihm doch glatt vor seinen eigenen Männern, dass er sich auf die Hände strullen soll. Wahrscheinlich hätte Barkley bei jedem anderen auch sofort die Notbremse gezogen. Der hätte nicht mehr lange zu leben gehabt. An Blasius aber hatte dieser Albino-Mistkerl scheinbar einen Narren gefressen ...

Barkley wandte sich unverzüglich von Blasius ab. Der Heftricher spürte, dass Barkley keinen einzigen Moment mehr über seine Krankheit reden wollte.

»Nun zu dir, Pit!« Der Puffbesitzer rieb sich sichtlich erfreut die mit Handschuhen überzogenen Hände. »Du hast also mei Kohle debei, ja?«

»Wie es abgemacht war!«, sagte Pit ernst. »Steht unser Deal?«

Barkley breitete die Arme aus, als wollte er jede Schuld und jeglichen Zweifel von sich weisen.

Während seiner letzten Audienz bei Barkley vor nunmehr 24 Stunden hatte Pit die angesprochene Vereinbarung mit dem Amerikaner geschlossen, und dazu schien der Mann aus dem Milieu zu stehen. »Hey, is doch Ehrensache. Du gibst mer die Kohle, und du bekommst deinen Deal! Mormonen-Ehrenwort!«

Blasius beobachtete, wie Barkley den Koffer entgegennahm. Der Albino ging damit freudestrahlend zurück zu seinem Schreibtisch, an dessen anderer Seite Blasius noch saß. Offenbar hatte der Bordellbesitzer genaue Vorstellungen, was sich in dem Koffer befinden sollte. Barkley hatte Pit im Rücken. Nachdem er den Koffer geöffnet hatte, starrte er hinein. Sekunden lang passierte nichts. Es machte den Eindruck, als würde Barkley das Geld bewundern, das Pit auf der Fahrt nach Frankfurt Blasius gegenüber erwähnt hatte. Allerdings konnte es dem Kenner der Szene schon merkwürdig vorkommen, dass Barkley dabei derartig erstarrte. Er hatte mit Sicherheit bereits häufiger schon mehr als das Dreifache vor sich gehabt. Er schloss den Koffer und ging wieder zu Pit. Dieser strich gelassen über seinen Ziegenbart.

Pit ahnte nicht, was nun geschehen würde. Er glaubte, Freude in Barkleys Gesicht zu erkennen und wähnte sich selbst bereits glücklich, dass endlich alles gut verlaufen war.

Mit einem Handgriff jedoch öffnete Barkley den Verschluss des Koffers und schleuderte ihn Pit entgegen. Der Mann mit dem Ziegenbart und auch Blasius am anderen Ende des Raumes zuckten zusammen. Der Koffer gab nun preis, was Barkley so lange betrachtet hatte. Den Koffer im Begriff zu fangen, ließ Pit ihn jedoch überrascht fallen und betrachtete am Boden, was sich in ihm befand. Alte Zeitungen, ein paar lose Broschüren und weiteren Papierkram sah er, was darüber hinweggetäuscht hatte, dass sich das ursprüngliche Geld nun nicht mehr im Koffer befand. Sofort ergriffen Pit zwei beängstigende, monströse Gestalten von links und rechts und fixierten ihn. Blasius sah hinter sich und bemerkte, wie auch ihn zwei Männer flankierten, die jedoch nur ihre kräftigen Hände auf seine Schultern legten. Schmerzhaft verdrehten die Leibwächter Pit die Arme. Seine Krücke fiel zu Boden. Blasius, der sich aus seinem Sessel erheben wollte, wurde von den beiden an die zwei Meter großen Farbigen an seiner Seite zurückgehalten.

›Gegen die habe ich keine Chance‹, dachte er richtig.

Die Bodyguards mussten nichts weiter tun, als die Arme mit flacher Hand gestreckt zu halten. Dies beeindruckte den kleinen Dörfler aus Heftrich bereits so sehr, dass er sich nicht mehr rührte.

In Barkleys Stimme war von Anspannung nichts zu spüren, als er ganz nahe zu Pit herankam und ruhig sagte: »Willst du mich verarsche?«

Schmerzerfüllt konnte Pit nur schwer reden: »Barkley, ich schwöre dir, das Geld war da drin. Ich bin selbst reingelegt worden!«

Ich hatte in diesem Moment kaum noch Hoffnung, dass ich aus dieser Sache wieder lebendig herauskomme. Man verarscht nicht einfach so diesen Albino und spaziert mir nichts, dir nichts wieder aus seinem Puff heraus. Im Normalfall hätte ich jetzt den Schönen Marcello auf dem Hals, was mehr als beängstigend für mich war. Dabei hatte ich keinen einzigen Moment vor, diese Scheiße zu machen. Sydney hatte mich beschissen. Er hat anstatt des Geldes seine verschissenen Zeitungen in den Koffer getan. Wenn ich dazu die Chance gehabt hätte, kein Knochen wäre in ihm heil geblieben. Nur hatten mich die Zombies von Barkley nun in der Mangel. Es sah schlecht für mich aus und erst recht für den Deal ...

Nach einem kurzen Handzeichen von Barkley wusste ein weiterer Bodyguard, was er zu tun hatte. Er griff sich einen Barhocker, drehte ihn herum und schwang ihn. Die harte Sitzfläche traf Pit auf seinen bereits gebrochenen Fuß. Pit schrie auf, jammerte, er hatte Schmerzen wie niemals zuvor. Barkley zeigte keine Regung. Blasius sah vollkommen verstört was passierte, konnte jedoch nicht eingreifen und schwieg.

»Wo is the money?«, fragte Barkley scheinbar vollkommen gelassen.

Pit jaulte, litt unter starken Schmerzen, wurde dennoch weiterhin von den zwei Leibwächtern gehalten. Kaum zu verstehen waren seine Worte.

»B-barkley, ich beso-horg dir das verdammte G-geld. Glaub mir, i-ich dachte, es wäre da drin. Glaub mir, ich bin do-hoch auch beschissen worden«, versuchte Pit, seinem Gläubiger klar zu machen.

»Wie willst du klaaner Pisser mer des Geld besorgen?«, fauchte Barkley plötzlich doch nicht mehr ganz so friedlich. »Du kannst ja noch net emool mit dem Auto fahre.«

Da meldete sich Blasius sehr lautstark von seinem Sessel aus: »Ich besorge es!«

Unverzüglich drehte sich Barkley zu Blasius. Er ging auf ihn zu. Er fixierte ihn mit seinen stechenden Augen und schaute sehr grimmig. So böse hat Blasius noch niemals jemanden blicken sehen. Blasius konnte in diesem Moment nichts denken oder fühlen. Er hatte Angst. Blanke Angst! Die Hände der farbigen Männer auf Blasius Schultern zogen sich etwas zu. Die Information ›Schmerz‹ drang in sein Hirn. Blasius hatte nun mehr als nur Angst. Todesangst!

»Hast du klaaner Flachwichser the money?«, fragte Barkley ihn.

Blasius zeigte sich verwundert: »Nein, habe ich nicht, aber ich kann Pit fahren, um das Geld zu holen.«

Barkley winkte ab. »Naa, du willst mich aach verarsche. Pit geht nirgendwo mehr hie, wenn ich the money net bekomm. Never!«

Er schritt wieder auf Pit zu, dem die Schmerzen deutlich anzusehen waren. Er atmete schwer und ihm liefen Tränen die Wangen herunter. Hätten ihn die Schläger nicht gestützt, er wäre längst in sich zusammengebrochen. Barkley nahm den Unterkiefer von Pit mit seiner großen Hand und sah ihn dabei wütend an.

»Did you listen? Entweder ich krieg mei money, oder du gehst nirgendwo mehr hie«, sagte Barkley.

»Hey, Blasius, oder wie du heißt!«, rief der Gangsterboss auf einmal. »Come on, hierher!«

Blasius sah zu den großen Farbigen auf, die ihn nun gewähren ließen. Mit zittrigen Knien schritt Blasius durch den Raum.

»Nimm den Koffer!«, wies Barkley an, »unn besorg mer the money. Wenn du net wiederkimmst, dann wirst du ihn hier, deinen Kumpel, niemals wiedersehe. Niemand wird ihn wiedersehe. Verstehst du?«

Blasius nickte.

»Unn dich finne mer aach!«, fügte Barkley hinzu, »is nur a question of time!«, worauf Blasius ein weiteres Mal zustimmend und angsterfüllt den Kopf bewegte.

»Darf ich noch kurz mit Pit reden?«, fragte Blasius.

»Du bist en echt mutischer, klaaner Penner, weißte des? Ich mag dich irgendwie. Du hast was. Aber geh mir net uff die Eier. Ich warne dich!«, sagte Barkley, machte eine kurze Pause, und sprach fast mit einem Hauch von Ironie in seiner Stimme zu seinen Bodyguards, die noch immer Pit hielten: »Setzt ihn in de Sessel, unser Blasius muss noch mit ihm redde, bevor er mer the money besorgt!«

Als Pit in den Ohrensessel geschleudert wurde, brauchte er einige Momente, bevor er sich mit Blasius austauschen konnte.

»Wo soll ich das Geld holen?«

Mann, ging es mir da beschissen. Ich hätte mir fast gewünscht, irgendein Bullterrier von Barkley hätte mir eine übergebraten, damit ich mein Bein nicht mehr spürte. Ich konnte kaum noch klar denken, aber was blieb mir anderes übrig, als Blasius alles zu erklären. Ich habe ihm gesagt, wer mich reingelegt hat, und weswegen mir Sydney das Geld hätte geben sollen. Ich habe Blasius gesagt, wo er diesen Sack findet und dass er ihm am besten den Schädel einschlagen sollte. Natürlich erst nachdem Blasius das Geld von ihm bekommen hat ...

Sydney

ALS ICH NOCH AM FRÜHEN Nachmittag auf dem Weg zu Sydney gewesen war, dachte ich nicht daran, dass mich dieser hässliche Vogel reinlegen könnte. Ich musste auf der Hut sein. Dass er es versuchen würde, dies war mir klar. Dass er es jedoch schaffen würde, diese Tatsache wurde auch für mich erst am späten Abend bei Barkley zur grausigen Überraschung ...

Pit hielt vor seinem Bestimmungsort an. Er vergaß vor lauter Eile und Aufregung, dass er seine Medikamente längst hätte nehmen müssen. Ruhig atmete er tief durch die Nase ein und ebenso intensiv durch den Mund wieder aus. Seinen Puls musste er herunterschrauben, und schwitzen durfte er nun auch nicht mehr so stark.

›Sydney darf mir den Stress nicht ansehen!‹, dachte Pit und versuchte, sich zu konzentrieren.

Er wischte sich die letzten Schweißperlen von der Stirn und fühlte sich nach einigen Augenblicken einigermaßen bereit für seinen Plan. ›Geh dort rein, und hol dir die Asche!‹

Noch immer leicht nervös stieg er aus seinem kleinen VW Polo aus. Der Wagen stellte zwar nicht unbedingt das dar, was sich Pit normalerweise unter einem Fahrzeug vorstellte, aber derzeit liefen die Geschäfte nur mäßig, sodass der Kleinwagen seinen Zweck erfüllte. In einem kleinen Ort im Rhein-Main-Gebiet bei Usingen hatte Pit vor, seinem Geschäftspartner zu begegnen.

Bei mehreren Treffen zuvor wurde die Börse verhandelt und der Unternehmer Sydney Blum gab letztlich klein bei. Er hatte Dreck am Stecken, und Pit wusste das. Ein paar krumme Geschäfte hier und ein paar Betrügereien dort. Zudem hatte Pit sehr wertvolle Informationen über Sydneys Privatleben. Die Kenntnisse waren ihr Geld wert. Blum hatte Pit alles in allem 750.000 Euro zugesichert - in bar, versteht sich. Mehr als Pit jemals zuvor in seinen Händen gehalten hatte.

»Noch ein paar Momente cool und lässig sein, und schon habe ich die Knete«, betete sich Pit vor. »Es kann nichts passieren.«

Er wusste, dass von den nächsten Minuten viel abhängen würde. Pit brauchte das Geld. Wenn es jetzt gleich nicht klappen würde, dann hätte er ein mächtiges Problem mit Barkley, der bereits auf ihn wartete. Bei Sydney lag die Lösung aller Probleme, die Pit hatte. Die schweißnassen Hände rieb er sich immer wieder an seiner Kleidung trocken. Er musste einen selbstbeherrschten und überlegenen Eindruck erwecken. Nur so konnte Pit Sydney überzeugen, dass er es ernst meinte.

›Bloß keine Schwitzfinger haben beim Händedruck‹, schwor sich Pit ein, ›und drücken, feste zudrücken!‹

Sydney besetzte die Position des Geschäftsführers eines Autohauses und das, obwohl er erst 35 Jahre alt war. Zielstrebigkeit musste man ihm nachsagen, soviel war sicher. Dieses Unternehmen verwendete Sydney jedoch immer wieder für krumme Geschäfte, was irgendwann einen Großteil seines ganz persönlichen Umsatzes ausmachte. Geklaute Autos umlackieren und wenn nötig umbauen, um sie dann in Ostblockländer zu verschachern, das brachte ihm in der Vergangenheit viel Geld ein. Das wusste Pit, der ihn dann und wann mit solchen Autos belieferte, wobei Sydney generell eine schlechte Zahlungsmoral aufwies.

Immer wieder hielt er die Bezahlung für Pit zurück, und mit der Zeit häuften sich die Schulden bei dem Kleinkriminellen. Sydney machte mit allem Geld, was ihm in die Finger kam. Früher dealte er sogar mit kleineren Mengen Haschisch, Marihuana und Kokain. Dieses kleine Nischengeschäft hatte er mittlerweile jedoch weitestgehend eingestellt.

»Na, ist dein Papa da?«, fragte Pit Monika in der Vorhalle der Geschäftsräume.

Sie saß oft da und vertrieb sich die Zeit. Wer Monika sah, der dachte nicht daran, dass sie das Alter von achtzehn Jahren gerade erst vor einigen Monaten überschritten hatte.

›Die geht gut und gerne auch als 25-Jährige durch‹, dachte sich der blonde Pit.

Monika machte einen sehr reifen Eindruck, kleidete sich sexy, hatte ausgeprägte körperliche Vorzüge, eine schlanke Figur mit betont weiblichen Kurven, und sie besaß das, was man ein Engelsgesicht unter blondem, langem Haar nannte.

›In diesem rein äußerlich unschuldig scheinenden Korpus verbirgt sich jedoch eine Schlange, die es versteht, einen Mann in ihren Bann zu ziehen‹, war sich Pit klar, ›ich will sie nicht erleben, wenn sie tatsächlich 25 ist.‹

»Pit!«, sagte sie lasziv hauchend. »Schön dich zu sehen. Na, bist du schön ausgeglichen?«

Pit ahnte, dass sie wieder einmal ihre absolute Spezialität, die Anregung sexueller Begierde, anstrebte.

Er sagte hervorhebend gelangweilt: »Ob dein Alter da ist, habe ich gefragt!«

»Ja, isser!«, zischte Monika. »Er ist hinten in seinem Büro.«

»Na also, geht doch!« Pit fühlte Stolz in seiner Brust, der Kleinen endlich gezeigt zu haben, dass sie nicht mit jedem Mann machen konnte, was ihr in den Sinn kam.

Die Kleine ist echt der Hammer. So ein Weib habe ich noch niemals zuvor erlebt. Sie war hübsch, biestig, intrigant und setzte ihre weiblichen Reize ausnahmslos für ihren finanziellen Status ein. Sie war keine Nutte, oder so. Sie gewann eines Tages nur Sydney für sich, der eigentlich damals schon verheiratet war, und brachte ihn dazu, sie sogar zu adoptieren. So was habe ich noch nicht erlebt. Sydney brachte seine Frau dazu, dieses Kind, dieses Miststück zu adoptieren. Es wird oft gerätselt, ob die Menschen erst durch ihre Umwelt böse werden oder schon so geboren wurden. Monika war niemals ein liebes Mädchen. Sie hatte schon als Kind etwas Intrigantes. Ob Sydney sie vögelte? Natürlich, für ein angemessenes Taschengeld. Jedoch hatte er sie niemals angerührt, bevor sie volljährig war. Erst als er sicher sein konnte, mit diesem Mädchen und dem Gesetz nicht in Teufelsküche zu geraten, wagte er den Schritt, den Monika schon seit ein paar Jahren insgeheim plante – nun hatte sie ihn endlich in der Hand ...

»Hallo Sydney«, sagte Pit sanft grinsend, als er in seinem Büro in der Tür stand, »hast du unseren Termin vergessen?«

Sydney unterhielt sich gerade mit seinem Mitarbeiter, den alle Bombe nannten, und sah erstaunt auf.

›Was für ein erbärmliches Bild ihr zwei doch abgebt‹, dachte Pit schmunzelnd, ›ein kleiner Fetter und ein gleichgroßes, hageres Würstchen mit unzähligen Pickeln in der Fresse und einer Halbglatze. Die letzten strohigen, fussligen, blonden Härchen hättest du dir auch abrasieren können, Bombe!‹

Sydney hatte den Termin zwar nicht vergessen, hoffte jedoch, dass Pit nicht auftauchen würde.

»Wie könnte ich denn?«, sagte der Autohändler zähneknirschend.

›Ja, ja‹, dachte Pit und erkannte sofort den Sarkasmus, ›laber du nur!‹

Sydney ist eine arme Haut. Nicht nur, dass er einfach scheiße aussieht - zirka 110 kg wirken sich auf 160 cm Körpergröße einfach negativ aus - er hat auch mehrere Leichen im Keller. Und ich hab es herausgefunden. Bombe, der Vollidiot, erzählte mir volltrunken vor einiger Zeit mal davon. Wenn Sydney wüsste, woher ich all diese Informationen hatte, Bombe würde es sicher echt dreckig gehen. Darüber hinaus gab mir Bombe damals auch die tolle Geschichte weiter, wie Sydney Blum seinen außergewöhnlichen Vornamen erhielt. Der Vater nämlich hatte sich verpisst, als er erfuhr, dass in der Röhre von Sydneys Mutter ein Braten vor sich hin brutzelte. Und die dämliche Mama von unserem Sydney benannte ihren Sohn doch tatsächlich nach der Stadt, wohin ihr Besamer abgehauen war ...

Bombe verdrückte sich auf ein Zeichen von seinem Chef. Er vermied den Blickkontakt zu Pit, der ihn mit Absicht von oben herab betrachtete. Der blonde Mann machte äußerlich einen überlegenen und fast schon arroganten Eindruck, obwohl Bombe ihm eigentlich leidtat. Wie es in Pit aussah, ahnte keiner. Er zitterte, und er versuchte, all die Nervosität zu unterdrücken. Bombe machte hinter sich die Tür des Büroraumes zu, sodass Pit und Sydney sich alleine in dem Raum befanden.

»Hast du die Kohle?«, fragte Pit.

Sydney setzte sich und lehnte sich gleichzeitig in seinem Stuhl weit nach hinten. Seine dicken Fettringe waren deutlich unter seinem gestreiften Hemd zu erkennen. Der Stuhl unter ihm ächzte. Sydney starrte Pit an. Dieser starrte zurück.

»Du meinst es ernst, oder?«, fragte Sydney.

›Was soll die scheiß Frage?‹, ärgerte sich Pit.

Er lächelte: »Wäre ich sonst hier?«

»Und wenn ich nicht zahle?«, wollte Sydney wissen.

›Jetzt beginnt die fette Sau sein Spielchen.‹

»Och komm.« Pit setzte sich auf den Besucherstuhl, der auf der gegenüberliegenden Seite des Schreibtisches stand. »Das haben wir doch alles schon einmal durchexerziert.«

Sydney machte einen letzten Versuch, aus der Sache mit Entschlossenheit herauszukommen: »Ich will aber nicht zahlen!«

›Das ist mir auch klar, du Penner‹, dachte Pit.

»Nein?«, sagte Pit und sah die Verzweiflung in den Augen des Autohändlers.

»Nein.«

»Tja, dann«, sagte Pit und zückte sein Mobiltelefon aus der Jackentasche, »dann rufe ich noch hier in deinem Büro die Presse an. Ich werde ihnen erzählen, dass du deine kleine Adoptivtochter bumst. Sie ist zwar nicht mehr minderjährig – was ich dir unglaublich hoch anrechne –, aber auf dem Papier ist sie noch immer deine Tochter. Es wird sicher auch viele Leute interessieren, dass du Stammkunde bei einer Edelhure bist. Ich werde sogar erzählen, dass du dir deine Eier hast heimlich operieren lassen, um zeugungsunfähig zu sein - ohne dass deine Frau davon etwas ahnt. Von mir aus kannst du ja machen, was du willst. Das mit der Hure verzeihe ich dir und wenn sich so Scheißtypen wie du nicht vermehren, dann kann das auch nur positiv sein. Aber deiner Frau wird das alles nicht gefallen, und deinem Geschäft wird das nicht gut tun. Dass deine Geschäfte teilweise ziemlich illegal sind, dazu sag ich mal ausnahmsweise nichts, denn da trage ich ja auch meinen Teil bei.«

Hochmütig sah Pit sein Gegenüber an. Das Handy hielt er locker in der Hand und grinste. Hätte Sydney gekonnt, er hätte Pit auf der Stelle eine übergebraten. Sein Körpergewicht machte ihn jedoch träge und chancenlos - das wusste er.

»Na? Wie sieht es aus?« Pit hoffte inständig, dass Sydney sich auf den Deal einlassen würde, zeigte jedoch äußerlich nicht sein innerliches Flehen.

Der fettleibige Mann griff nach seinem Handy auf dem Schreibtisch, tippte ein paar Tasten und sagte zu einer Person auf der anderen Seite der Leitung: »Komm in mein Büro und bring den Koffer mit!«

›Jawohl, klappt doch‹, dachte Pit und lachte nun erleichtert über das ganze Gesicht. »Gut so!«

»250.000 Schulde ich dir ohnehin noch«, erklärte Sydney, »das geht sowieso klar. Weitere 450.000 sind außerdem mit in dem Koffer …«

›Eine halbe Million extra war ausgemacht, du fettes Stück Schei…‹, Pit wurde in seinem Gedankengang gestört.

Bombe betrat wieder das Büro und trug den Koffer bei sich. Er stellte ihn aufrecht in die Mitte des Tisches. Sydney war für Pit kaum noch zu sehen.

»… ich habe momentan nur 700.000, okay? Den Rest bekommst du noch. Und damit ich dich Blutegel erst einmal loshabe, gebe ich dir einen Ford Mustang. Es ist ein 65er Shelby GT-350, ein Rennsportableger des Mustang Fastback. Ich weiß, das sagt dir nicht viel, aber davon wurden lediglich 562 Exemplare gebaut. Dieses Geschoss hat 306 PS bei einem 4,9 Liter V8-Motor. Begreifst du das, Pit? Die Schüssel ist ein Eins-A-Büchsenöffner. Der Wagen ist auf dem freien Markt zwischen 50- und 70-Tausend Steine wert. Nimm ihn und verpiss dich!«

Mit einem gezielten Wurf in Pits Hand übergab Sydney den Schlüssel des Mustangs. Pit dachte für eine Sekunde nach. Er benötigte 700.000 Euro, soweit ging also der Deal mit Barkley klar, und der Mustang kam ihm auch recht.

»Komm nächste Woche wieder«, fuhr Sydney fort, »dann bekommst du das restliche Geld. Aber wehe in dem Mustang ist nur ein kleiner Kratzer - das gibt Abzug.«

»Mach dich locker!« Pit öffnete den Koffer und sah, was er sehen wollte.

Vor ihm lagen mehrere Geldbündel. Im ersten Moment kamen ihm diese angeblichen 700.000 Euro recht wenig vor. Schon immer wollte Pit diese eine bestimmte Bewegung machen, die er sonst nur aus Hollywood-Filmen kannte. Er strich mit dem Daumen über den Rand der gebündelten Geldscheine, um auch die Echtheit der mittigen Scheine zu kontrollieren.

»Willst du etwa nachzählen?«, fragte Sydney erbost.

Pit sah zu seinem Kontrahenten herüber: »Glaubst du tatsächlich, ich traue dir?«

Misstrauisch prüfte er das Geld. Der Betrag stimmte präzise. Nach ein paar Minuten schloss der Blondierte den Koffer wieder. Sydney wollte ihn scheinbar nicht hintergehen.

›Ein wunderbares Gefühl!‹, dachte Pit. ›Schade, dass alles für Barkley draufgeht.‹

Niemand hatte in der Zwischenzeit nur ein Wort gesagt. Pit blickte Bombe und Sydney an.

»Na, was ist? Wo ist der Wagen?«, fragte er sogleich, denn Pit liebte heiße Fahrzeuge.

Er wollte sein neues Baby unbedingt schnell sehen - und vor allem, nichts wie weg von hier. Als Sydney und Bombe vor Pit hergingen, merkte Pit, der seinen Koffer fest in der Hand hielt, wie fettleibig dieser Sydney doch tatsächlich war.

›Ekelhaft‹, dachte Pit, ›da hat sich Monika echt einen Kracher rausgeguckt.‹

Sydneys Hüftspeck quoll über den Hosenbund, den Hintern konnte man nur noch erahnen, er ging in die mächtigen Oberschenkel fließend über.

›Die Kleine muss echt eine kalte Schlampe sein, wenn sie sich für Geld immer wieder von dem Fettgeschwader flachlegen lässt‹, dachte Pit.

Außerdem fiel ihm der große Unterschied zwischen dem Autohändler und seinem Mechaniker Bombe auf. ›Der eine hat eine Figur wie eine vollgeschissene Socke, und der andere ist gerade einmal so breit wie nur eine Arschbacke von seinem Chef.‹

Da kamen sie in die kleine Werkstatthalle, in der der Mustang stand. Noch war er mit einer dünnen Plane abgedeckt. Bombe ging um den Wagen herum und enthüllte ihn. Glücksgefühle in ihrer pursten Form stiegen in Pit auf. Ein kleiner Jugendtraum schien, in Erfüllung zu gehen. Er beschloss genau in dieser Sekunde, dass Sydney diesen Wagen nicht mehr zurückbekommen würde. Pit vertiefte den Gedanken so sehr: Er bemerkte nicht, dass Bombe wieder auf ihn zuschritt. Dieser streckte dann die Hand aus und griff nach dem Koffer.

»Hey, was soll das?«, rief Pit aggressiv und zerrte kräftig an dem Griff.

»I-Ich w-w-will ihn d-doch-ch nur in-n d-den Kof-kof-kofferraum legen!«, sagte Bombe auf seine unverwechselbare Art.

»Na gut«, sagte Pit leise und gab den Koffer frei, ließ Bombe dabei jedoch nicht aus dem Auge.

»Jetzt verpiss dich!«, meinte dann der Leiter des Autohauses, und Pit blickte für eine Sekunde zu Sydney, genau in dem Augenblick, als Bombe den Kofferraum öffnete.

Das musste wohl der Moment gewesen sein, als das Arschloch mich beschissen hat. Da stand sicherlich noch ein weiterer Koffer, den der Stotter-Trottel eintauschte. Diese hinterhältigen Mistkerle! Aber was rede ich, ich war ja selbst schuld. Wie konnte ich mich von diesen Halbaffen nur so leicht aufs Korn nehmen lassen ...

»S-so, j-jetzt biste startkl-kl-kl-klar!«, meinte Bombe leicht grinsend, und Pit stieg sogleich in den Wagen.

Er startete das Auto und hatte stets den Rückspiegel im Blick, damit ja niemand mehr am Kofferraum herummanipulierte. Das Geräusch, das der Mustang abgab, erklang wie Musik in Pits Ohren. Bombe öffnete das Tor der Halle. Pit fuhr an den Mechaniker heran.

»Sag mal«, interessierte den Ziegenbärtigen, »weswegen nennen dich eigentlich alle Bombe?«

Der zurückhaltende Mann zeigte sich überrascht. Er wollte vor Sydney nicht offenbaren, dass er mit Pit jemals zuvor gesprochen hatte. In Bombe machten sich Vorwürfe breit, denn er wusste von der Erpressung.

»I-ich hatte da a-a-als J-j-jungendl-licher mal ein Er-erlebnis im K-keller meiner El-eltern«, erklärte er und zeigte erstmals offen seine vernarbten Handinnenflächen.

Natürlich verstand Pit sofort und trat aufs Gas. Mit einem kurzen Handzeichen verabschiedete er sich von Sydney. »Sayonara, Fettsack!«

Auf der Straße vor dem Autohaus begegnete Pit noch einmal Monika. Sie stand am Wegesrand, und erst jetzt registrierte er ihren mächtig kurz geratenen Rock, der ihre schönen, schlanken Beine betonte. Der Mann verlangsamte die Fahrt.

»Na Puppe, Lust auf eine Spritztour?«, fragte Pit belustigt, obwohl in ihm bereits ein ungesundes Gefühl aufkam – er benötigte eigentlich schon seit längerem seine Medikation.

Monika trat an den Wagen heran, beugte sich zu Pit herunter, und er konnte deutlich ihr Dekolleté bestaunen. Für eine Sekunde erregte ihn diese Aussicht. Er konnte verstehen, weshalb so ein körperlich vollkommen unattraktiver Mann wie Sydney einer solchen Frau hörig werden konnte.

Sie sagte in einem hocherotischen Tonfall: »Wenn ich mit dir eine Spritztour machen würde, Süßer, du würdest die in deinem Leben nicht mehr vergessen, glaub mir das!«

Pit nahm ihr jedes Wort ab, grinste und besann sich auf seinen ursprünglichen Plan.

»Da bin ich mir sicher«, erwiderte er, brachte den Motor zum Heulen und ließ die Kupplung schnell kommen.

Das Herzstück des Mustangs kam auf Touren und verlieh dem Fahrzeug eine enorme Geschwindigkeit sowie einen beeindruckenden Geräuschpegel. Pit musste nun unverzüglich zu Barkley, denn die Zeit drängte allmählich.

Bombes Bruch

MIT EINEM ALTEN 2ER GOLF aus dem Jahre 1979, der Wagen hatte mehr Jahre auf dem Buckel als Blasius selbst, fuhr der junge Mannhaupt auf der Autobahn A5 in Richtung Norden. Die Tanknadel neigte sich bedrohlich der Reserve entgegen.

›Mit dieser Rostbeule muss ich nun durch die Gegend gurken‹, dachte Blasius, der den Mustang bei Barkley zum Austausch stehen lassen musste, ›und dann ist noch nicht mal genug Sprit in der Kiste.‹

Sein Ziel war das Autohaus von Sydney. Noch wusste dieser Mann nichts von seinem Glück, und Blasius dachte nach, wie er es ihm am besten klarmachen würde.

›Was soll ich dem Typen sagen? »Hey, ich brauch 700.000 Euro. Sie stehen Pit zu. Gib sie mir!« Der wirft mich doch achtkantig raus.‹

Blasius klangen noch Barkleys Worte im Ohr: »In 48 Stunne biste wieder da, sonst is der Penner hier tot.«

Barkley meinte Pit, der zuletzt einen schlechten körperlichen Eindruck hinterlassen hatte. Nur unter starken Schmerzen konnte er Blasius die Geschichte von Sydney vermitteln. Pit blieb als eine Art Pfand zurück, ebenso wie der rote Mustang.

›Schade‹, dachte Blasius, ›mit dem Geschoss wäre mein Trip sicher noch aufregender!‹

Barkley gefiel der Wagen allerdings ebenfalls, und der Albino würde ihn sicher behalten wollen, wenn die Mission scheiterte. Der alte Golf aus Barkleys kleinem Fuhrpark, den Blasius nun hatte, lief Gefahr bei der Höchstgeschwindigkeit von 120 km/h auseinanderzufallen.

›Was für eine Dreckschleuder‹, dachte Blasius, ›da lob ich mir doch meine Isolde.‹

Wehmütig dachte er noch an den roten Mustang, als Blasius in den kleinen Ort Mauloff einfuhr. Natürlich besaß der alte Golf kein Navigationsgerät, so musste er die Straße auf herkömmliche Art suchen. Jedoch erwies sich diese Suche leichter als gedacht. Das Autohaus ragte unter allen anderen Gebäuden auf der Hauptstraße deutlich hervor. Zunächst fuhr Blasius scheinbar teilnahmslos an der Firma vorüber, sah jedoch noch Licht in einem der Räume. Das zog ihn an, nachdem er das Fahrzeug einige Meter weiter unauffällig parkte.

›Dass um 4 Uhr mitten in der Nacht noch jemand hier ist, wundert mich‹, dachte Blasius, schritt allerdings trotzdem möglichst leise zum Eingangsbereich.

Die Tür stand offen, was ihm ungewöhnlich erschien.

›… die tiefsten Tiefen des Kaninchenbaus …‹, erinnerte er sich an das Filmzitat und realisierte, dass er sich bereits mitten in seinem heiß ersehnten Abenteuer befand.

Scheinbar war in dem Autohaus tatsächlich jemand anwesend. ›Womöglich arbeitet da noch jemand.‹

Geräuschlos stapfte Blasius durch die Vorhalle. Ihm fiel auf, dass sich erstaunlich wenige Fahrzeuge darin befanden. Die meisten Stellplätze schienen leer geräumt.

›Die Geschäfte laufen wohl gut‹, dachte Blasius.

Da sah er sich bewegende Schatten und erstarrte. Eine Gestalt ging in einem Büroraum auf und ab. Das einzige Zimmer, das noch hell erleuchtet war. Eine Person schritt durch den Raum, eine weitere saß ruhig auf einem Stuhl. Blasius näherte sich im Dunkel der Glasfassade.

›Das muss Sydney sein‹, dachte Blasius, denn er sah einen auffallend dicken Mann, der auf einen hageren Zweiten aufgeregt einredete.

»Fetter Mistkerl«, hatte Pit immer wieder gesagt, und genauso erschien ihm Sydney gerade jetzt, denn er schüchterte den Sitzenden regelrecht ein.

Blasius näherte sich noch einige Meter und konnte damit das Gespräch besser verstehen: »... unter keinen Umständen, und wenn sich der Teufel persönlich bei dir zeigt, rufst du mich an. Wir haben morgen keinen Kontakt. Du kennst den Plan. Es ist alles kinderleicht und idiotensicher. Also, auch für dich sollte es kein Problem sein. Die Vorbereitungen sind alle getroffen.«

Sydney ging zu dem Sitzenden und schwor ihn ein: »Vermassel es nicht, Bombe, sonst landest du wieder im Bau, und dann holt dich da keiner mehr raus. Kapiert?«

»J-ja, na-na-natürlich verstehe i-ich das!«, meinte Bombe.

»Gut. Also, wie ist der Plan noch mal? Wiederhol ihn bitte mit deinen Worten, damit ich weiß, dass du es mit deinem Spatzenhirn begriffen hast«, verlangte Sydney und wirkte merklich gestresst.

»I-ich brech h-hier ein-n, m-mach ein b-b-b-biss...«, Bombes Nervosität spielte seiner ohnehin kaum flüssigen Aussprache einen Streich.

›Stottle-hottle‹, dachte der Heftricher grinsend.

»Halt's Maul, Bombe!« Sydney verlor die Geduld. »Bis du dich ausgekotzt hast, ist die Sonne wieder aufgegangen. Ich rede! Also, du steigst hier ein, machst ein bisschen was kaputt, knackst den Safe und haust wieder ab. Es wird so aussehen, als seien die Autos geklaut worden. Die Papiere und die Schlüssel waren angeblich im Safe und dazu 400.000 Öcken von einigen legalen Geschäften. In Wirklichkeit sind die Wagen schon in Polen oder sonst wo, und du nimmst hier diesen Koffer an dich. Da sind 900 Kilo drin. Das Geld habe ich von meinen Käufern für all die Wagen und andere Gefälligkeiten bekommen. Alles Schnäppchen für die Halsabschneider, aber ich bekomme den vollen Preis noch mal von der Versicherung.« Dann wurde Sydney plötzlich nachdenklich. »Eigentlich waren das 1,6 Millis, aber 700.000 musste ich an diese kleine Ratte Pit abtreten. Den krieg ich aber noch, denn den Mustang melde ich ebenfalls als gestohlen.«

Blasius registrierte Sydneys Vorhaben und kombinierte sofort, dass Pit den Wagen, wenn alles gut ging, schnellstens abstoßen musste.

Allein um Stärke zu demonstrieren, traf der korpulente Autohändler diese Aussage. Bombe sollte wissen, dass man mit Sydney nicht einfach so umspringen konnte wie Pit am Tag zuvor.

»Diesen Koffer gebe ich dir jetzt«, sagte Sydney dann, »morgen Abend, nach dem Bruch, karrst du den zur Diva. Und dort wartest du auf mich, bis ich mich wieder melde. Hast du gehört? Du bewegst deinen Hintern nicht da weg. Du und die Diva, ihr wartet mit dem Geld unter euren weißen, verpickelten Ärschen auf mich, bis ich da aufkreuze. Es kann ein paar Tage dauern, da ich die Polizei im Hause haben werde, die Versicherung und was weiß ich wen noch alles. Aber ihr bleibt da, bei der Diva. Kapiert?«

»K-klaro, Ch-chef. B-b-beet-beet-h-h-hovenstraße a-acht, da b-bin ich und d-d-dein Geld, k-kein Prob-b-lem.«

»Gut. Und wie gesagt, ich bin auf diesem beschissenen Geburtstag meines Schwiegervaters. Den ganzen Tag. Verschone mich also mit Anrufen, denn der Laden hier hat Betriebsferien. Das würde auffallen, wenn mich ein Vollidiot an seinem freien Tag anklingelt. Du hast morgen Abend deine Ruhe. Niemand wird hier sein«, erklärte Sydney noch.

›Das ist nicht ganz richtig‹, dachte Blasius und schmiedete einen Plan.

Leise zog er sich zurück und ging unbemerkt aus dem Autohaus zu seinem Wagen.

In einem abgelegenen Waldstück stellte er das Auto ab, schrieb sich die Adresse auf und schlief einige Stunden.

Blasius hatte ein Nickerchen gemacht. Glücklicherweise wusste ich nichts davon. Währenddessen haben mich nämlich einige wild gewordene Affen von Barkley nicht nur bewacht, sondern außerdem nur so zum Spaß auch ordentlich körperlich traktiert. Ich hätte angesichts Blasius' Schläfchen sicherlich noch mehr die Nerven verloren, als ich es ohnehin tat. Da waren doch echt ein paar Schweine dabei, die die Situation ausnutzten, um mich ein klein wenig zu verprügeln. Diese sadistischen Hundesöhne. Ich weiß nicht, was in deren Kindheit schief gelaufen ist. Einige andere benahmen sich wiederum ganz gesittet und passten nur auf, dass ich mich nicht dünne machte. Das galt für mich als absolute Erholungsphase. Aber wo hätte ich hingehen sollen? Meine Krücke hatte ich nicht mehr, und mein Fuß tat mittlerweile wieder höllisch weh ...

Gegen sieben Uhr wachte Blasius auf. Er hatte schlecht geschlafen. Der Golf erwies sich als miserable Schlafstelle, und seine Träume verwirrten Blasius. Er stieg kurz aus dem Wagen und streckte sich. Seine Glieder taten weh. Die Blase drückte mächtig. Seinen Hunger überging er, nur den Durst, den musste er schnellstens stillen.

›Nie wieder penn ich im Auto‹, dachte er, der zuvor den Gedanken als unheimlich spannend erachtet hatte.

Schließlich fuhr er los, denn er musste herausfinden, wo sich diese Beethovenstraße befand. Wenn er jetzt doch Pit fragen könnte - der wüsste bestimmt, wo die Diva wohnte.

In Mauloff gab es keine Beethovenstraße, denn Blasius fuhr jeden Weg in dem kleinen Ort systematisch ab. ›Welcher der Nachbarorte kann es denn sein?‹

Jetzt hatte Blasius ein Problem. Auffallen wollte er nicht, sonst hätte er längst jemanden an der Straße gefragt. Er versuchte sein Glück in einem Internetcafé in Usingen, der nächstgrößeren Stadt in der Nähe. Dort bekam er auch endlich ein erfrischendes Getränk. Ein junger Mann öffnete gerade das Café. Blasius kippte nach seiner Bestellung das erste Glas Wasser ansatzlos in den Rachen. Der Angestellte hinter der Verkaufstheke staunte nicht schlecht, als Blasius dann sagte: »Sport am Morgen macht unglaublich durstig.«

›Hm‹, dachte der Heftricher dann, ›der glaubt mir wohl nicht recht. Kein Wunder bei meinen Klamotten. Mit Sport haben die nichts zu tun. Egal!‹

Es dauerte nur wenige Momente, da hatte er bereits die Antwort: Die Beethovenstraße befand sich im Osten Usingens, unweit seines jetzigen Standortes.

›Also, man kann über das Internet sagen, was man will‹, dachte Blasius, ›es ist verrucht, schmutzig, manchmal kriminell, aber wenn man etwas gezielt sucht, findet man es auch.‹

Er fuhr zu seinem Zielort und fand schnell die Hausnummer acht. Wenige Meter abseits platzierte er sich mit dem Golf und wartete. Mehr konnte er momentan nicht tun. Er wartete einfach. Worauf, wusste er nicht.

Er dachte an Pit. ›Hoffentlich tun sie ihm nichts an!‹

Seine Mutter kam ihm in den Sinn. ›Wenn sie wüsste, was ich hier mache, sie würde in Tränen ausbrechen.‹

Über seinen Vater dachte er: ›Der kann mich mal.‹

Dann dachte er an seine Freundin. ›Ich mach das schon!‹, versicherte er ihr innerlich.

Blasius war zuversichtlich, dass sein Plan aufgehen würde. So oder so würde er seinen Nutzen aus der Geschichte ziehen. Zum einen hatte er endlich sein Abenteuer gehabt, auf das er schon seit Jahren wartete. Zum anderen würde er einem Menschen aus der Patsche helfen.

›Schon allein das Erlebnis ist es wert!‹, dachte er.

Viele Stunden, ein örtlicher Kirchturm schlug aus der Ferne bereits 16 Uhr, saß Blasius in der Beethovenstraße. Nichts passierte. Sein Körper schmerzte vom langen Sitzen. Es war unbequem in dem Wagen. Er wagte es jedoch nicht auszusteigen und eventuell Aufmerksamkeit zu erregen. Seit dem frühen Vormittag gingen Leute in das Mehrfamilien-Mietshaus hinein und kamen wieder heraus. Kinder spielten auf der Straße und verschwanden wieder. Blasius beobachtete ältere Frauen, die sich aus dem Fenster lehnten und auf die Straße blickten, um dann wieder hinter ihren dicken Gardinen unsichtbar zu werden. Dem Heftricher fiel nichts auf, was nicht als ›normal‹ einzustufen gewesen wäre. Doch um genau 16 Uhr und fünf Minuten stolzierte eine auffällige Frau mittleren Alters aus der Tür des Hauses mit der Nummer acht. Er hatte sie zuvor nicht reingehen sehen und somit musste sie wahrscheinlich die Nacht dort verbracht haben. Sie wohnte wohl dort, denn Blasius hätte sie bemerkt, so lange wie er schon vor diesem Gebäude verharrte. Ihre grellroten Haare konnte man nicht übersehen oder gar vergessen. Blasius widmete ihr sofort sämtliche Aufmerksamkeit.

›Das muss sie sein‹, dachte er, ›die Diva!‹

Er sah sie näher kommen. Ihr Gesicht hatte äußerst feine Züge, sie hatte sich gekonnt geschminkt, und ihre Kleidung erschien edel. Die attraktive Frau Ende dreißig schritt an dem Golf vorüber.

Der Dörfler beugte sich hektisch herunter zum Handschuhfach seines Wagens und tat so, als würde er nach etwas suchen. Sein Gesicht wollte er unter keinen Umständen preisgeben. Sie bemerkte Blasius in seinem Fahrzeug nicht.

›Das ist sie bestimmt!‹, dachte Blasius, denn schon ihr Gang glich dem einer hochgestochenen Frau. Er war sich sicher: ›Diven gehen so.‹

Für den jungen Mann bediente sie durch ihr Verhalten jegliches Klischee und ließ keinen Zweifel zu.

Als sie noch in Sichtweite, aber bereits einige Meter entfernt, um die Ecke bog, startete Blasius den Wagen und fuhr ihr nach. Mit einem ausgewählten Sicherheitsabstand rollte er ihr hinterher. Die Diva betrat einen Supermarkt in der Nähe. Schnell musste Blasius den Wagen abstellen, um ihr zu Fuß zu folgen.

›Warum ist denn nie ein Parkplatz da, wenn man ihn benötigt‹, ärgerte er sich. Es dauerte ihm alles viel zu lange für eine richtige Verfolgung. Im Fernsehen ging das immer viel schneller und reibungsloser. ›Das wird immer so einfach dargestellt. Dabei muss man es erst mal schaffen, unauffällig zu bleiben, ohne die Person zu verlieren.‹

Endlich, als er einen Stellplatz für das Fahrzeug gefunden hatte, versuchte er, unbemerkt in Sichtweite der Diva zu kommen. Da war sie wieder: Ohne ihre Aufmerksamkeit zu erregen, beobachtete er die Frau.

›Die ist aber verdammt groß.‹

Sie maß mindestens 1,90 Meter und ihre schlanke und besonders weibliche Figur konnte sich bei etwa 70 bis 75 Kilo gut sehen lassen.

›Das ist also Sydneys Edelhure, von der Pit erzählt hat‹, dachte Blasius. ›Geschmack hat der Dicke ja. Respekt!‹

Ich habe Blasius gesagt, er sollte der fetten Wanze den verdammten Arsch aufreißen. Der Kerl sollte ihm so richtig einheizen. Blasius, auch wenn er nicht der Kräftigste war, musste ihm zeigen, dass er mich nicht einfach so mit seinem Altpapier verarschen konnte. Nie habe ich nur annährend erwähnt, dass Blasius versuchen sollte, ihn zu beklauen, oder so was. Dieser Typ aus dem kleinen Heftrich machte einfach, was er wollte ...

In Sichtweite des Autohauses parkte Blasius im Schatten zweier Straßenlaternen. Er wartete auf Bombe. Die Sonne war längst untergegangen, und die Uhr zeigte die letzte Stunde vor Mitternacht. Bombe musste kommen, so hatte es sein Chef, der Initiator des Betruges, geplant.

Blasius dachte an Pit: ›Halt durch, Mann! Halt bloß durch!‹

Er hatte nur noch knapp 24 Stunden. Wenn nun nichts passierte, dann musste Blasius die Pläne ändern. Dann bliebe ihm wohl nur noch, Sydney zu überzeugen, das Geld herauszurücken.

›Könnte sehr schwer werden‹, dachte er.

Es wurde fast Mitternacht und Blasius dachte, dass Bombe nicht mehr auftauchen würde. Das Einzige, das ihn in seiner Ungeduld davon abhielt, die ganze Aktion abzubrechen: Pit saß in den Händen von Barkley fest. Er hätte darunter leiden müssen - mächtig leiden müssen. Wahrscheinlich bedeutete es das Ende von Pits Leben, wenn Blasius einen Fehler machte.

›Das wird aber nicht passieren - unter keinen Umständen‹, dachte er in dem 2er Golf entschlossen. ›Ich bekomme Pit da raus - so oder so!‹

Barkley hatte sicher kein Erbarmen mit Pit. Mit diesem Gedanken konnte der Heftricher kaum umgehen.

›Was passiert, wenn ich jetzt einfach nach Hause fahre?‹, dachte Blasius, ›würden die Kerle mich finden?‹

Ja, natürlich würden sie ihn finden. Das waren keine Anfänger, keine Schmalspurganoven, die abends nach der Arbeit eben mal ein bisschen ihr Gehalt aufbesserten. Das waren Schläger, Killer, Kriminelle der fiesesten Sorte. Vollprofis eben! Die würden alles daran setzen, diesen kleinen Scheißer in seinem behüteten Zuhause aufzuspüren. Ihn einfach beiseite schaffen, das wäre noch das Mindeste. Wenn er Pech hatte, musste auch seine Familie daran glauben. Dass Barkley mich töten ließ, wenn Blasius nicht mit der Kohle auftauchte, verstand sich von selbst ...

›Das kann ich nicht machen‹, dachte Blasius Mannhaupt, ›da muss ich jetzt durch. Ich habe die rote Kapsel gewählt, also muss ich jetzt auch bis zum Ende durch den Kaninchenbau krabbeln.‹

Blasius versuchte, Geduld zu beweisen. Geduld, die sich auszahlen sollte, denn bereits kurz nach Mitternacht tat sich etwas in dem Autohaus. Für einen kurzen Augenblick blitzte ein Licht im Inneren des Gebäudes auf.

›Das muss Bombe sein!‹, schlussfolgerte Blasius.

Ja, der junge Mannhaupt ging nun fest davon aus, dass Bombe tat, was er mit Sydney besprochen hatte. Der kleine Golf wurde gestartet, und Blasius trat aufs Gas. Er musste zur nächsten Station: Die Beethovenstraße.

›Dort muss ich nur noch auf das Geld warten. Der Typ wird schon kommen. Hier kann ich nichts weiter tun.‹

Als Blasius ankam, ging er auf die Haustür an der Straße zu. Er studierte die Klingelschilder. Keines der Namen deutete auf eine Diva hin.

»Schulz, Braun, Peter, Dorintos«, Blasius las weitere Namen, konnte aber keinen der Diva zuordnen. Er suchte nach einem Hinweis. Nach einer Ähnlichkeit. ›Ist »Diva« vielleicht nur eine Koseform ihres Nachnamens?‹

Doch für ihn offenbarte sich auf den Klingelschildern nichts.

›In welchem Stockwerk wohnt die Diva?‹, dachte Blasius nach und versuchte, sich zu erinnern. ›In der obersten Etage kann es nicht sein, denn da leben ältere Leute, die heute Morgen an den Fenstern zu sehen waren.‹

Er läutete ganz oben. Es dauerte eine Weile. Blasius drückte ein weiteres Mal die Klingel, aber da meldete sich bereits leise eine Stimme über die Gegensprechanlage. Sie klang verschlafen und alt.

Die ältere Dame fragte: »Ja?«

Ihm fiel nichts Geistreiches ein. »Ich bin's!«

›Verdammt, bin ich blöd‹, ärgerte sich Blasius.

Sie schwiegen sich an. Die Dame dachte scheinbar nach, und sie versuchte, seine Stimme auszumachen. Es dauerte nicht lange, da betätigte die Frau den Summer.

Überrascht drückte Blasius die Tür auf. ›Es hat geklappt. Mehr Glück als Verstand!‹

Er war drin und ließ hinter sich die Haustür ins Schloss fallen. Im dunklen Flur blieb der junge Mannhaupt stehen. Im obersten Stockwerk öffnete sich die Wohnungstür. Licht schien in das Treppenhaus, erreichte Blasius jedoch nicht.

»Hallo?«, die Stimme der alten Dame hallte zögerlich durch den Hausflur.

Blasius antwortete nicht. Sie schloss ihre Tür wenig später wieder.

Einsam stand Blasius nun da. Nach einiger Zeit stieg er hinauf - leise und unbemerkt. Er setzte sich in die Nähe der Tür der alten Dame auf die Stufen. Blasius hoffte, die Frau etwas verängstigt zu haben, sodass sie es nicht mehr wagen würde, vor die Wohnungstür zu treten. Die Rechnung ging auf. Blasius saß allein und ungestört auf den Stufen.

›Bombe kommt gleich!‹, hoffte er im düsteren Treppenaufgang, und Blasius erinnerte sich für eine Sekunde daran, wie er als Kind Angst vor der Dunkelheit hatte. ›Ich habe geheult wie ein Schlosshund, nur weil das Licht gelöscht wurde. Was denkt man als Kind? Dass der Teufel kommt? Dass böse Dinge nur im Dunkeln passieren? Woher weiß man als Kleinkind überhaupt, was der Teufel ist? Das Wort an sich könnte auch Brombeerkuchen bedeuten. Ich weiß nicht mehr, was ich damals gedacht habe. Auf jeden Fall hatte ich unglaubliche Angst.‹

Er musste sich aber auf seine gegenwärtige Situation konzentrieren. ›Bombe wird den Koffer bei sich haben. 900.000 Euro!‹

Den Koffer mit dem Geld, das Blasius brauchte. Dem Geld, das nötig war, um aus der Sache sauber herauszukommen. Er musste es sich jetzt nur noch von dem schmächtigen und deutlich minderbemittelten Mann holen.

›Das wird schon klappen‹, betete sich Blasius immer wieder vor, und stellte sich mental darauf ein. ›Das wird schon klappen.‹

Er ging im Geiste die Situation durch, in der er Bombe entgegentrat. Sicher musste er ihm gegenüber gewalttätig werden. Freiwillig würde Bombe den Koffer nicht herausgeben.

›Ist Bombe bewaffnet?‹, fragte sich Blasius, verdrängte den Gedanken jedoch sogleich. ›Warum sollte er eine Waffe bei sich tragen?‹

Eine Auseinandersetzung mit Waffengewalt, das wollte Blasius auf gar keinen Fall.

Es brauchte nicht lange, da läutete es ein Geschoss tiefer. Das musste die Wohnung der Diva sein!

›Bombe kommt!‹ Blasius' Herz raste. Sydneys Mitarbeiter trottete unverkennbar die Stufen hinauf. Blasius schlich ihm entgegen. Seine Aufregung stieg immer mehr. Er schwitzte, ballte die Fäuste. Seine Nervosität ließ ihn schwer atmen. Lautlos schnaufend dachte er daran, Bombe zu überwältigen. Doch da erkannte er ein Hindernis: Die Diva stand in der Tür! Sie wäre Zeugin gewesen. ›Verdammt! Daran hab ich gar nicht gedacht. Ich bin so ein blöder Anfänger! Wenn ich ihn überwältige, was mach ich mit der Frau? Niederschlagen? Das kann ich nicht!‹

Blasius brauchte Zeit, er musste nachdenken. Es ging alles so schnell. Unentdeckt harrte er aus.

Bombe wurde von der Diva herzlich begrüßt: »Da bist du ja endlich, Bombe. Ich habe mir schon Sorgen gemacht!«

Was würde Blasius nun tun? Er musste handeln.

»E-es wu-wurde b-b-bisschen spät-t-ter«, sagte Bombe.

Die Diva sah den Koffer und lachte über das gesamte Gesicht. Blasius konnte sie durch die Geländerstangen verborgen beobachten.

›Was mache ich jetzt?‹ In dem unerfahrenen Räuber stieg die Verzweiflung - ihm schwammen die Felle davon.

Die Diva umarmte ihren Besuch, als würde sie einen lange vermissten Ehemann begrüßen. Sie schlang ihre Arme um seinen Hals und zog Bombe mit dem Koffer in die Wohnung. Langsam begann die Tür, sich zu schließen. Blasius hörte, dass sich beide währenddessen von der Tür entfernten.

»I-i-ich hatte Schw-schwierigkeiten mit dem b-b-blöden Sa-safe«, hörte Blasius Bombe sagen, der sich bereits wenige Meter von der Eingangstür entfernt hatte.

Blasius ergriff die Chance und eilte geräuschlos die wenigen Stufen hinab. Einen Augenblick, bevor die schwere Tür im Begriff war, ins Schloss zu fallen, hielt er sie mit den Fingerspitzen fest. Seine Gelenke drückten sich schmerzhaft durch, doch er schaffte es, dass die Tür stehen blieb.

»Hat aber alles geklappt?«, fragte die Diva, als Blasius durch den Türspalt schaute und sie mit Bombe an der Hand in ein Zimmer verschwand.

»J-ja, ja«, hörte Blasius Bombe sagen, der den Koffer bereits im Flur der Wohnung abgestellt hatte. Da stand er nun, der Koffer. Das gleiche Modell, das Pit in seinem Mustang hatte.

›Scheinbar beweist Sydney wenig Phantasie bei der Auswahl seiner Behältnisse‹, dachte Blasius.

Das Geld war regelrecht in Griffweite. Blasius erstarrte bei diesem Anblick. Es wurde still in der Wohnung. Blasius Mannhaupt befürchtete, dass einer der beiden den Flur wieder betreten könnte.

Hinter ihm ging das Licht im Hausflur aus. Er lehnte die Wohnungstür leicht an, achtete jedoch darauf, dass sie geöffnet blieb. Einige Minuten harrte Blasius so aus. Die Angst steckte ihm in den Gliedern. Bisher war er unbemerkt geblieben. Keiner hatte ihn gesehen oder erkannt. Niemand würde ihn auch nur ansatzweise mit dem Verschwinden des Koffers in Verbindung bringen. Er erkannte seine große Chance.

›Gleich gehst du da rein und holst dir die Kohle!‹, ordnete er sich selbst an. ›Hast du gehört? Du gehst da rein!‹

Einige wenige Momente darauf hörte er merkwürdige Töne aus dem Zimmer, in dem sich Bombe und die Diva befanden. Zunächst konnte sich der bislang immer so brave Blasius Mannhaupt keinen rechten Reim darauf machen.

›Bringen die sich jetzt gegenseitig um?‹, stellte er sich die Frage. Es war ihm jedoch egal. Das war die Chance. Nun stellte sich die Situation für in selbst als weitestgehend ungefährlich dar. ›Sollen sie sich doch an die Gurgel gehen. Perfekt!‹

Unter dem anhaltenden Geräuschpegel aus dem Nachbarzimmer stahl sich Blasius in die Wohnung. Er näherte sich dem Koffer, wollte ihn bereits greifen und davoneilen. Doch er hielt inne. Nicht weil ihn etwas störte, sondern weil er einen Einfall hatte. ›Ich verschaffe mir Zeit!‹

Blasius schaute sich um.

»Oh ja, g-gleich bringen w-wir es z-zu E-e-ende!«, rief Bombe laut.

Es belustigte Blasius, dass der Mann sogar beim Töten stotterte. ›Wie doof ist das überhaupt?‹

Blasius konnte sich das Kichern kaum verkneifen, was ihn unglaublich erschrak. ›Da verliert gerade jemand sein Leben, Blasius, und du lachst.‹

Dennoch blieb er dabei absolut lautlos. Er öffnete den Koffer, dessen Zahlencode nicht aktiviert war. Da lagen sie vor ihm. 900.000 Euro in bar - laut Sydney.

›Heiliger Strohsack!‹ Der Anblick faszinierte den Dörfler, und er musste sich regelrecht aufraffen, seinen weiteren Plan zu verfolgen. Die Geräusche des Kampfes holten ihn wieder in die Wirklichkeit. Im Flur befand sich an der Garderobe eine einfache Plastiktüte. Blasius ergriff sie möglichst geräuscharm und legte die Geldbündel hinein. Mitten in seinem Unterfangen schrie jemand besonders laut und schrill auf.

›Mist, die Frau ist tot‹, dachte Blasius. ›Ich muss hier weg!‹

Blasius schätzte die Situation glücklicherweise richtig ein, denn Zeit hatte er tatsächlich kaum noch. Er unterbrach die Vollendung seines Planes und ließ verhältnismäßig wenige Scheine im Koffer zurück. Schnell griff er kleine Kleidungsstücke von der Garderobe - einen Schal, ein paar Handschuhe und einen Schuh. Eilig stopfte Blasius Mannhaupt alles in den Koffer und verdrehte das Zahlenschloss. In ihm stieg die blanke Angst empor. Anschließend bewegte er sich zur Tür. Er bemerkte, wie einer der beiden Personen, wahrscheinlich der überlebende Bombe, im Begriff war, die Zimmertür zu öffnen. Schnell huschte er ins Treppenhaus und schloss ebenso lautlos die Wohnungstür.

›Er hat nichts bemerkt!‹, dachte Blasius überglücklich.

Als der junge Mannhaupt wieder in seinem Wagen saß, fuhr er sogleich los. Jedoch stoppte er nach wenigen hundert Metern wieder. Er kramte die Tüte hervor und machte sich zunächst ans Zählen.

»780.000 Euro«, sagte Blasius leise, als er die Zählung beendete. »Wahnsinn!«

Es fiel deutlich mehr ab, als Barkley für die Auslösung von Pit forderte. Blasius lachte laut und ausgelassen.

»Ich hab die scheiß Kohle«, rief er. »Verfluchter Mist, ich habe sie.«

Doch dann dachte Blasius: ›Ich habe aber niemals 120.000 Euro in dem Koffer zurückgelassen. Da stimmt was nicht! Aber was interessiert es mich?‹

Blasius grinste und fuhr wieder Richtung Frankfurt.

›Ich hab der Diva nicht geholfen‹, dachte er dann nach und machte sich schwere Vorwürfe. ›Hätte ich sie retten sollen?‹

Jedoch konnte er sich damit nun nicht aufhalten. In einer guten Stunde musste er Barkley das Geld präsentieren, Pit herausholen und somit ein Leben retten.

›Tut mir leid, Diva‹, dachte er, und er kam in Gedanken zurück in die Realität: ›700.000 will Barkley. Was passiert mit dem Rest?‹

Er würde sicherlich den übrigen Betrag behalten können. Das Geld würde keine Behörde vermissen. Es war offiziell ohnehin gestohlen. Sydney würde das Verschwinden sicher Bombe oder der Diva ankreiden. Eventuell auch beiden gleichzeitig.

›Das machen die nun unter sich aus‹, dachte Blasius.

Der Bulle

DIE BRATKARTOFFELN mit den deftigen, kleinen Speckstreifen, den frisch gezogenen Frühlingszwiebeln aus dem heimischen Garten und den aromatischen Kräutern dufteten köstlich. Dörte konnte die Kochkünste ihrer Schwiegermutter in spe bei dem heutigen Besuch allerdings alles andere als genießen. Mama Blasi in ihrer obligatorischen Küchenschürze zelebrierte zwar ihr kulinarisches Können wie gewohnt, aber an diesem Tag hatte sie ihre Gedanken nicht allein am Herd. Immer wieder wischte sie sich ihre Tränen mit der Schürze aus dem Gesicht.

›Das hat nichts mit den Zwiebeln zu tun‹, dachte Dörte.

Sie wusste, dass sie der Frau mit ihrer bloßen Anwesenheit schon einen großen Trost verlieh. Beide machten sich große Sorgen um den mittleren Sohn der Mannhaupts. Noch nie blieb er ohne Rückmeldung über Nacht weg. Immer wusste die Mutter von Blasius, wo er sich befand. Meistens besuchte er Dörte oder gab ihr wenigstens genaue Informationen.

Aber auch Dörte Schmitzdorf konnte die Mutter nicht darüber in Kenntnis setzen, wo sich ihr Freund in der letzten Nacht befand. Oder wollte sie nicht? Und dann war da noch dieser ominöse rote Wagen, den Blasius vor seinem Verschwinden im Hof geparkt hatte, um später mit ihm davon zu fahren. Dieser Umstand machte die Mutter noch viel nervöser.

»Das passt so gar nicht zu meinem Blasius«, sagte Jutta Mannhaupt immer wieder unter Tränen und konnte ihre Gedanken kaum auf die Zubereitung des Mittagessens konzentrieren.

Als das Telefon läutete, spurtete Frau Mannhaupt sogleich in Höchstgeschwindigkeit an den Apparat.

›Die kann aber schnell rennen, wenn sie will‹, dachte Dörte.

Die Nummer, die die Mutter jedoch sofort im Display erkannte, enttäuschte sie. Es war nur Vater Mannhaupt, der zu Hause anrief. Die Frau legte den Hörer an ihr Ohr und ließ sich nicht anmerken, dass der Anruf ihres Mannes sie nun so gar nicht erfreute.

Bevor sie ein Wort sagen konnte, rief Dr. Günther Mannhaupt bereits: »Hat der Junge sich gemeldet?«

»Nein, leider nein!«, antwortete seine Frau niedergeschlagen.

»Hast du Dörte noch mal angerufen?«

Mama Blasi berichtete die neuesten Geschehnisse, die den Vater jedoch ernüchterten: »Sie hat sich den Tag freigenommen und ist hier. Dörte weiß auch nichts Neues. Sein Handy ist nach wie vor tot.«

Bei dem Wort ›tot‹ trieb es ihr erneut die Tränen in die Augen, was ihr Mann deutlich an dem Schluchzen erkannte. Seine innere Gefühlskälte ließ es aber nicht zu, tröstende Worte für sie zu finden.

»Wenn du irgendwas hörst, dann rufst du mich sofort an«, wies er seine traurige Frau in erbostem Ton an.

Sie konnte aufgrund des dicken Kloßes im Hals nichts weiter erwidern als: »M-hm!«

Dass sich die Eltern und die ganze spießige Familie von Blasius tierische Sorgen machten, weil ihr kleiner Blasius sich über Nacht mal nicht sehen ließ, lag auf der Hand. Wenn er irgendwann das ein oder andere Mal zuvor ordentlich auf den Putz gehauen hätte, keiner seiner Angehörigen würde sich nur annähernd Gedanken machen. Blasius wurde jedoch dazu erzogen, sich immer schön brav abzumelden, wenn es mal später wurde. Tja, das hatte er diesmal eben nicht getan ...

Den ganzen Dienstag über passierte nichts. Blasius meldete sich nicht. Seine Eltern und Dörte fanden sich im Elternhaus zusammen, die Brüder ließen sich fast schon etwas desinteressiert entschuldigen. Angeblich hatte Urban zu viel Arbeit und Servatius einen wichtigen Termin. Der Jüngere sah das Verschwinden ganz offenkundig nicht als dramatisch an.

»Mein Gott, die Eltern stellen sich wieder an. Der wird irgendeine Schnalle aufgerissen haben«, sprach er am Telefon Dörte gegenüber seine Gedanken aus, »da würde ich auch für ein paar Nächte daheim nicht erscheinen.« Zu spät erst begriff er, mit wem er da sprach. »Sorry, Dörte!«

Die junge Frau blieb jedoch gelassen.

›Von dem hab ich nichts anderes erwartet‹, dachte sie.

Die Mannhaupts hatten bereits einen Plan. Sie mussten die Polizei verständigen.

»Aber auf keinen Fall lassen wir die Beamten zu uns kommen«, meinte die Mutter aufgeregt, unabhängig davon, dass sicher kein Ordnungshüter sich den Weg machen würde. Denn eigentlich war ja gar nichts passiert. »Was sollen denn die Nachbarn denken?«

Die Eltern fuhren mit Dörte auf das Polizeirevier nach Idstein. Der Vater bemühte sich nicht, seinen Anzug, den er natürlich auf dem Arbeitsplatz trug, gegen legere Kleidung zu wechseln. Immerhin wollte er bei der Polizei einen guten Eindruck erwecken. ›Ein Sohn der verschwunden ist, das ist ja schon peinlich genug.‹

Mama Blasi vergaß in ihrer Nervosität, die Schürze abzulegen.

»Willst du das Ding denn nicht ausziehen?«, fragte Dörte leise im Auto auf dem Weg zum Revier.

»Ach«, antwortete die Mutter von Blasius flüsternd, dass es ihr Mann nicht verstehen konnte, »dann fühl ich mich noch viel unwohler.«

Die Station in Idstein glich den vielen bekannten, kleinen Polizeiniederlassungen, die es überall gab. Weiße, kalte Wände und ein paar Bilder von angeblichen Straftätern, die gesucht wurden. Sie hingen in den Fluren, und eine Art Empfangstheke ragte in die Räumlichkeiten. Dort sollten die Belange der Bürger aufgenommen werden.

»Ein Kollege kommt gleich auf Sie zu, Herr Mannhaupt«, sagte ein freundlicher Mann in Uniform, »setzen Sie sich noch einen Augenblick dort drüben hin.«

Im Gang wartend zitterte Mutter Mannhaupt mit dem Unterschenkel.

»Ruhig, Mama«, sagte Dörte und hielt ihre Hand – der Vater blickte stur und grimmig in den Raum.

»Der Beamte ist da«, sagte Günther Mannhaupt, als ein Polizist durch eine Tür am Ende des Ganges trat.

»Mannhaupt?« rief dieser, und Dörte erhob sich mit den Eltern, um eilig in den Büroraum des Polizisten zu gehen.

»Einen Augenblick noch«, sagte er etwas schroff und tippte einige Zeilen auf seiner veralteten Schreibmaschine. »Mein Partner kommt gleich noch hinzu. Eine Entführung, oder?«

»Entführung?« Mutter Mannhaupt horchte erschrocken auf.

Dörte hielt ihre Hand ganz fest, als der Vater meinte: »Nein, eine Vermisstenanzeige wollen wir aufgeben.«

»Ach so«, erwiderte der Mann in der Uniform, ohne für eine Sekunde aufzublicken – er hatte sich noch nicht einmal vorgestellt.

Eine Minute später trat der erwähnte Partner des Polizisten in das Zimmer. »Guten Tag, Presser ist mein Name.«

Ausgewählt höflich begrüßte er die drei Bürger mit einem kurzen Handschlag. Er platzierte sich mit verschränkten Armen stehend an einer Wand. »Geht gleich los!«

Die Minuten, in denen der erste Uniformierte seinen Blick stets auf sein Arbeitswerkzeug vor sich richtete, kamen den besorgten Angehörigen von Blasius endlos lange vor. Die Spannung zerriss die Nerven der Mutter nahezu.

›Garantiert wieder eine Meldung von kleinkarierten Spießbürgern, die eine Partylaune ihres Nachkömmlings nicht akzeptieren können‹, dachte der erste Beamte spontan, als er endlich seinen Blick hob und sich das Trio betrachtete. Er sagte jedoch nichts.

Der größere und gleichzeitig schlaksigere Polizist hinter dem Schreibtisch blickte gequält freundlich, als Jutta Mannhaupt Hilfe suchend den Beamten ansah. Eigentlich erahnte man in ihm nur schwerlich einen sympathischen Charakterzug, so blickte er auch missbilligend auf die Kleidung der Mutter. Ihre Schürze machte auf ihn einen dümmlichen Eindruck, und er fällte bereits jetzt sein Urteil über diese Frau.

›Spießig, konservativ, naiv, ein bisschen blöde sogar und das typische Hausmütterchen - rund um die Uhr für die Familie da!‹, dachte er sofort – er hatte seine Erfahrungen damit und glaubte innerlich dem Klischee, das Jutta in diesem Fall fast vollständig bediente.

Dörte ahnte, was für einen Menschen sie da vor sich hatte, als er noch für einen Augenblick beobachtend schwieg: ›Warum tut er denn so herablassend? Dieser Blick, dieser Blick sagt schon fast alles.‹

»Es geht also um eine Entführung?«, sagte der kleinere Beamte noch an der Wand lehnend, und sein Kollege fiel ihm bereits ins Wort: »Vermisstenanzeige, Presser, Vermisstenanzeige!«

Der Mann tat so, als wäre es ganz selbstverständlich, dass hier keine Entführung vorlag und verdrehte leicht die Augen.

»Ja, natürlich, mein Sohn wird vermisst«, ergriff dann der Vater selbstbewusst, aber doch mit einer gewissen Erfurcht vor der Uniform, das Wort.

»Ja, genau«, fügte die Mutter noch kleinlaut hinzu, und Dörte wusste, dass ihr schon allein dieser Ort einen gehörigen Respekt einflößte.

Polizeiobermeister Presser lächelte freundlich, um etwas Entspannung in die Atmosphäre zu bringen. Der andere Beamte hielt dies nicht für notwendig und verzog keine Miene.

Das Gesicht der Mutter hätte ich gerne gesehen. Die gute Mama Blasi saß wegen ihres lieben Sohnes bei der Polente. Natürlich hoffte sie, von niemandem gesehen worden zu sein. Ein gesellschaftliches Desaster, ein Niedergang des guten Rufes. Über Wochen hinweg würde dieses Thema in den Köpfen der neugierigen Nachbarn verankert bleiben. Die Plappermäuler könnten natürlich nicht das kleinste Geheimnis für sich behalten, und die Geschichte würde die Runde über die Grenzen des Dorfes hinweg machen. Was war schlimmer? Dass ihr Sohn für eine Nacht verschwand, oder dass sie zur Bullerei musste? Mama Blasi befand sich sicherlich im Zwiespalt ...

Der Polizist hinter dem Schreibtisch schaute grimmig, und Dörte ärgerte sich über dessen Verhalten: ›Was ist das nur für ein überheblicher Arsch? Haben wir ihn bei seiner Arbeit gestört? Was genau ist eigentlich seine Arbeit?‹

Sie registrierte seine gefühllosen Gesichtszüge, kaum eine positive Empfindung konnte sie ihm anmerken. Seine tiefen Furchen in den Wangen und seine markanten Kieferknochen ließen ihn ernst und kalt wirken. Er hatte für sie etwas überaus Feindseliges. Seine Haut wurde übersät von vernarbtem Gewebe, wahrscheinlich von Pocken herrührend. Er versuchte, diese Narben unter einem Dreitagebart zu verbergen, was ihm kaum gelang. Seine Uniform trug er mit einer ausgesprochenen Würde. Jeder, der ihn nur wenige Minuten in seinem Job beobachtete, wusste, dass er mit Leib und Seele in seinem Beruf aufging. Dieser Mann lies seine Umwelt spüren, dass er eine gewisse Macht innehatte.

»Erzählen Sie doch bitte, was passiert ist. Wie alt ist denn bitte Ihr Sohn, und haben Sie ein Foto dabei?«, fragte Presser und ging davon aus, dass er Blasius' Vormund vor sich sitzen hatte.

Als die Beamten erfuhren, dass es eigentlich keinen Anhaltspunkt gab, dass Blasius gewaltsam von zu Hause ferngehalten wurde und dass der junge Mann bereits die Volljährigkeit erreicht hatte, wendete sich das Blatt. Der größere Mann schaute den kleineren genervt an. Der unfreundliche Polizist zupfte das Familienfoto aus den Händen der Mutter, mit dem sie herumwedelte und blickte darauf. Dann wanderten seine Augen über die drei Gestalten vor ihm und wieder auf das Foto. Er bildete sich seine ganz eigene Meinung über diese Leute.

›Was ist das für ein steifer Bock?‹, urteile er den Vater ab, ›konnte der nicht mal die bescheuerte Krawatte abnehmen? Sind wir hier auf einer Konfirmation, oder was? Bei dem würde ich auch abhauen!‹

Diese Blicke machten Dörte unsicher: ›Können uns diese Polizisten wirklich weiterhelfen? Wollen sie es überhaupt?‹

Den Umschlag, den sie wenige Stunden zuvor in Blasius' Zimmer fand, behielt sie stillschweigend in ihrer Tasche. Sie wollte sicher sein, bevor sie ihn preisgab. Sonst ahnte niemand etwas von der Nachricht. ›Ich werde noch kein Wort darüber verlieren.‹

»Entschuldigen Sie bitte, Herr und Frau Mannhaupt, leider ist es so, dass Ihr Sohn das achtzehnte Lebensjahr bereits deutlich überschritten hat«, ging Presser auf die Familienmitglieder ein, »da muss es schon einen triftigeren Grund geben, dass wir uns einschalten. Oder vermuten Sie eine Straftat?«

»Eine Straftat?«, wieder schrak Mama Blasi auf.

»Jutta, bitte!«, energisch verwies der Vater seine Frau in ihre Schranken.

Der Polizist, der mittlerweile etwas gelangweilt mit dem Foto in der Hand spielte, nahm Dörte Schmitzdorf gedanklich genauer unter die Lupe, während sein Kollege sich mit Blasius' Eltern über die vermeintliche Vermisstenanzeige unterhielt: ›Wie sieht denn die Kleine aus? Eigentlich gar nicht so schlecht. Einen ganz hübschen Arsch hat sie ja scheinbar. Muss mal genauer darauf achten, wenn die wieder geht. Wahrscheinlich sieht man gar nichts, weil dieses Gerümpel da an ihr herunterhängt.‹

Dörte spürte, wie sie gemustert wurde.

›Die Flaschenböden vor ihren Augen müssen doch auch nicht sein‹, dachte er weiter, ›Mädchen, Mädchen, für was gibt es denn Kontaktlinsen? Nackig würde ich die wohl nicht von der Bettkante schubsen.‹

Blasius' Freundin erahnte die Gedankengänge des Beamten, der sich in das Gespräch über den Vermissten nicht einschaltete. Er machte einen desinteressierten

Eindruck und starrte lediglich die junge Frau intensiv an.

›Der unangenehmste Mensch, dem ich je begegnet bin‹, dachte Dörte – aber was sollte sie tun? Einem vergleichbar so mächtigen Menschen sagen, er solle woanders hinblicken? Das traute sie sich nicht.

Jutta Mannhaupt konnte kaum reden. In Tränen aufgelöst saß sie auf ihrem unbequemen Holzstuhl und suchte in den Augen der Beamten nach Hilfe. Presser bemühte sich um eine ruhige Abwicklung.

»Frau Mannhaupt, ich bin sicher, dass Ihr Sohn sich wieder meldet«, versuchte er, die Frau zu beruhigen. »Wir nehmen Ihr Anliegen natürlich entgegen, damit wir im unwahrscheinlichen Fall eines Verbrechens gegen Ihren Sohn schneller reagieren können.«

»Verbrechen?« Auf diese Weise konnte man bei Jutta Mannhaupt überhaupt kein Vertrauen erwecken.

Das erste Mal schaltete sich der arrogante Kollege ein, woraufhin Presser sich etwas zurückzog: »Hören Sie, das ist doch alles Zeitverschwendung! Wir drehen uns im Kreis.«

Dörte hielt Blasius' Nachricht fest in der Hand in ihrer Tasche und wartete ab. Sie sah, wie der Uniformierte ruhig, souverän und bestimmend seine Hand hob. Er sprach deutlich, aber nicht zu laut. Seine Stimme hatte etwas Rauchiges. Betont männlich wirkte er auf sämtliche Personen, fast Furcht einflößend.

›Würde ich ihn nicht in der Kluft des Gesetzes vor mir stehen sehen, dann hätte ich sicher Angst vor dem Kerl‹, dachte Dörte. ›Er hat dieses düstere Karma an sich.‹

Der Mann blickte einem nach dem anderen in diesem Zimmer in die Augen, bevor er seinen Gedanken weiter verbal ausführte: »Ihr Sohnemann, Freund oder was auch immer er für jeden einzelnen hier darstellt, ist absolut volljährig und kann eigentlich machen, was er will! Richtig?«

Was für ein eingebildeter Trottel. Solche Bullen kann ich leiden wie Gehirnoperation ohne Narkose. Wenn die anfangen klugzuscheißen, dann hast du unweigerlich verloren. Das weißt du sofort. Und die wissen, dass du es weißt. Und du weißt, dass die wissen, dass du weißt, dass du kaum noch etwas zu melden hast. Die haben immer irgendeinen Trumpf in der Hand. Darauf sind die trainiert. Schon allein, wenn die dich im Straßenverkehr anhalten. Eigentlich weißt du genau, es ist alles in Ordnung. Fahrzeug, Führerschein, die übrigen Papiere! Du hast keinen Dreck am Stecken. Es ist alles bestens. Und doch, wenn der Mistkerl um den Wagen geht, um sich mit seinem Kollegen zu beraten, dann schwitzt du Blut und Wasser. Jeder weiß, wenn das Arschloch schlecht drauf ist, weil ihn seine Alte nicht drauf gelassen oder sein Chef ihn nicht befördert hat, dann bekommt der dich wegen irgendwas am Hacken. Und sei es nur, wenn du dich ungeduldig zeigst, dann freut er sich schon, dass er dich anfotzen kann. Der kriegt dich, wenn er will ...

Der Beamte erntete lediglich ratlose Gesichter auf seine Frage. Jeder erkannte, worauf der Polizist jetzt hinauswollte. In den Gesichtausdrücken der Leute sah er die Antwort. Sofort schnaufte er kurz auf.

›Das ist ebenso lächerlich wie unglaublich‹, dachte der Mann und jeder erahnte seinen Gedanken, als er abwertend grinsend mit dem Kopf schüttelte.

Das Verhalten des Beamten verunsicherte die Familie. Keiner konnte darauf etwas erwidern. Jeden im Raum überraschte diese Überheblichkeit, mit der sie behandelt wurden - außer den Kollegen des unfreundlichen Polizisten, der kannte seinen Mitarbeiter bereits genau.

»Der junge Mann ist seit etwas über einen Tag unterwegs, will sich wahrscheinlich mal schön die Hörner abstoßen«, er sah dabei Dörte an, der es dabei eiskalt den Rücken herunter lief, »und Sie kommen allen Ernstes zu uns hierher, um uns davon zu erzählen?«

Niemand konnte reagieren.

›Was für ein dreckiger Mistkerl‹, war alles, was Dörte nun denken konnte und suchte mit ihrem Blick nach Unterstützung bei Polizeiobermeister Presser – dieser hielt sich jedoch vollkommen zurück.

»Hören Sie mal zu: Als ich im Alter von Ihrem Sohn war, vielleicht war ich sogar etwas jünger, da hab ich es ordentlich krachen lassen«, der geschmacklose Beamte wusste genau, dass er mit den folgenden Worten besonders Dörte beunruhigen würde. Voller Gleichgültigkeit führte er seine Rede jedoch fort: »Mehrere Tage hat meine damalige Frau mich nicht gesehen, geschweige denn meine Eltern. Sämtliche Discotheken, Bars und Bordelle von Frankfurt bis Hamburg habe ich durchwandert und niemand konnte mich aufhalten. So macht man das manchmal als junger Mann. Da muss man sich jedoch keine großen Sorgen machen.«

›Dieser Mann ist ja wohl unfassbar.‹ In Dörte tobte es, jedoch wagte sie es nicht, das Wort zu ergreifen.

»Mein Sohn«, sagte Blasius' Mutter zögerlich, »mein Sohn ist nicht so wie Sie!«

»Überrascht mich nicht«, erwiderte der Polizist selbstverliebt.

»Was genau wollen Sie damit sagen?«, fragte Günther Mannhaupt energisch, dem das Gerede langsam gegen den Strich ging. »Ich werde eine Beschwerde gegen Sie einlegen«, jedoch wussten alle im Raum, dass der Vater gerade andere Probleme hatte, als dass er dies wirklich ausführen würde.

Der Beamte entgegnete unverzüglich mit unmissverständlicher Intensität: »Ich will damit sagen, dass Ihr Besuch bei uns wohl überflüssig ist. Dieser junge Mann kann tun und lassen, was er möchte. Wenn er sich die Birne Nacht für Nacht rausvö...«, der Mann bemerkte, dass er nun über das Ziel hinausschoss und hielt seine geplanten Worte zurück.

Dörte wusste nun noch sicherer als zuvor: Die Nachricht ihres Freundes konnte in den Händen dieses Mannes nur fehl am Platze sein. Eigentlich hatte sie ja auch nie wirklich den Plan gehabt, Blasius' Brief der Polizei zu zeigen.

Der Beamte holte noch einmal tief Luft, während sein kleinerer Kollege weiterhin schwieg.

»Ich will nur sagen: Rufen Sie in ein bis zwei Wochen noch einmal an. Erst dann können wir etwas in die Wege leiten. So lange ist er ein freier Mann«, schloss der Polizist seinen Vortrag.

»Und der Mustang?« Jutta griff nach dem letzten Strohhalm, der ihr Rettung versprach.

Überrascht sahen die Staatsdiener auf.

Nun schaltete sich wieder der kleinere, freundlichere Mann ein: »Was für ein Mustang?«

»Er stand bei uns im Hof. Mein Sohn brachte ihn mit und verschwand wenig später mit ihm. Ein roter Mustang. Wir haben ihn nie zuvor gesehen«, berichtete die Mutter euphorisch.

»Kennzeichen?«, fragte der Größere knapp und ebenso genervt.

Mama Blasi schüttelte mit dem Kopf und brach wieder in Tränen aus. »Es tut mir leid, aber ich habe mir das Kennzeichen nicht notiert. Eventuell Frankfurt oder vielleicht kam er aus Offenbach.«

»Eventuell? Vielleicht?«, wiederholte der Polizist in höchstem Maße übellaunig.

Verzweifelt sah die Mutter zu ihm auf: »Ja, ich weiß es nicht genau!«

»Mit solchen Angaben können wir nichts anfangen«, sagte der Polizist trocken.

Dörte nahm die Mutter in den Arm. Sie versuchte, Mama Blasi zu trösten. Der kleinere Beamte verzog mitleidig die Miene. Er gab damit zum Ausdruck, dass er gerne geholfen hätte – nur schienen ihm die Hände gebunden.

»Was sollte ich denn tun?«, fragte Jutta Mannhaupt in die Runde. »Ich konnte doch nicht ahnen, dass das Kennzeichen so wichtig ...!«

Den Polizisten merkte man an, dass sie die Familie nun loswerden wollten.

Der größere Mann in Uniform erwähnte noch, als die Mannhaupts mit Dörte den Raum verließen: »Wir werden den Wagen überprüfen, sicherlich werden Dutzende Mustangs gesucht, ob aus Frankfurt oder Offenbach, wird sich rausstellen.«

Dies schmetterte die Familie nieder. Sie erkannten, dass sie nunmehr machtlos dastanden. Der sogenannte Freund und Helfer sah sich keineswegs gewillt oder im Stande mehr zu tun, als er musste. Und zu diesem Zeitpunkt musste der Gesetzeshüter noch keinen Handschlag durchführen.

Polizeiobermeister Presser verabschiedete sich höflich. Der unwirsche Partner vermied jedes weitere Wort und richtete seinen Blick wieder auf seine Schreibmaschine. Hilflos blickten sich Blasius' Leute auf dem Flur des Polizeireviers an. Nur Dörte hatte einen Entschluss gefasst und drückte die Nachricht ihres Freundes fest in ihre Faust.

Schön blöd standen nun die Mannhaupts da. Besorgt baten sie um Hilfe, und wer so eine fiese Abfuhr erhält, der kann kaum normal reagieren. Vater Mannhaupt hätte diesem blasierten Arschloch mal ordentlich seine Meinung geigen sollen. Stattdessen guckten sich alle mit offenem Mund blöde an und wussten nicht weiter. Das Bangen um Blasius musste also nun in die Fortsetzung gehen ...

Von den Ereignissen mit den Mannhaupts provoziert, sagte der kleinere Polizist wütend, als sich die Ordnungshüter wieder allein im Büro befanden: »Du bist doch echt ein Scheißbulle!«

Offenbar vollkommen unbeeindruckt bewegte der permanent schlecht gelaunte Kollege seinen Kopf nicht im Entferntesten und würdigte seinen Partner keines Blickes.

Dominant ließ er nichts weiter hören als: »Sei einfach still!«

Die Flucht nach Nirgendwo

»OH JA, g-gleich bringen w-wir es z-zu E-e-ende!«, brüllte Bombe auf dem Bett der Diva liegend und ergriff fest ihre Hüften.

Sie erahnte, dass er diese Art der sexuellen Ekstase bislang nur sehr selten erlebt hatte. Was sie nicht wissen konnte: eigentlich genau vier Mal in seinem Leben. Drei Mal in den ersten Tagen seiner achtjährigen Ehe mit seiner Frau, bevor er schnurstracks für neun Jahre in den Knast wanderte, und heute einmal.

Sein Leben lang war Bombe ein Pechvogel. Er wollte doch damals nur für sich und seine frische Braut ein schönes Leben. Der angeblich so perfekte Bankraub ging drei Minuten gut. Bombe hielt fast 70.000 D-Mark praktisch in seinen Händen. Ein Wachmann musste dann aber natürlich den Helden spielen. Im eigentlich für Bombe schon ausweglosen Kampf um die freie Flucht fiel dieser Sicherheitsbeamte ungünstig auf eine Tischkante und verlor ein Auge. Das Resultat: Bombe saß neun von eigentlichen zwölf Jahren wegen bewaffnetem Raub und schwerer Körperverletzung. Weil Bombe aber eigentlich ein gutes Herz hatte, kam er wegen guter Führung vorzeitig hinter den schwedischen Gardinen hervor.

Nun genoss er voller Glücksgefühle die Gunst der Stunde und diese einmalige Nähe mit dieser unfassbaren Frau. Er wurde ganz wild, wollte sich mit der Diva umherwälzen, wurde jedoch immer wieder auf den Rücken zurückgedrängt. Es glich mehr einem Ringkampf als einem Geschlechtsakt. Die Diva belohnte ihn nun für seine Arbeit, deswegen gab sie sich besondere

Mühe, ihn im Zaum zu halten - dies sollte er jedenfalls zunächst denken.

›Er soll glauben, dass ich ihn mag‹, verfolgte die Diva den Plan, ›obwohl eigentlich jeder weiß, dass man Sex und Privatleben auseinanderhalten kann.‹

Die Frau hatte außerhalb ihrer Tätigkeit als Edelhure niemals Sex – jedenfalls in den letzten Jahren. Sie hatte keinen Partner, sie verliebte sich nicht, sie wollte nur Geld verdienen.

»Sei einfach still und mach weiter«, keuchte die Diva leise und hielt ihm dabei den Mund zu.

»J-ja!« Er dachte in diesem Augenblick nicht weiter über seine holprige Ausdrucksweise nach. Diesbezüglich hatte er schon einigen Kummer über sich ergehen lassen müssen. Bombe stumpfte mit den Jahren mental ab. Das Stottern gehörte zu ihm. Es machte einen Teil seiner Persönlichkeit aus. Zwar ließ ihn das schwächlich und minderwertig erscheinen, aber damit fand er sich ab.

»Oh m-mein Gott«, keuchte Bombe durch die Finger der Frau brüllend, und sie spürte, wie sein Orgasmus immer näher rückte.

Weil die Diva ahnte, dass Bombe gleich zum Höhepunkt kommen würde, ließ sie keineswegs von ihm ab, um den Moment herauszuzögern. Sie wollte es hinter sich bringen. Bombe bäumte sich auf und wurde sogleich von ihr auf den Rücken zurückgestoßen. Der Mann verdrehte die Augen. In dem Spiegel an der Decke im Schlafzimmer seiner Sexpartnerin sah er, wie sie auf ihm saß und sich erotisch auf ihm bewegte.

Sie beobachtete seine Blicke und dachte: ›Ja, glotz du nur und werd fertig!‹

Bombe schrie laut auf, sehr schrill, irgendwie überraschend weibisch, und da war es passiert. Er hatte seine Belohnung bekommen. Er beruhigte sich in den nächsten Momenten, und es wurde endlich leiser in dem Raum.

›Wenn das jemand gehört hätte‹, dachte die Diva amüsiert, ›die holen glatt die Bullen wegen Körperverletzung.‹

Ohne weiterhin zu zögern, stieg die Diva von ihm herunter, während sie das Kondom mit geübtem Griff auf seinem Glied fest andrückte. Unfälle konnte sie sich in ihrem Job nicht erlauben. Sie lächelte Bombe routiniert an und ging zur Tür.

Als sie die Türklinke bereits in Händen hielt, flüsterte Bombe: »Diva!«

Sie drehte sich zu ihm um und hörte, wie er leise sagte: »D-danke schön!«

Sie nickte kühl und verschwand durch die Tür in den Flur. Dort blickte sie kurz auf den Koffer, der ihr zu Füßen stand, und atmete tief durch. Als sie anschließend das Badezimmer betrat, betrachtete sie sich im Spiegel.

Stolz sagte sie zu sich: »Gute Arbeit!«

Es würde das erste und gleichzeitig das einzige Mal sein, dass Bombe mit der Diva Sex hatte. Erstens konnte er es sich nicht leisten und zweitens suchte sie sich ihre Kunden aus. Das Privileg nahm sie sich heraus. Bei Sydney musste sie in den letzten Jahren die einzige Ausnahme machen, auch wenn der ›ein ekelhaftes Schwein‹ war, wie sie dachte. Er zahlte viel zu gut, das wollte sie sich einfach nicht entgehen lassen. Bei Bombe verfolgte sie heute natürlich ein bestimmtes Ziel. Sie tat nichts ohne Hintergedanken. ›Ich werde ihn noch brauchen.‹

»So, meine Liebe, nun kann es weitergehen«, sagte sie zu sich, nachdem sie ihre Haarpracht zurechtgerückt hatte.

Sie atmete tief durch und ging zurück ins Schlafzimmer, wo Bombe voller Glücksgefühle auf sie wartete.

Die Diva legte sich neben ihn, was normalerweise alles andere als ihre Art war. Kunden behandelte sie freundlich und zuvorkommend, kümmerte sich um deren Wohlbefinden, ging aber nur sehr selten, wenn dann gegen Aufpreis, näheren postejakularen Kontakt ein. Sprich: Sie schmuste mit keinem Kunden. Auch Bombe überraschte ihre Art, nahm sie aber gerne an. Seit vielen Jahren berührte ihn keine Frau mehr auf diese Weise.

»Wie war es denn heute?«, fragte die Diva.

Bombe geriet ins Schwärmen, merkte jedoch nicht, dass die Diva seinen Bruch und nicht den Sex meinte: »Es w-war w-wu-wunderschön, du b-bist so g-g-gut und fühlst d-dich so w-weich an-n. I-ich könn-nte Sch-stunden …«

Sie unterbrach ihn forsch, denn sie hasste es, mit Kunden über den gemeinsamen Akt zu reden: »Nicht die Turnerei! Deinen Job meine ich, Mensch!«

»A-ach so.« Bombe lief rot an, aber die Diva sah nicht, dass er peinlich berührt war, denn ansehen wollte sie ihn jetzt nicht. Sie lag einfach nur da.

»A-alles klar, h-hab den Au-auftrag ausg-g-geführt!«

»Das Geld ist also vollständig im Koffer, ja?«, fragte die Frau.

Bombe ahnte nicht, was sie vorhatte. »J-ja, so wie S-sydney es v-vorb-bereitet h-hat.«

»Also ist alles da?«, wollte die Frau noch mal sichergehen.

»Im Koffer«, bestätigte er bereitwillig mit ein wenig Stolz in der Stimme.

Er allein war es, der den Auftrag ausgeführt hatte. Dies machte ihn zu eine Art ›richtiger Mann‹.

Einige Minuten schwiegen beide. Bombe dachte nicht viel. Er sah sich zufrieden, dass alles gut verlief. Er war stolz auf sich selbst. Nun musste er nur noch warten, bis sich Sydney zeigte, und so lange durfte, musste, sollte er bei dieser Frau bleiben. Für Bombes Verhältnisse war also alles in Ordnung. Mehr als das.

Die Diva jedoch nahm gedanklich Anlauf, um ihr Anliegen vorzutragen: ›Hoffentlich geht Bombe auf meinen Plan ein. Wenn es sein muss, schlafe ich auch noch mal mit ihm, was er jedoch nicht wissen muss.‹

»Darf ich dir mal eine persönliche Frage stellen?« Die Diva richtete sich leicht auf und lehte sich auf ihren Ellenbogen.

»Kl-kl-klaro!«, stotterte Bombe.

»Wie viel bekommst du von Sydney für all das hier?«

Bombe konnte Geheimnisse nicht für sich behalten und plauderte einfach drauflos: »Zw-zwanzigtaus-s-send! U-und wenn alles r-reibundsl-l-los verläuft, n-noch einm-mal f-fünf!«

Die Diva fragte ihn nun aus: »Und wer weiß von der Sache?«

»D-du und ich!«, antwortete Bombe.

»Und die fette Sau«, flüsterte die Diva leise und deutlich verbissen vor sich hin.

Man merkte in ihrer Stimme genau, dass sie Sydney alles andere als besonders gut leiden konnte. Er widerte sie regelrecht an.

Gerade wollte Bombe ihre Aussage grinsend bestätigen, da hakte sie schon nach: »Und Monika, diese kleine Schlampe? Weiß sie was?«

Die Diva erahnte die Verbindung zwischen der Adoptivtochter und Sydney. Manchmal prahlte er gerne mit seiner Manneskraft, auch wenn er niemals den sexuellen Kontakt zu seiner Tochter tatsächlich zugab. Möglicherweise hatte auch Monika Kenntnisse von dem heutigen Betrug. ›Das könnte alles kaputt machen.‹

»N-nein, S-sydney vertraut ihr n-nicht. D-das ist ein B-b-biest«, behauptete Bombe und wollte gerade berichten: »W-weißt du, w-w-was die mit m-mir m-mal gem-m-acht …«

Erneut unterbrach ihn die Diva, denn sie interessierte sich nicht für seine Geschichte. Was Bombe zu erzählen hatte, wollte sie gar nicht hören. Die Diva verfolgte nur ihren Plan, den sie mit gespielter Begeisterung nun versuchte, Bombe zu vermitteln: »Was hältst du davon, wenn ich deinen Anteil auf 450.000 Euro erhöhe?«

Der Mann blickte zögerlich in das lächelnde Gesicht der Diva.

»Das sind 430.000 mehr als zuvor!«, rechnete sie vor.

Sie betörte ihn so sehr mit ihrer Schönheit, mit ihrem Lächeln und mit ihrer überaus netten Art, eben in dieser Sekunde, dass er dahinschmolz. Ewig hätte er sie anschauen können. Bombe dachte dann aber nach. Wie sollte er darauf reagieren?

»N-nun …«, sagte er, kam aber nicht weiter.

»Lass uns verschwinden, Bombe. Der Sack bekommt doch sowieso die Kohle von der Versicherung. Das tut dem nicht weh. Und anzeigen kann der uns nicht, sonst kommt alles raus. Wir fangen neu an, lassen die Scheiße hier hinter uns, wandern aus, einfach weg!«

Bombe konnte kaum mehr erwidern als: »Äh!«

»Weißt du, was er mir angeboten hat, Bombe?«, fragte sie, und er schüttelte aufmerksam den Kopf. »Hunderttausend, aber dafür müsste ich ebenfalls im kommenden Jahr 50 Nummern mit ihm schieben. Das bedeutet fast jede Woche einmal mit diesem Mistkerl.«

Bombe war entsetzt. Allerdings wusste er gar nicht so genau weswegen, denn sie arbeitete eben als Hure. Da macht man nun mal so was.

»Ich will nicht mehr mit Sydney in die Kiste, Bombe!«, sagte sie bemitleidenswert, »aber ich brauche das Geld.«

»U-und w-wie hast d-du dir das v-v-vorge…«

»Wir haun ab! Jetzt sofort! Wir steigen in mein Auto und fahren los. Nach Holland, nach England, was weiß ich wohin. Von dort aus weiter. Der kann uns keine Polizei auf den Hals hetzen. So haben wir Zeit genug. Und der merkt das sowieso erst in ein paar Tagen, wenn er sich dann dazu herablässt, hier aufzukreuzen. Damit haben wir tagelang Vorsprung.«

Sie blickte Bombe mit funkelnden Augen durchdringend an. Beide wussten, das Geld liegt im Koffer in der Diele – im Nebenraum. Bombe hatte es mitgebracht. Sie mussten es sich nur nehmen. Der Mann spürte, wie ihm kalt und warm wurde, und die Diva ahnte seine Gefühle. Mit solchen Männern hatte sie Erfahrung. Unsicher schaute er ihr in die Augen.

Und bevor er etwas sagen konnte, fragte die Diva: »Warst du schon mal in Brasilien, Bombe?«

»N-n-…«

»Siehst du«, sie ließ ihn kaum antworten, »und da will ich mit dir hin!«

»M-m-mit m-m-mir?«, fragte Bombe skeptisch.

Nun musste die Diva all ihr Können einsetzen. Sie versuchte, ihn zu betören. Sie musste es tun, denn sie brauchte einen Partner, und vor allem seine Gunst. Ohne ihn könnte sie nicht einfach so mit dem Koffer davon. Sie sah ihm wieder tief in die Augen.

»Bombe«, sagte sie leise und strich ihm über seine Brust, »denk nach! Wir zwei!«

Dem Mann stellten sich die Nackenhaare auf, und es erregte ihn unheimlich, wenn die Frau so schaute. Sie berührte ihn anschließend an seinem Bein und fuhr ihm mit ihrer Hand an der Innenseite seines Oberschenkels entlang.

»Natürlich mit dir! Wir wären kein Liebespaar, oder so, aber das ein oder andere Mal könnte ich mir so einen Abend wie heute mit dir schon gut und gerne vorstellen«, behauptete sie ungeniert.

»E-ehrlich?«

»Ja«, hauchte sie ihm ins Ohr und log damit, »komm, lass uns verschwinden!«

Bombe willigte ein, indem er aufsprang und sich anzog. Er war kurz entschlossen.

›Sydney behandelt mich ohnehin wie den letzten Dreck, und die 25.000 Euro hätte ich sicher spätestens in den nächsten zwei Jahren durchgebracht. Was hält mich also noch hier?‹ Bombe sah plötzlich eine Chance, sein wenig zufriedenstellendes Leben vollends zu ändern. Die Diva bemerkte seinen Übereifer und teilte seinen aufblitzenden Tatendrang.

Die clevere Frau wusste sofort: ›Ich hab ihn!‹

Ein paar Sachen packte sie in eine Tasche, und Bombe fiel auf, dass sie erstaunlich wenig Gepäck mitnahm - für eine Diva jedenfalls.

»S-sonst nim-m-mst du ni-nix m-mit?«, fragte er erstaunt.

Sie lächelte: »Ist alles schon in Holland!«

Sie erklärte Bombe, dass sie diesen Plan schon lange hegte, von dem Zeitpunkt an, als sie von Sydney in den Betrug eingeweiht wurde. Er brauchte sie, denn Sydney glaubte das Geld bei Bombe allein nicht sicher. Er musste einen weiteren Komplizen haben, der auf Bombe achtgab. Er ahnte ja nicht, dass die Diva ihn derartig reinlegen und schon gar nicht, dass sie sich mit Bombe zusammentun könnte. Bombe erfuhr nun von der Diva, dass ein Großteil ihres Hab und Guts bereits bei einem Bekannten in den Niederlanden verweilte. Deswegen brauchte sie nun also nur eine kleine Tasche.

»Komm!«, sagte Bombe, nahm sie an der Hand, als wäre sie sein Mädchen.

Er zog sie selbstsicher aus der Wohnung, nachdem er sich auch den Koffer vom Einbruch gegriffen hatte. Zum ersten Mal seit vielen Jahren fühlte er sich als richtiger Mann. Bombe benötigte kein weiteres Gepäck, nur das, was er am Körper trug und den Geldkoffer. Mit seinem Anteil konnte er alles, was er derzeit besaß in mehrfacher Ausführung neu kaufen.

»Wir nehmen meinen Wagen!«, bestimmte die Frau. »Willst du fahren?« Am Zögern Bombes bemerkte sie, dass etwas nicht stimmte. »Was ist?«

»K-könntest d-d-du b-besser fa-fahren?«, meinte Bombe schüchtern.

Die Diva sah den Mann fragend an. Er sah sich genötigt eine Erklärung abzugeben.

»Ich h-hab k-keinen Fü-fü-führersch-schein.«

Verwundert sah sich die schöne Frau um. »Und wie bist du hier?«

»M-mit dem W-wagen v-von Syd-n-ney!«

Die Diva begriff. »Und er weiß nichts davon, dass du keinen Lappen mehr hast?«

Als Bombe nickte, fragte die Frau noch: »Was ist passiert?«

»Fü-fü-fü…« Bombe konnte es kaum aussprechen und schämte sich abgrundtief.

Als die Diva an ihn herantrat, ihre Hand sanft auf seine Schulter legte und ihn aufmerksam und mitfühlend ansah, wurde ihm ganz warm ums Herz.

Plötzlich sagte er vollkommen flüssig: »Fünfzehn Pils zu schnell!«

Die Frau lächelte und sagt: »Okay, ich fahre!«

Sie legten die Tasche der Diva und den Geldkoffer in den Kofferraum ihres Wagens.

»W-wir müssen doch n-nochmal zu m-mir!«, meinte er sodann, »i-ich b-br-brauche meine P-p-pa-papiere - Pass u-und so w-was!«

»Natürlich, kein Problem!« In dieser Nacht noch konnten sie ungesehen durch Mauloff fahren, auch wenn Sydney nur wenige Straßen entfernt den großen Geburtstag seines Schwiegervaters feierte.

Die Diva wartete im Wagen, während Bombe wild in seiner Wohnung herumwühlte. Der Koffer mit dem Geld lag im Auto.

›Ich könnte jetzt abhauen‹, dachte sie. ›Ich könnte das ganze Geld einkassieren.‹

Sie glaubte kaum, wie leichtsinnig Bombe sie mit dem Geldkoffer zurückließ. ›In jeder anderen Situation wäre ich jetzt sicher losgefahren, aber ich brauche Zeit für die Flucht und einen Komplizen. Glück gehabt, Bombe!‹

Plötzlich erschien der Mann hektisch am Fenster seiner Wohnung und starrte auf die Straße.

›Er scheint wohl, realisiert zu haben, dass ich ihn allein zurücklassen könnte‹, dachte die Diva. ›Keine Angst! Komm, mach schon, ich warte.‹

Da verschwand Bombe vom Fenster und eilte zum Wagen.

Der Mann atmete auf und saß erleichtert mit seinen wenigen Unterlagen wieder neben der wunderschönen Frau. Die Diva bemerkte, dass Bombe wohl einen großen Schrecken erlitten hatte. Sie hätte mit dem Koffer auf eigene Faust fliehen können. Die Diva ließ sich nichts anmerken. Sie brauchte seine Hilfe, wollte sein Vertrauen. Selbstverständlich plante sie, ihm von seinem Anteil etwas zu entwenden, aber erst wenn sie seine Anwesenheit nicht mehr nötig hatte, und wenn er sich vollends sicher fühlte.

›Vielleicht in Brasilien‹, dachte die Frau.

Wenige Stunden später kamen die beiden bei einem ehemaligen Kunden der Diva in einer kleinen Stadt südlich von Amsterdam an. Er bot ihnen Unterschlupf, da die Diva drohte, einige seiner Geheimnisse auszuplaudern. Diese kleine Erpressung nutze die Frau nun geschickt aus. Der Kerl ließ sie für einige Tage in seiner Wohnung übernachten, und niemand kannte ihn. Mehr war ihr zurzeit nicht wichtig. In Amstelveen war Bombe zuvor noch nie gewesen, geschweige denn im Ausland. Es konnte kaum spannender für ihn sein. Sie bezogen gemeinsam ein Zimmer. Das gehörte zum Plan der Diva, um sein Vertrauen weiterhin zu behalten.

»Sag mal, Bombe«, meinte die Diva dann, »wollen wir nicht in den Koffer schauen? Ich mein, Geld zählen macht doch Spaß, und so können wir unseren Anteil trennen!«

Bombe willigte ein. Warum hätte er auch dagegen sein sollen? Seine 450.000 Euro wähnte er in Sicherheit. Er stellte den Koffer auf einen Tisch und versuchte, ihn zu öffnen. Das Zahlenschloss hatte sich verdreht.

»M-m-mist, das Schl-l-loss ist zu!«, zischte Bombe.

Die Diva wurde aufmerksam, blieb aber noch ruhig: »Dann öffne es doch!«

Er zuckte mit den Schultern: »I-ich kenn d-die Kombi-i-ination nicht!«

Sie starrten sich an. Die Diva wurde nervös. Schnell entschlossen sie sich, den Koffer aufzuschneiden. Was sie im Anschluss erblickten, erschütterte beide: einen Schuh, Handschuhe und einen Schal, dazu lediglich 20.000 von den erwarteten 900.000 Euro.

»D-das sind d-doch deine Kl-kl-klamo…!«, wollte Bombe vorwurfsvoll sagen, jedoch fuhr die Diva wütend dazwischen.

»Du kleiner Drecksack! Glaubst du, du kannst mich reinlegen?«, rief sie zornig. »Was hast du mit dem Geld gemacht?«

Er zuckte mit den Schultern. »W-wieso ich? W-wie soll i-ich d-denn an dei-deine Kl-kl-klamotten k-k-kommen?«

Als sie sein abgründig verzweifeltes Gesicht erblickte, erahnte sie, dass wohl etwas Unvorhergesehenes geschehen sein musste. Bombe konnte nichts dafür, auch er wurde hinters Licht geführt.

»Dieser fette Mistkerl!«, sagte sie leise und legte sofort den Schuldigen fest. »Der hat geahnt, dass wir abhauen wollen. Der hat uns reingelegt.«

»A-aber …«

»Nein, Bombe, wir müssen uns damit abfinden. Sydney ist eine Spur skrupelloser als wir. Verdammt! Und dazu noch cleverer«, erklärte sie ihm, und ihre Enttäuschung spiegelte sich deutlich in ihrer Stimmlage wider.

»W-was machen wir j-j-jetzt?« Bombe ahnte die Antwort.

»Zurück können wir nicht! Sydney würde uns fertigmachen lassen, wenn wir wieder auftauchen«, sagte sie, »sein Vertrauen haben wir mit unserer Flucht zerstört. Wahrscheinlich hätte er uns sowieso alle gemacht.«

Bombe ließ sich in einen Sessel fallen. Niedergeschlagen fing er fast an, vor der Frau zu weinen. Die Diva sah zu Bombe herüber und setzte sich auch. Es hätte alles so wunderbar laufen können. Die geplante Flucht war nun keine mehr.

›Niemand wird uns verfolgen‹, glaubte die Diva zu wissen. ›Warum auch? Sydney hat was er wollte: Sein Geld und uns beide los.‹

Die Flucht endete hier irgendwo im Nirgendwo. Davon wollte sich die Diva nun aber nicht unterkriegen lassen. Wenn sie sich etwas in den Kopf gesetzt hatte, dann führte sie es auch aus, und vollkommen mittellos stand sie ja nun auch nicht da. 30.000 Euro hatte sie sich mit der Zeit bereits zurücklegen können. Sydney zahlte immer gut für ihre Dienste. Als sie wieder zu Bombe herübersah, tat er ihr so unheimlich leid. ›Er hat nichts - gar nichts.‹

Der Mann saß nun hier in den Niederlanden mit 20.000 Euro, die er sich mit der Frau auch noch teilen musste. Dies war jedoch mehr Kapital, als er jemals auf einmal besessen hatte – ausgenommen während der drei Minuten bei seinem Banküberfall.

»Bombe«, sagte sie dann voller Mitgefühl in ihrer Stimme, und er blickte sie erwartungsvoll an, »was hältst du von Brasilien?«

Wenn ich nur könnte …!

»KOMM, LASS UNS TANZEN, Onkel Sydney!«, rief die kleine Ann-Katrin und schaute fieberhaft zu ihm auf.

›Geh mir bloß nicht auf den Geist‹, dachte er, sagte aber: »Später Kleines, ich habe gerade erst gegessen.«

Er hatte immer irgendwie gerade erst gegessen, denn eigentlich aß er fast den ganzen Tag über: Frühstück, 2. Frühstück, Mittagessen, Kaffee und Kuchen, Abendessen, und oft stand er für einen Mitternachtssnack extra noch einmal auf! Zudem kam noch, dass ihm dieser fragwürdige Trend zum Doppelnamen auf die Nerven ging. Ob Jan-Niclas, Peer-Augustin, Eric-Elias oder eben Ann-Katrin, er empfand es als äußerst albern.

»Entweder hat man einen ordentlichen Namen oder man soll sich doch gleich Pippi-Lotta-Victualia-Pfefferminza und so weiter nennen«, meinte er immer.

»Bitte, Onkel Sydney, ich steh so gern auf deinen Füßen«, bettelte Ann-Katrin mit großen, leuchtenden Augen.

»Nein Süße«, sagte er, »such dir jemanden, der schon länger mit dem Essen fertig ist.«

Dabei verwies er sie an die anderen Gäste. Enttäuscht wanderte die Nichte zu ihrem nächsten potentiellen Tanzpartner ab.

›Wenn du 18 bist, darfst du dich gerne mal auf mich stellen‹, dachte der übergewichtige Mann sarkastisch.

Der 70. Geburtstag seines Schwiegervaters im großen Bürgersaal des Ortes, der Sydney als perfektes Alibi diete, lief klassisch und traditionell ab. Etwas Musik, tanzen hier und tratschen da, essen und trinken, trinken und nochmals trinken.

›Was für eine langweilige Kacke‹, dachte Sydney, dessen Gedanken jedoch hauptsächlich um Bombe kreisten. ›Wenn der die Sache vermasselt, mach ich ihn alle‹, schwor sich Sydney, und er dachte weiter: ›Dieser Vollidiot wird blöd schauen, wenn ich ihm vorwerfe, dass 100.000 Mäuse fehlen. Dann hab ich ihn bei seinen Eiern. Bombe wird dann alles für mich tun, wird mir noch mehr aus der Hand fressen als bisher.‹

Sydney setzte einen widerwärtigen Gesichtsausdruck auf. Er kam sich so mächtig vor, so clever und so verdammt überlegen, weil er Bombe weismachte, dass sich 900.000 Euro in dem Koffer befinden sollten. Jedoch fühlte er sich in seinem viel zu engen Anzug überhaupt nicht wohl. Der Hosenbund drückte, der Kragen schnürte ihm die Kehle zu, und das Sakko spannte am Rücken. Scheinbar hatte Sydney seit der letzten Feierlichkeit vor etwa einem Jahr wieder einige Kilo zugelegt. Ein normaler Vorgang bei ihm.

»Schatz«, sagte seine Ehefrau, die mit ihm und der gemeinsamen Adoptivtochter an einem Tisch saß, »ich gehe mal eben raus, ich bin gleich wieder da.«

Sie erhob sich, und er sah ihr nach.

›Dass Schönheit so vergänglich sein kann‹, dachte er wehmütig.

Ihm gefiel seine Frau nicht mehr. Sie ist älter geworden, dicker und zudem faltiger. Vor knapp sechs Jahren fand er es sehr spannend, eine deutlich ältere Frau zu heiraten - außerdem hatte er in Aussicht, endlich das Autohaus von dem Schwiegervater übernehmen zu können. Nun war sie aber weit über 40, ging stramm auf die 50 zu und wirkte auf Sydney alles andere als erotisierend. Das Autohaus, das noch ihrem Vater gehörte, ihr aber als offizielle Leiterin überschrieben wurde, und die damit zusammenhängende finanzielle Abhängigkeit veranlassten ihn bis zu diesem Tag bei seiner Ehefrau zu bleiben, ihre Launen zu ertragen, ihre Wünsche immer wieder erfolgreich und möglichst charmant zu vertrösten.

Er war auf sie angewiesen, er führte zwar die Geschäfte, aber ihm gehörte eigentlich nichts. Spätestens wenn ihr alter Herr endlich das Zeitliche segnen und ihr alles überschrieben haben würde, konnte er als Ehemann seinen Reibach machen. Sydney dachte bereits ernsthaft darüber nach, seinen Schwiegervater beim Sterben aktiv zu unterstützen. Die Kontakte zur entsprechenden Szene hatte er.

›Das Ding heute bringt mich ein gewaltiges Stück weiter in die Unabhängigkeit‹, dachte der fettleibige Mann und rieb sich gedanklich vor Freude die Hände.

Wenn ihm schließlich die Finanzen ohne Hintertür vollends überschrieben worden sind, dann konnten nicht mehr solche schmierigen Typen wie Pit kommen. Niemand könnte ihn dann noch erpressen.

›Woher weiß die Drecksau das alles nur?‹, dachte Sydney und konnte sich keinen Reim darauf machen. ›Von Bombe? Wie wäre das nur möglich? Zu Monika selbst hat Pit keinen Kontakt. Hat irgendein Dritter von meinem Privatleben Wind bekommen?‹

»Ja, Schatz! Sie kommt gleich wieder. Solange könntest du mich beglücken«, flüsterte Monika Sydney ins Ohr, und riss ihn damit aus seinen Gedanken, wobei sie ihm versteckt den Rücken entlangstrich.

Monika hatte nichts mehr an sich, was sie wie einen wirklichen Teeny wirken ließ. Sie agierte wie eine ausgewachsene Frau, die mit ihren sexuellen Reizen umzugehen wusste und diese bewusst einsetzte. Besonders bei Sydney, denn er erfüllte ihr jeden Wunsch, den er mit seinen finanziellen Mitteln realisieren konnte. Für ihn war Monika alles andere als seine mittlerweile fast erwachsene Tochter, trotz ihres geringen Alters - und schon gar nicht sein Kind. Berechnendes Biest und gleichzeitig leidenschaftliche Liebhaberin, sie war nicht mehr und nicht weniger. Er wurde besessen von dieser jungen Frau, und das hatte sie so geplant. Die Adoption dieses Weibes noch als Kind kam für ihn einem absoluten Husarenstreich gleich. Er musste nur warten, bis sie alt genug war. ›Damit führe ich diese gesamte aufgesetzte Gesellschaft an der Nase herum.‹

Dennoch musste er diese Beziehung vor den Blicken Fremder schützen. Es hat ihn schon zu viel Ärger bereitet, dass Pit es herausbekommen hatte. Er drückte seine Adoptivtochter wütend von sich.

»Nicht hier, Monika!« Er sah ihr tief und höllisch aufgewühlt in die Augen, wodurch sie sich zickig abwandte.

Das entsprach präzise ihrem Verhaltensschema. Es war ihre Art, launisch auf die begründeten Abwehrhaltungen von Sydney zu reagieren. Für sie stellte alles, was sie tat, ein großes Spiel dar, und ihr Adoptivvater musste manchmal der Schiedsrichter sein. Sydney hatte eindeutig die richtige Entscheidung getroffen, als er sie nicht in seinen Plan für den heutigen Betrug mit einbezogen hatte.

›Ein Geheimnis kann sie nicht für sich behalten, und das Geld in dem Koffer wäre vor ihr ebenfalls nicht sicher‹, war ihm klar.

Die Kombination mit dem unterwürfigen, ihm hörigen, treuen und äußerst loyalen Bombe und der vernünftigen Diva ließ nichts zu wünschen übrig - glaubte er.

›Sie können sich beide nicht besonders gut leiden‹, dachte Sydney innerlich genüsslich lächelnd, ›da wird der eine auf den anderen aufpassen.‹

Je länger die Feier andauerte, desto ruhiger wurde Sydney. Wenn sein Mobiltelefon weiterhin schwieg oder die Polizei nicht auftauchte, dann verlief alles planmäßig. Morgen früh würden die Beamten vor seiner Tür stehen und dem überraschten Geschäftsführer des Autohauses offenbaren, dass die Firma einem Einbruch zum Opfer gefallen war. Er würde angeben und beweisen können, was alles gestohlen sein wird, und der Rest wäre nur eine Formsache. Bombe und die Diva bekämen den vereinbarten Anteil, und die Versicherung müsste zahlen. Alles in allem rechnete Sydney am Ende mit über zwei Millionen Euro, die in seine Tasche wanderten, auch wenn er Bombe und der Diva einen niedrigeren Betrag nannte.

Da tanzten Inge und Martin an ihm vorüber. Ein Paar, das erst vor kurzem geheiratet hatte. Martin war der Cousin seiner Frau und gleichzeitig Patensohn seines Schwiegervaters. Sie wirkten auf die Gesellschaft so glücklich. Für Sydney jedoch hatten sie nur etwas intensiv Armseliges an sich.

›Inge, die jahrelang kurz davor war auszutrocknen, weil sie kein Kerl anrühren wollte, hat den Erstbesten geheiratet, der sich dazu herabließ, das hässliche Pflänzchen zu bewässern. Wahrscheinlich hat er die alte Schachtel in der Hochzeitsnacht auch noch entjungfert - und sich gleich mit‹, dachte der korpulente Mann.

Sein überheblicher Gedanke amüsierte ihn. ›Ein Witz ist das!‹

Sydney Blum, der andere Menschen gerne und häufig sehr schnell vom ersten äußeren Anschein beurteile, blickte niemals selbstkritisch in den Spiegel. Oberflächlich gesehen erkannte man ihn gesellschaftlich an. Sein Status als erfolgreicher Chef eines Autohauses, Ehemann und fürsorglicher Adoptivvater konnte kaum besser sein. Nur wusste kaum jemand, dass er eigentlich ein krimineller, selbstsüchtiger Mann war, der sich Sex und Liebe kaufen musste. Er sah sich kaum im Stande, seine eigene Ehefrau ehrlich und aufrichtig zu behandeln und betrog sie fast täglich. Sydney zerriss es innerlich vor Angst, abgewiesen zu werden, was er zu seinem Glück bisher mit finanziellen Mitteln zu verhindern wusste. Der einzige Mensch, der Sydney aufrichtig liebte, war seine angetraute Frau, und die behandelte er, wie es schlechter nicht sein konnte.

Die Feier dauerte lange an. Genauso wollte es Sydney auch. Er musste von allen Leuten bis in die Morgenstunden gesehen werden und verließ den Saal nur wenige Male sehr kurz in Richtung der sanitären Anlagen. Er lachte laut und ausgelassen. Der Dicke wollte auffallen. Sogar an den albernen Partyspielchen, wie der Reise nach Jerusalem, beteiligte er sich, um von allen gesehen zu werden. Er sorgte dafür, dass er bei jedem Spiel schnell ausschied.

»Ich finde es schön, dass wir heute so lange hier sind«, schwärmte seine Frau für diesen Abend, die dies nicht gewohnt war und sich mittlerweile leicht angetrunken an seine Schulter schmiegte.

Für gewöhnlich verabschiedete er sich als einer der Ersten von solch kleinbürgerlichen Feierlichkeiten – auch wenn es die Geburtstage seines Schwiegervaters waren. Seiner Frau antwortete er auf ihre Begeisterung nicht. Sie redeten ohnehin nicht mehr viel miteinander. Ein Nicken seinerseits musste ausreichen.

Monika beugte sich zu ihm herüber, ganz nah an sein Ohr: »Hast du was geschnupft, oder was ist heute eigentlich los mit dir? Bist so gut gelaunt.«

Sydney, zunächst erstaunt über ihre Aufmerksamkeit, drückte sie zurück auf ihren Sitzplatz. Doch sie ließ nicht locker und näherte sich ihm wieder. »Gib mir auch was von dem Koks!«

Wieder schob er sie zur Seite, jedoch zunehmend energischer als beim ersten Mal. Außerdem sah er sie mit feuerroten Augen erbost an. Sie wusste, dass sie für den Moment am besten schweigen sollte, wunderte sich dennoch über sein Verhalten. Just in diesem Moment sah er am Eingang des Saales zu seinem Entsetzen, eine blaue Uniform vorübergehen.

›Verflucht!‹ Der Autohändler ahnte nichts Gutes. Irgendetwas musste schiefgegangen sein. ›Bombe, diese Niete!‹

Die Polizei wollte sicherlich zu seinem Schwiegervater und dessen Tochter. Die Anwesenheit der Beamten konnte keinen anderen Grund haben. Ruhig saß Sydney weiterhin auf seinem Stuhl. Auf seine Armbanduhr schielend, nahm er die Zeit wahr: 1.37 Uhr. Er durfte sich nichts anmerken lassen. Eine gespielte Überraschung war es jetzt, worauf er sich konzentrieren musste. Natürlich wurde der Beamte mit einem Kollegen zu den Eigentümern des Autohauses geführt. Sydney stand Höllenqualen aus, verhielt sich äußerlich allerdings vollkommen gefasst. Er spielte seine Rolle gut. Als der korpulente Mann mit seiner Frau und seinem Schwiegerpapa den Beamten in einen Nebenraum folgte, konnte jeder eine realistische Überraschung in Sydneys Gesicht lesen. Nur Monika ahnte, merkte, wusste ganz genau und von der ersten Sekunde, dass Sydney etwas im Schilde führte. Sie hatte keine Ahnung, was es war, und sie ärgerte sich darüber, von seinem Plan nicht schon vorher Wind bekommen zu haben. Sie konnte sich aber sicher sein: Sie würde es herausbekommen. Sydney erfuhr in einem kleinen Raum, abseits des Festsaals, was passiert war.

»Der Einbrecher hat die Alarmanlage ausgelöst«, erklärte der Polizist nach einigen Minuten seiner Ausführung.

Sydney blieb äußerlich unberührt, ließ nur so viel Emotion zu, wie der Moment es verlangte. Innerlich kochte er jedoch maßlos.

›Bombe ist echt, für nichts zu gebrauchen!‹, dachte Sydney, erfuhr dann aber zu seiner Erleichterung, dass der Einbrecher spurlos verschwunden war.

Noch in dieser Nacht fuhr Sydney in das Geschäft. Natürlich! Die Feier endete für ihn glücklicherweise an dieser Stelle.

Der Autohändler zeigte sich allerdings zufrieden mit Bombes Arbeit. Von dem ausgelösten Alarm mal abgesehen, hatte alles hervorragend geklappt. Wenigstens hatten sie Bombe nicht gefasst.

›Jetzt muss ich Bombe immerhin nicht die 5.000 Euro extra zahlen‹, dachte Sydney und freute sich, etwas Geld gespart zu haben, ›jeder Euro macht mich ein Stückchen reicher!‹

Der Betrug erwies sich als geglückt. Sydney hatte, was er wollte, und er geriet nicht unter Verdacht.

›In ein paar Tagen hole ich mir dann den ersten Teil des Geldes‹, dachte Sydney und verbrachte den Rest der Nacht ruhig schlafend.

In der Beethovenstraße Nummer acht öffnete am Donnerstagabend niemand. Als Sydney die Klingel nun bereits zum vierten Mal betätigte, wurde er zunehmend aufgebrachter. Auch den Wagen der Diva sah Sydney nicht. Nur das nicht registrierte Auto, das Sydney Bombe für die Nacht zur Verfügung gestellt hatte.

›Bombe muss doch da sein‹, dachte Sydney, der ihm doch klar gesagt hatte, dass dieser sich nicht aus der Wohnung zu bewegen hatte.

Nach wenigen Minuten holte der gewichtige Mann dann einen Haustürschlüssel hervor, den er schon vor Jahren anfertigen ließ. Die Diva hatte davon keine Ahnung, und Sydney benutzte ihn nun auch zum ersten Mal. Dass dies jemals nötig sein würde, dachte Sydney nicht. Er liebte einfach das Gefühl, mit diesem Schlüssel die Kontrolle in der Hinterhand zu haben.

In der Wohnung verstand der Geschäftsführer schnell, was in den Tagen zuvor passiert sein musste. Es fanden sich nirgends wichtige Dokumente der Diva, so sehr er auch danach suchte. Sie würde nicht mehr wiederkommen.

›Und Bombe hat sie dabei‹, dachte Sydney Blum, ›sie würde keinen Menschen umbringen oder ihm etwas zu Leide tun. Wenn er nicht hier ist, dann hat sie ihn bei sich. Er wäre sonst sofort zu mir gekommen.‹

Er konnte es kaum fassen.

›Diese Schweine haben sich mit der Kohle aus dem Staub gemacht‹, dachte er, ›das gibt es doch nicht. Wie konnten die sich nur zusammentun? Ich bin doch echt bescheuert!‹

Lange saß Sydney im Schlafzimmer der Diva und dachte nach. Mittlerweile hatte er die gesamte Wohnung durchwühlt, aber nichts gefunden, was auf einen Bestimmungsort schließen ließ oder nur im Entferntesten darauf, dass sie zurückkommen mussten. Er würde sie beide suchen lassen, ohne Frage, jedoch konnte er nur inoffizielle Mittel wählen.

›Ich muss meine Frankfurter Kontakte reaktivieren‹, plante Sydney, ›das kostet mich jedoch wieder ein kleines Vermögen und wird noch Tage dauern!‹

Wenn Sydney Bombe und die Diva nicht fand, konnte er das Geld vergessen. Und ihm fuhr weiter durch den Kopf: ›Erst dieser verdammte Pit und dann diese hinterhältigen Schweine. Wenn ich nur könnte, ich würde sie alle machen! Wenn ich nur könnte …!‹

Überzeugungskraft

MIT ALLER KRAFT schob Blasius den alten Golf über die Landstraße. Er stützte sich mächtig in die offene Fahrertür und wuchtete das Fahrzeug Meter für Meter nach vorne.

›Verdammt noch mal‹, fluchte der Heftricher innerlich, ›ich hab über eine dreiviertel Million dabei, aber keinen Tropfen Benzin in der Schüssel.‹

Die Plastiktüte mit dem Geld lag unscheinbar auf dem Beifahrersitz. Die Nacht zeigte sich klarer denn je. Blasius sah immer wieder in den Himmel, die Sterne funkelten ihn an. Genießen konnte er den Anblick gerade jetzt jedoch nicht wirklich. ›Das darf man echt keinem erzählen, dass ich hier die Karre durch die Gegend schiebe, um rechtzeitig zu Barkley zu kommen und um einem Typen, den ich vor ein paar Tagen noch gar nicht kannte, den Arsch zu retten.‹

Wenn die Situation nicht so ernst gewesen wäre, ich hätte mich bei diesem Anblick sicher weggeschmissen. Dieser unerfahrene Dörfler hatte es doch tatsächlich geschafft, mit einem Haufen Asche im Gepäck seinen Tank leer zu fahren. Das musste ihm erst einmal einer nachmachen. Die Verzweiflung in seinem Gesicht sprach sicher Bände. Glücklicherweise konnte ich zu diesem Zeitpunkt nicht ahnen, was Blasius da trieb ...

Wo sich die nächste Tankstelle befand, konnte der junge Mannhaupt kaum ausmachen. Er kannte Usingen nicht genau und hoffte auf einen abschüssigen Abschnitt der Fahrbahn, um eventuell zu einer Zapfsäule rollen zu können. Nach einigen hundert Metern passierte er eine Bushaltestelle. Schon von Weitem machte er ein Pärchen aus, das offensichtlich nicht unbedingt auf den Linienverkehr wartete. Mitten in der Nacht geschah hier ohnehin nichts. Nein, Blasius erkannte, dass sich die beiden einfach nur küssten – heftig küssten.

›Hoffentlich bemerken die mich rechtzeitig, bevor das noch ausufert bei denen‹, dachte Blasius, der nach einer Tankstelle fragen wollte. ›Ich hab keine Lust, ein Liebespaar in flagranti zu ertappen.‹

Dies konnte er gerade noch vermeiden. Blasius stand auf der Fahrbahn wenige Meter entfernt. Als er sich umsah, war sonst keine Menschenseele auszumachen. Er räusperte sich, um Aufmerksamkeit bei dem Paar zu erregen. Nichts geschah. Das Paar knutschte weiter. Blasius räusperte sich noch einmal. Und wieder. Diesmal lauter. Nichts. Das Paar sah nicht auf.

»Hallo?«, sagte Blasius zaghaft.

Weiterhin stand er da, wie ein begossener Pudel, der von niemandem beachtet wurde.

»Entschuldigung?«, auch dies wollte keiner hören.

»Hey«, rief er dann, »ich hab eine Frage.«

Der junge Mann schnellte herum, und auch seine Freundin sah Blasius mit großen Augen an. »Was willst du denn?«

»Sorry, wollte nicht stören«, begann der Fahrer des Golfs, »aber mein Benzin ist alle. Wo ist denn bitte die nächste Tankstelle?«

Das Pärchen begann zu kichern. Man merkte ihnen deutlich an, dass sie die Volljährigkeit gerade erst erreicht hatten – wenn überhaupt.

»Du schiebst die Scherbel durch die Gegend?«, fragte der Kerl an der Haltestelle belustigt, und auch die junge Frau zeigte sich äußerst kindisch.

Nachdem die Tatsachen geklärt waren und Blasius die Information bezüglich einer nahe gelegenen Tankstelle erhalten hatte, fragte der junge Mann: »Wo fährste denn heut noch hin?«

Skeptisch antwortete Blasius: »Frankfurt.«

»Pass uff«, meinte dann der Liebhaber der jungen Frau und wollte scheinbar einen Vorschlag unterbreiten, »wir helfen dir, die Rostbeule da die letzten paar hundert Meter zu schieben, und du nimmst uns mit in die Stadt.«

Der junge Mannhaupt sagte spontan zu. Erst viel zu spät, als seine Helfer bereits Hand an das Heck des Wagens gelegt hatten, dachte er über die Situation nach: ›Mist, ich hab die Kohle im Auto. Da brauche ich keine Mitwisser.‹

Die nächste Tankstelle war mit vereinten Kräften schnell erreicht.

»Wir hocken uns schon mal rein«, meinte der Tramper, aber Blasius eilte bereits zum Beifahrersitz.

»Einen Moment«, er nahm die Plastiktüte und ließ seine Passagiere erst dann gewähren.

In diesem Moment mussten die Turteltäubchen schon geahnt haben, dass da etwas im Busch war. Wenn ein Typ so sehr darauf aus war, seine Plastiktüte zu beschützen, dann musste sich definitiv etwas darin befinden, das interessant war. Klarer Fall. Man kennt das doch von den Kofferbomben und den nervösen Selbstmordattentätern. Blasius machte ohne Frage einen ähnlichen Eindruck ...

Die Frau setzte sich nach vorne, und ihr Freund nahm anstandshalber hinten Platz. Mit der Tüte an der Kasse zahlte Blasius eilig die Rechnung und stieg anschließend in den Golf. Jeder bemerkte, dass er keine Zeit zu verlieren hatte.

»Es kann losgehen«, sagte er überglücklich, die missliche Lage überstanden zu haben, und er verstaute das Geld mit dem Beutel hinter seinem Sitz im Fußraum.

›Einfach so tun, als würde der Beutel nichts bedeuten‹, dachte er.

Sie fuhren einige Kilometer, ohne ein Wort zu reden. Blasius gingen Tausende von Gedanken durch den Kopf. Das Paar verhielt sich ruhig.

»Alter Vadder«, brüllte plötzlich der Kerl auf dem Rücksitz, »was ist das denn?«

Und da erkannte Blasius das Unheil. Der junge Mann konnte nicht anders, als in die Plastiktasche zu schauen. Die Neugierde um dieses offensichtliche Geheimnis hätte ihn förmlich umgebracht. Was sollte Blasius nun tun? Er stieg sofort auf die Bremse und steuerte den Wagen auf die Bankette der Landstraße.

»Was ist denn los, Paul?«, fragte die Frau erbost, denn sie ahnte ja nichts von der Entdeckung ihres Freundes.

»Gib das her!«, verlangte Blasius und griff nach der Tüte.

Ohne Erfolg. Paul entzog sich der Reichweite Blasius' und grinste breit. »Ich würde sagen, wir müssen darüber reden, Kollege.«

»Was ist denn mit dir los, Paul?«, zischte die Frau.

Blasius konnte kaum reagieren und starrte seinen Gegner scharf an.

»Unser neuer Freund macht uns reich, mein Schatz.«

Dieser Behauptung musste Blasius etwas entgegensetzen: »Ich mach einen Scheiß.«

Paul öffnete leicht den Beutel, sodass seine Freundin hineinsehen konnte.

Sofort fragte sie: »Wie viel ist das?«

»Geht euch einen Scheiß an. Gib das her!« Blasius raste innerlich vor Wut, konnte sich jedoch noch im Zaum halten.

»Das geht uns sehr wohl etwas an, Kollege. Ich nehme an, das Geld ist geklaut, oder so. Weswegen sollte es denn sonst in so einer billigen Tüte rumliegen?«

»Meinst du?«, wollte die Frau wissen und schöpfte plötzlich ebenfalls die Hoffnung, einen Anteil daran bekommen zu können.

»Lass es sein«, sagte Blasius ausgewählt ruhig.

»Nein, nein, nein«, lachte Paul, »wir sollten darüber reden.«

»Ja, wir sollten darüber reden, wie viel du entbehren kannst«, bekräftigte die Frau lächelnd.

Blasius atmete tief. Was sollte er nun bloß mit diesen beiden tun? Er könnte versuchen, seine Begleiter in einem zähen Kampf in die Flucht zu schlagen. Waffen hatte er keine bei sich. Er könnte jedoch auch versuchen, ihnen die Wahrheit zu erzählen.

Was tut man, wenn man aufgeflogen ist? Was hätte ich getan? Dieser Schwachkopf auf meiner Rückbank wäre nicht ohne bleibende Schäden davongekommen. Dem hätte ich ordentlich eingeheizt. Dem hätte ich eine geballert, dass er drei Tage lang rückwärts gelaufen wäre. Aber Blasius musste ihm ja die Wahrheit sagen. Bescheuerter Plan, aber das war eben Blasius ...

»Lass es sein, Paul!«, sagte Blasius trocken und gleichermaßen mit einer energischen Ernsthaftigkeit. »Du wirst keinen Spaß daran haben.«

»Ach«, meinte Paul verschmitzt grinsend, »und weswegen?«

»Kann ich dir genau sagen«, und Blasius holte tief Luft. »Das Geld da gehört einem ziemlich miesen Typen. Ich muss es ihm bringen. Einige Menschenleben hängen davon ab. Das von einem Freund, meines und, wenn du was davon haben willst, auch deines - und das deiner kleinen Maus hier nicht zu vergessen.«

»Paul«, sagte die kleine Maus sogleich, wurde jedoch sofort von ihm unterbrochen: »Sei still!«

»Ja, hör lieber zu«, fuhr Blasius dann fort, und er merkte, wie er seine Zuhörer mehr und mehr überzeugte. »Dieser Kerl in Frankfurt, der auf das Geld wartet, hat seine Bodyguards, seine Killer und seine Leute, die so Pipis wie uns in null Komma nix aufspüren. Ich habe selbst gesehen, wie sie einen Mann haben fertigmachen lassen – wegen nichts.«

›Hab ich Pipis gesagt?‹, dachte Blasius leicht belustigt, der an seiner eigenen Ausführung Gefallen fand.

»Wenn sie mich finden, muss ich ihnen sagen, wo sie dich finden, und wie du heißt, und wie du aussiehst. Dann finden sie dich und deine Freundin, wenn ich schon längst tot bin. Und wenn die dich aufgeschlitzt haben, weil du das Geld längst ausgegeben hast, dann muss deine Freundin ran und die Kohle wieder beschaffen. Ich denke nicht, dass ich dir erklären muss, mit welchem Teil ihres jungen Körpers sie das dann durchzuführen hat.«

»Paul«, sagte die Frau verängstigt, »lass uns gehen.«

»Ich kann dich also nicht mit dem Geld gehen lassen. Werde tot sein, wenn ich es nicht mehr habe. Folglich wirst du mich töten müssen. Willst du mich töten, Paul?«

Im Gesicht der Frau erkannte Blasius deutlich die Angst, die immer mehr Besitz von ihr ergriff.

»Paul, bitte«, flehte sie ihren Freund an, »ich möchte gehen.«

»Sei still!«, brüllte Paul verärgert. »Lass mich nachdenken.«

»Oh ja«, sagte Blasius in einem sehr ruhigen Tonfall, »denk nach, Paul.«

Die jungen Männer starrten sich an. Das Gehirn von Paul lief auf Hochtouren. Blasius blickte gelassen. Innerlich bebte es in ihm. Die Gesichtszüge des jungen Mannes mit dem Beutel in der Hand vibrierten. Er wollte nicht nachgeben. So viel Geld hatte er noch niemals in greifbarer Nähe gehabt. Dies war eventuell seine Chance.

»Paul«, sagte die Frau, »lass uns bitte gehen. Bitte!«

»Hör auf dein Mädchen! Sie will nur dein kleines Leben retten.«

In der nächsten Sekunde riss Paul die Tür auf. Den Beutel mit dem Geld warf er wieder in den Fußraum zurück. Einen Augenblick später stand das Paar in der Nacht, und Blasius gab lächelnd Gas. ›Gut so, Paul. Ich wünschte, ich könnte auch mit Barkley so reden.‹

Ja, in Ordnung, ich gebe zu, die Taktik mit der Wahrheit hat in diesem Fall funktioniert. Dabei musste Blasius noch nicht einmal übertreiben. Ich hätte diesem Paul jedoch lieber etwas wehgetan. Verdient hätte er es gehabt ...

Der Schöne Marcello

ER HATTE KEINE CHANCE. Die zwei Leibwächter von Barkley waren dem schmächtigen Mann um ein Vielfaches an körperlicher Kraft voraus. Glen Todores, den hier alle Pencil nannten, wehrte sich nach seinen Möglichkeiten, nicht in den Innenhof des Gebäudes gebracht zu werden. Seine Kräfte ließen jedoch schnell nach, und er atmete schwach.

Die schlimmsten Gedanken fuhren ihm durch den Kopf: ›Wird das mein Ende sein, oder werde ich es schaffen? So kann doch nicht das Ende meines Lebens aussehen, verflucht!‹

Nun brauchte er einen guten Einfall, um sich aus dieser misslichen Situation zu retten. Nur erkannte Pencil schnell, dass Barkleys Männer ihn kaum gehen lassen konnten. Sie würden sich dem Befehl unter keinen Umständen widersetzen. Keiner dieser Leute setzte sein eigenes Leben aufs Spiel, es sei denn, Barkley verlangte es. Für ihn das Leben zu riskieren, lohnte sich nämlich immer, denn Barkley erwies sich als äußerst großzügig in solchen Fällen - vorausgesetzt man überlebte schließlich. Wenn man schnell gutes Geld verdienen wollte und starke Nerven hatte, übernahm man gerne eine gefährliche Mission für den Amerikaner.

Pencil wurde in einen nur nach oben offenen Innenhof gezerrt. Wenige Meter von der Bar des ›Milchshake‹ entfernt und doch für die Außenwelt praktisch hermetisch abgeriegelt, befand er sich nahe der Kaiserstraße, mitten in Frankfurt. Schon einige Männer in Todesangst hatte er dorthin verschwinden sehen. Ihre Angst war immer berechtigt, denn Pencil hatte keinen von ihnen je wieder zu Gesicht bekommen. Der Kleine sah sich in dem Hof um. Er wurde gänzlich von Mauern umschlossen, die vier Stockwerke hoch in den Himmel ragten. Von der Großstadt, ihrem Geräuschpegel, ihren Lichtern, dem Leben, das dort pulsierte, war hier nichts zu spüren. Stille! Dunkelheit! Lediglich der Sternenhimmel und der Mond, unterstützt von einer kleinen, permanent leuchtenden und in zirka fünf Meter Höhe angebrachten, unerreichbaren Lampe, ließen Pencil und die Leibwächter nicht vollkommen im Dunkeln stehen.

›Nur eine Tür führt hier hin‹, dachte Pencil, und die schloss sich gerade hinter ihm und seinen beiden Begleitern.

Glen Todores wusste, dass früher einmal eine weitere Tür existierte, die jedoch schon vor Jahren auf Barkleys Anweisung hin zugemauert worden war.

Ihm war klar, dass die Fenster zu diesem Hof teilweise ebenfalls durch Mauerwerk ersetzt worden waren.

›Alle anderen Fenster führen zu sogenannten toten Zimmern‹, überlegte Pencil. ›Diese Räume besitzen keine Zugänge. In den entsprechenden Fluren kann niemand mehr die früheren, nun unter Putz liegenden Eingänge erkennen.‹

Barkley hatte schon vor Jahren nach und nach veranlasst, dass dieser Innenhof von der Außenwelt vollkommen abgeschnitten wurde. Nichts als ein Gully befand sich auf der etwa fünf mal sechs Meter großen Grundfläche und dessen Deckel war zu schwer, als dass ihn ein Mann allein hätte anheben können.

Die Leere, die Stille und die Ausweglosigkeit dieses Ortes lösten in Pencil Panik aus. Er raffte sich ruckartig auf und rannte auf die Tür zu. Barkleys namenlose Männer ließen ihn zunächst gewähren, denn die Tür war bereits fest verschlossen. Niemand würde sie vom Hof aus öffnen können. Es gab eine klare Absprache. Nichts konnte die Männer im Inneren des Gebäudes bewegen, diese Pforte in die Freiheit zu öffnen. Erst wenn der Schöne Marcello die Leibwächter ablösen würde, öffnete sich die Tür, nicht eher - egal wie lange es dauern mochte. Dies wussten die Leibwächter von Barkley, die dieses Geschäft schon lange genug betrieben und sollten darauf vorbereitet sein.

Nachdem Pencil wenige Augenblicke vergeblich gegen die Tür gepocht hatte, ergriff einer der wuchtigen Kerle den Kleinen und warf ihn mit einem gewaltigen Ruck mühelos in die Mitte des Hofes. Pencil fiel schmerzhaft hin und lag atemlos auf dem Gullydeckel.

›Der Gully‹, dachte Glen Todores dann, und stürzte sich auf ihn.

Seine Finger gruben sich in die Öffnungen. Er zog und zerrte nach Leibeskräften, aber die gusseiserne Platte bewegte sich keinen Millimeter. Die Männer aus Barkleys Leibgarde blieben ganz gelassen. Wenige Momente später brach Pencil erschöpft zusammen. Mit dem Rücken auf dem Gullydeckel liegend, wandte er seinen Blick in den Himmel.

›Das erste Mal in meinem Leben betrachte ich die Sterne‹, dachte er. Niemals zuvor hatten sie ihn auch nur annähernd interessiert. Er hatte nie etwas auf diese sentimentalen Dinge gegeben – früher jedenfalls. Genau in dieser Sekunde empfand er die Schönheit der klar funkelnden Himmelskörper so intensiv, dass er sie eine Ewigkeit lang hätte betrachten können.

›Warum kenne ich eigentlich keine Sternbilder?‹, fragte sich der Mann, der als Glen Todores geboren worden war. Er versuchte, einen klaren Kopf zu bewahren.

›Ruhe‹, sagte er sich, ›lasst mich dies in Würde bewältigen.‹

Er lag lange so da, starrte hinauf und suchte in den Sternen nach Zusammenhängen. Pencil hatte keine Ahnung vom Großen Wagen oder ähnlichen Himmelskörpern, aber er sah so etwas wie ein lächelndes Gesicht, einen Schuh und andere absurde Konstellationen.

›Wenn ich noch einmal neu anfangen könnte, dann würde ich Astronomie oder Astrologie oder so was lernen. Oder studiert man das? Irgendwas mit Sternen jedenfalls‹, dachte er.

Seine Pflegemutter kam ihm in den Sinn. Wie schwer er es ihr doch gemacht hatte. Sie mochten sich, aber er gab ihr kaum eine Gelegenheit, ihm zu helfen. Pencil schlug schon früh den Weg in die kriminelle Branche ein. Nun gab es kein Zurück mehr.

Nach etwa einer halben Stunde hörte Glen einen der Leibwächter seinen Kollegen fragen: »Wie lange dauert das denn noch hier?«

Auch das Zucken mit den Schultern des Partners registrierte der Kleine: »Das kann niemand sagen, denn solche Situationen kommen nicht jeden Tag vor, und nur der Schöne Marcello führt so was aus. Wir müssen auf ihn warten, wie lange es auch immer dauern mag.«

»Aha!« Der erste Leibwächter war noch nicht allzu lange im Geschäft – das wusste Pencil, denn er war dabei, als dieser sich erstmals bei Barkley vorgestellt hatte.

Sogleich fügte der andere Bodyguard hinzu: »Es soll schon einmal fast vier Tage gedauert haben, bis Marcello da war. Er hatte noch einen Auftrag zu erledigen und durfte dabei nicht gestört werden. Angeblich haben zu diesem Zeitpunkt schon zwei von dieser Sorte hier gewartet.« Dabei deutete er mit dem Kopf kurz auf Pencil, der das Gespräch nur am Rande verfolgte.

›Richtig‹, dachte Pencil, ›es waren zwei, aber es hat niemals länger als 48 Stunden gedauert, bis Marcello hier war.‹

»Vier Tage?«, fragte der Erste, »was soll ich in der Zwischenzeit essen und trinken?«

Der erfahrenere der beiden Mitarbeiter von Barkley sagte darauf kühl: »Wir zwei werden hier drin nicht verrecken. Bleib cool!«

»Und wenn ich pissen muss?«

»Dann pisst du in den Gully oder in die Hose! Wir haben klare Anweisungen. Wir bleiben hier, bis Marcello kommt«, zischte der Zweite verbissen.

»Und wenn ich kacken muss?«

»Halt dein dummes Maul, sonst prügel ich dir die Kacke aus deiner Birne raus«, drohte der Zweite wiederum. »Willst du so enden wie der kleine Wichser da?«

Da verstummten beide und sprachen nicht mehr. Sie hatten sich nichts mehr zu sagen, sie wollten nur alles ordentlich über die Bühne bekommen und auf den Schönen Marcello warten, denn hier raus konnten sie ohnehin nicht mehr. So war die Abmachung. Sie mussten nun auf Pencil aufpassen, bis der Killer kommen würde - nichts weiter.

»Message in a bottle«, sang Pencil leise eines seiner Lieblingslieder, »I hope that someone gets my, I hope that someone gets my, message in a bottle, yeah.«

Alle drei hatten mittlerweile das Zeitgefühl fast verloren. Der Eine blickte auf die Uhr und als er gelangweilt schnaufte, sah auch der andere auf seinen Zeitmesser. Es waren bereits mehr als fünf Stunden vergangen. Sie saßen auf dem Asphalt des Hofes, am Mauerwerk angelehnt. Barkleys Männer links und rechts der Tür und Pencil, der sich von Zeit zu Zeit die Beine vertrat, mittlerweile wieder ihnen gegenüber, auf der anderen Seite des Innenhofes. Der Kleine begann nun, die beiden anzustarren. Er stierte ihnen direkt in die Augen. Anfangs hielten sie seinem Blick noch stand. Nach und nach machte der Kleine sie jedoch ziemlich nervös damit. Pencil brach den Blickkontakt nicht ab. Mehrere

Minuten fixierte er einen der beiden und dann den anderen. Dem noch unerfahrenen, ersten Leibwächter wurde diese Situation zunehmend unangenehm. Er schaute zu seinem Kollegen, der sich nicht aus der Ruhe bringen ließ. Seelenruhig saß er auf seinem Platz und wartete. Er war solche Situationen schon gewohnt, hatte dies schon mehrmals durchgemacht.

Nach weiteren Minuten konnte der Erste nicht an sich halten: »Was glotzt du so?«

Der raue Ton in seiner Stimme ließ seinen Kollegen aufhorchen.

Er streckte seinen Arm nach ihm, erreichte ihn damit jedoch nicht. »Bleib ruhig!«

»Der soll nicht so glotzen!«, verlangte der große, stämmige Kerl, dessen Nerven ihm wohl einen Streich zu spielen schienen.

Pencil brach nicht ab und sah ihn weiterhin an. Es machte ihm mittlerweile eine besondere Freude, diesen Mann zu provozieren, der ihn in diesen Hof mit hineingeschleppt hatte.

»Sei still! Wir warten, sonst machen wir nichts. Er ist doch friedlich. Mach die Augen zu und schlaf eine Runde. Ich pass auf!«, sagte der Zweite.

Der Erste versuchte, die Worte seines Nebenmannes zu beherzigen und schloss die Augen. Nach wenigen Sekunden schlug er jedoch wieder seine Lider auf, um nachzusehen, ob Pencil ihn noch immer anstarrte. Und so war es auch.

›Gleich bist du reif‹, dachte Glen Todores selbstsicher.

Der Erste verlor die Nerven. Wie hätte er sich auch wehren können, wenn nicht körperlich? Mit einem schnellen Satz sprang er auf und raste auf Pencil zu, dem keine Chance blieb, sich rechtzeitig aufzurichten. Das musste er auch nicht, denn der Bodyguard riss ihn in die Höhe und presste den schmächtigen Mann gegen die Wand. Pencil baumelte nun gute 30 Zentimeter über dem Boden und konnte sich sein Grinsen nicht verkneifen, trotz der misslichen Lage.

»Wenn du mich noch einmal so schwul anguckst«, sagte der Erste, und sein Kollege kam schon herangeeilt, »dann mach ich dich kalt. Hier und jetzt!«

»Mach doch!«, sagte Pencil.

Er wirkte gleichgültig und überlegen. Pencil kannte den neuen Mann von Barkley und wusste, dass er noch wenig Erfahrung hatte. Der Kleine vermochte einzuschätzen, dass der körperlich starke Mann, mentale Schwächen aufwies und leicht reizbar war. Daher konnte er diese Situation nicht ohne Ausraster überstehen. Glen Todores konnte sich genau ausmalen, was passieren würde, wenn er starke Blessuren hätte oder gar in einem schlechteren Zustand wäre. Sollte der Schöne Marcello eintreffen, ohne seine Arbeit reibungslos vollziehen zu können, dann würde sich dies negativ auf die beiden Männer auswirken.

Als der Erste fester zudrückte und Pencil fast die Luft wegblieb, schaltete sich der Zweite ein: »Bist du bescheuert? Du kannst ihn nicht alle machen!«

»Siehste doch, dass ich es kann! Dann hat Marcello weniger Arbeit!«

Der Zweite wurde sichtlich böse: »Wenn Marcello hierherkommt, von woher auf der Welt auch immer, und du hast diesen kleinen Wichser bereits kaltgestellt, dann kann ich dir sagen, was passiert.«

Pencil röchelte etwas, konnte dem Druck aber noch standhalten.

»Der macht uns beide auch alle, denn Marcello kommt nicht gerne umsonst hierher«, erklärte der erfahrenere Mann. »Hast du das verstanden, du Idiot?«

Der Erste dachte kurz nach, schaute Pencil dabei direkt in die Augen. Pencil bemühte sich, nicht ohnmächtig zu werden. Sodann ließ der Bodyguard von ihm ab und warf Pencil unsanft zu Boden. Es tat einen heftigen Schlag, aber Pencil spürte, wie der Sauerstoff wieder ungehemmt in seine Lunge strömte.

»Setz dich wieder hin, und geh mir nicht auf die Eier!«, befahl der Zweite.

Wortlos befolgte sein Kollege, was der erfahrenere Leibwächter verlangte. Pencil sah, wie nun er in den Himmel schaute. Es wurde bereits hell. Der Bodyguard konzentrierte sich, schloss die Augen und wartete.

›Schade!‹, dachte Glen, ›ich hätte gern gesehen, wie ihr euch gegenseitig an die Gurgel geht.‹

Es dauerte noch ganze drei Stunden, als plötzlich von innen drei Mal gegen die Tür geklopft wurde. Das war das Zeichen. Gleich würde sich die Pforte öffnen, und der Schöne Marcello würde in den Hof heraustreten. In diesem Augenblick fing Pencils Herz an zu rasen. Auch die Leibwächter wurden zusehends nervös, denn beide hatten ihn noch niemals zu Gesicht bekommen.

Aus dem Dunkel des Flures hinter der Tür vernahmen sie lediglich eine Stimme, als diese sich einen Spalt öffnete: »Kommt rein!«

Die Leibwächter taten, wie ihnen befohlen wurde und gingen wieder zurück in die Innenräume. Von Marcello selbst bekamen sie, nicht das Geringste zu sehen.

›Was kommt jetzt?‹, dachte Pencil.

Er blieb einige Sekunden bei halb geöffneter Tür alleine im Hof zurück. Er wagte es nicht, zum Eingang zu gehen. Es lag etwas in der Luft, aber sehen konnte Pencil nichts. Der Flur hüllte sich in vollkommene Finsternis. Doch da trat der erste Fuß aus dem Dunkel in den Hof, gefolgt von einem klein gewachsenen Mann.

›Das soll der Schöne Marcello sein?‹, dachte Pencil.

Ein etwa 1,45 Meter großer, fast etwas dicklich erscheinender Mann Anfang 30 ließ die Tür hinter sich wieder schließen. Pencil bemerkte, dass dieser Mann ihn nicht eines Blickes würdigte. Ohne das kleinstes Geräusch zu machen, ging er über den Innenhof. Es machte einen eigenartigen Eindruck auf Pencil. Marcello ging selbst bei genauerem Hinhören lautlos. Glen Todores überragte den angeblichen Marcello an Körpergröße deutlich, jedoch konnte er kaum glauben, dass er tatsächlich den berüchtigten Killer vor sich hatte.

›Das soll dieser skrupellose und äußerst gefährliche Marcello sein, den alle ›den Schönen‹ nennen?‹, dachte Pencil.

Über diesen Mann kursierten die unglaublichsten Geschichten, die Pencil fast alle kannte.

›Seine Brutalität gepaart mit dieser Gelassenheit ist legendär‹, dachte Glen. ›Er tötet, wie er atmet, ohne darüber nachzudenken. Bislang konnte ihm niemand das Wasser reichen. Viele haben schon versucht, ihn aufzuspüren, denn er hat viele Feinde. Der Schöne Marcello lässt sich jedoch nur von wenigen Personen finden. Barkley gehört zu diesem kleinen, erlesenen Kreis.‹

Pencil versuchte, das Gesicht des vermeintlichen Killers zu begutachten, denn das Synonym ›der Schöne‹ machte es besonders interessant. Marcello verstand es jedoch, sein Konterfei stets im Schatten des Hofes unter seinem vollen, längeren Haar zu verbergen.

»Du bist also Pencil?«, sagte Marcello plötzlich in einer beeindruckend warmen Stimmlage.

Es hatte fast etwas Sanftes. Pencil stutzte, denn das konnte doch nicht der Marcello sein, von dem alle mit Ehrfurcht sprachen. Allerdings konnte es auch niemand anderes sein. Der bisherige Assistent Barkleys hörte oft genug, dass kein anderer Mensch nach der Leibgarde, die das Opfer begleitete, den Innenhof betreten durfte -

außer diesem Killer. Niemandem sonst war es gestattet, das galt als feste Regel.

›Er muss es sein‹, dachte der Mann, der in diesem Hof heute als Opfer gelten sollte.

»Ja, bin ich«, antwortete Pencil ein klein wenig verwirrt.

»Du weißt, wer ich bin?«, fragte Marcello.

Pencil dachte nach, antwortete dann: »Nun, ich denke schon.«

»Wer bin ich?«, fragte der fremde Mann.

»Marcello«, sagte Pencil, nahezu fragend.

Marcello drehte seinen Kopf ins Licht und berichtigte sein Gegenüber: »Nein, ich bin der Schöne Marcello!«

Pencil erstarrte. Das hatte er nicht erwartet. Marcello trug seinen Namen voller Ironie, denn sein Gesicht zierten unzählige Narben. Sie übersäten seine Haut von der Stirn bis herunter zum Hals. Die Lider, die Nase, die Ohren, die Wangen, die Lippen, alles wirkte irgendwie unförmig und surreal. Eine Gänsehaut überkam Pencil. Einen solchen Menschen hatte er noch niemals zuvor gesehen. Ob es Brandspuren, Schnittwunden oder krankheitsbedingte Störungen seiner Haut waren, konnte Pencil nicht beurteilen. Er vermutete, von jedem etwas zu entdecken.

›Marcello muss wohl schon viel Scheiße erlebt haben‹, dachte Pencil und war sich sicher, nun den Grund für seine legendäre Härte erkannt zu haben.

Zudem konnte sich Pencil nun gewiss sein, den wahren Marcello vor sich zu haben. Diese Tatsache beruhigte ihn nicht wirklich – im Gegenteil.

Der Schöne Marcello erreichte mit seinem Auftritt, was er bezwecken wollte. Er hatte Pencil beeindruckt und eingeschüchtert.

›Selbst wenn Marcello neunundneunzig von hundert Männern körperlich unterliegt, mit seinem Wesen schüchtert er ebenso viele ein‹, dachte Glen.

Marcello setzte sein Aussehen für sich perfekt ein. Abgesehen davon trug er immer eine Waffe bei sich, woran der Killer eine professionelle Ausbildung genossen hatte. Damit konnte er jeden Gegner zur Strecke bringen. Seine Waffen hatten ihn niemals im Stich gelassen, auf sie konnte er sich verlassen. Sein Job war es, mit ihnen zu arbeiten. Auch jetzt hatte sich der Schöne Marcello natürlich bewaffnet.

»Du weißt, was dich hier erwartet?«, fragte Marcello und sah Pencil an, der mittlerweile wieder ziemlich verängstigt schaute.

»Ich weiß nicht genau!«, log Pencil, und er ahnte, dass Marcello in durchschaute.

»Oh doch, du weißt genau, was jetzt gleich passiert«, rief Marcello erbost aufgrund der offensichtlichen Lüge. »Ich weiß auch, wer du bist – oder besser, wer du warst«, dieser Ausdruck verängstigte Pencil noch mehr. »Du hast schon viele Männer in den Hof gehen sehen. Und keiner trat dir wieder lebendig unter die Augen«, sagte der Killer, »oder?«

Pencil nickte und erwartete irgendetwas, was ihn gleich zur Strecke bringen würde. Er stand an der Wand, hatte die Arme ausgestreckt, sein Körper voller Spannung, bereit zu reagieren, egal was komme. Seine Handflächen legten sich auf das Mauerwerk. Starr blickte Pencil Marcello an.

»Keine Angst, du wirst nichts merken«, behauptete Marcello, »ich versteh was davon.«

»Woher willst du das wissen? Hat es dir einer erzählt?«, meinte Pencil sarkastisch.

Glen sah, dass er Marcello angesichts der Situation mit seiner scharfen Zunge überraschte. Am leichten Lächeln meinte das Opfer, ein gewisses Gefallen bei seinem Gegenüber dafür zu entdecken.

»Wie heißt du?«, fragte Marcello.

»Pencil, das weißt du doch.«

Marcello ging zur Tür und lehnte sich lässig an sie.

»Komm, verarsch mich nicht, deine Mutter hat doch nicht Pencil zu dir gesagt.« Marcello wollte damit klarmachen, worauf er aus war.

Pencil verstand nicht, was sein richtiger Name zu dieser Situation beitragen würde und antwortete zynisch: »Meine Mutter hat noch niemals etwas zu mir gesagt.«

»Oooh!«, rief der Killer von Barkley, »ein Heimkind, ja? Der Klassiker also!«

»Nein, nicht der Klassiker«, zischte Pencil und fügte hinzu, »Pflegefamilie.«

Warum er diesem Mann diese Information zutrug, wusste er nicht genau. Wahrscheinlich hatte Pencil noch eine kleine Hoffnung, mit einem Gespräch aus dieser Sache glimpflich herauszukommen.

»Ach so, entschuldige«, sagte dann Marcello.

»Und du?«, fragte dann Pencil. »Der Klassiker?«

Marcello nickte und meinte im klaren militärischen Tonfall: »Sir, yes, sir!«

Ihr Gespräch machte eine Pause, aber das gefiel Pencil nicht, und schon gar nicht, wenn er wie angewurzelt an der Wand klebte.

»Weißt du, ich bin jetzt«, begann Marcello dann wieder und blickte auf die Uhr, »fast acht Stunden hierhergefahren, weil dieser Hurensohn Barkley es wollte. Da will ich mich wenigstens noch ein bisschen unterhalten.«

›Hurensohn?‹, dachte Pencil, ›das hat der nicht wirklich gesagt!‹, und er berichtigte sich selbst. ›Doch, hat er!‹

Pencil entspannte etwas und ließ die Arme fallen. Er richtete sich gerade auf und nahm eine angenehme Haltung ein. Man sah ihm deutlich die Müdigkeit an, aber er fühlte momentan alles andere als das. Aufmerksam musste er nun sein, das wusste er. Womöglich hing sein Leben davon ab.

»Glen Todores«, sagte Pencil.

»Glen«, begeistert wiederholte Marcello den Namen, »netter Name. Und, Glen, hast du gedacht, dass du mal in so einem Loch endest?«

Pencil schüttelte leicht den Kopf: »Nein.«

»Nein, das glaube ich dir. Wer denkt das schon?« Marcello wirkte etwas belustigt. »Hast du dir mal Gedanken über den Tod gemacht?«

›Soll das jetzt eine ernsthafte Konversation werden?‹, dachte Pencil.

Er bezweifelte es, antwortete dennoch: »Das ein oder andere Mal.«

»Ja? Interessant. Was hast du da so gedacht? Was glaubst du? Wie sieht es aus … im Jenseits?«, fragte Marcello.

Pencil antwortete nüchtern: »Es ist nichts. Wenn es vorbei ist, ist es vorbei. Aus.«

Enttäuscht drückte sich Marcello mit einem Ruck von der Tür ab, schritt zur Mitte des Hofes, und Pencil zuckte für einen Moment wieder respektvoll zusammen.

Der kleine Mann machte aber eine beruhigende Handbewegung, als wollte er sagen: »Noch nicht!«

Marcello fuhr sich durch sein langes, volles Haar und als dies sein Gesicht freilegte, konnte Pencil wieder die unzähligen Vernarbungen erkennen. Der Schöne Marcello stand ihm nun seitlich zugewandt, nur etwa drei bis vier Meter entfernt.

»Wie unromantisch.« Die Antwort von Pencil befriedigte Marcello scheinbar nicht. »Nichts mit Himmel und Hölle? Keine Bestrafung der Sünden? Kein Fegefeuer und all diese Dinge?«

»Nein«, abermals schüttelte Pencil den Kopf.

Marcello, scheinbar in Gedanken versunken, nickte: »So, so!«

Plötzlich zückte er blitzschnell eine Waffe. Pencil konnte gar nicht ausmachen, woher diese kam. Er blickte von einem Moment auf den nächsten in den Lauf einer Pistole.

›Verdammt‹, dachte Glen und besann sich plötzlich. ›Nein, stopp. ›Verdammt‹ soll nicht das Letzte sein, was ich denke‹, und sofort dachte er an seine Pflegemutter.

»Hm«, meinte Marcello, »das wäre für uns ja echt gut, oder?«

Pencil, der sich angesichts der Waffe wieder vollkommen anspannte, konnte nicht verbal reagieren. Er hatte mit seinem Leben bereits abgeschlossen. Einige Augenblicke sah Marcello ihn ernst an und zielte. In einer der nächsten Sekunden würde es vorüber sein, da war sich Pencil nun sicher. Sein Herz pumpte wild. Er dachte an seine Mutter.

Da richtete Marcello die Waffe locker in der Hand liegend gen Boden, als wäre nichts gewesen und ging zurück zur Tür: »So habe ich das ja noch gar nicht gesehen, Glen!« Marcello wirkte nachdenklich.

›Glen‹, sagte sich Pencil, ›seit Jahren hat mich keiner mehr so genannt. Und dann ausgerecht der da - als Letzter. Scheiße, ich hätte das Maul halten sollen!‹

Wieder lehnte sich der Schöne Marcello gegen die Tür und kramte in der Innentasche seiner Jacke. Wenige Sekunden später zog er einen Schalldämpfer hervor, den er auf die Waffe schraubte.

»Das macht aber Sinn, was du sagst, Glen«, sagte Marcello währenddessen, »denn wenn wir alle irgendwo hingehen würden, ob nun Himmel oder Hölle, dann wäre es nach ein paar tausend Jahren ziemlich voll da, oder?«

»Tja«, brachte Pencil schwer über die Lippen, denn er fixierte den Schalldämpfer.

»Es sei denn die Aufnahmebedingungen für die Hölle werden mit der Zeit härter«, dachte Marcello weiter laut nach, »da kommt man für Mord nicht gleich rein!«

»Kann sein.« Pencil hatte das Gefühl, irgendwas sagen zu müssen, um dieses Gespräch am Laufen zu halten, auch wenn es zum Thema wenig beitrug.

Den Schönen Marcello störte dies offensichtlich wenig: »Wobei Mord zunächst definiert werden müsste. Ist Mord nur an der eigenen Spezies verwerflich? Oder fährt ein Kleinkind, das die Stubenfliege totschlägt auch bereits zur Hölle? Interessant, oder was meinst du?«

Pencil wusste darauf kaum etwas zu erwidern: »Hm!«

»Ich habe mich schon immer gefragt, ob Tiere dann grundsätzlich auch in den Himmel kommen oder eben in die Hölle«, fügte Marcello noch hinzu.

»Wenn ich die Antwort weiß, lass ich es dich wissen.« Pencil erkannte nicht den Sinn der Diskussion, wollte sie dennoch gerne weiterführen.

»Das ist nett von dir.« Marcello grinste dabei höhnisch und hielt die Waffe weiterhin in der Hand. »Danke, Glen!«

»Bitte!« Pencil konnte fast nur auf diese Pistole starren. Sie hatte natürlich etwas ausgesprochen Bedrohliches für ihn.

»Darf ich dir noch eine Frage stellen, Glen?«

»Tust du doch schon!« Pencil zuckte selbst etwas zusammen, aufgrund seiner aufmüpfigen Art.

Marcello kniff kurz seine Augen beunruhigend zusammen, als würde er Pencil seine schroffe Antwort übel nehmen, jedoch entspannte er sogleich. Das Opfer stand unter Stress, das kannte der Killer nur zu gut, da verhielten sich die Menschen schon immer eigenartig.

»Hast du dir schon mal vorgestellt, wie du am liebsten sterben würdest?« Bei dieser Frage lachte der Berufskiller leicht auf.

›Was für ein Scheißspiel treibt der mit mir?‹, fragte sich Glen Todores voller Zorn.

Pencil stellte skeptisch die Gegenfrage: »Ehrlich?«

»Ja, ja, na klar, das interessiert mich, Glen!« Marcello heuchelte Aufmerksamkeit.

»Nun, wenn ich im Schlaf einfach ruhig dahinscheiden würde, ohne das Geringste zu merken, das wäre wohl schon angenehm«, behauptete Pencil.

»Nein, nein, nein!« Marcello wedelte mit seiner Waffe. »Das ist Bullshit.«

Der Schöne ging eine kleine Runde. Er drehte sich dann wieder zu seinem Opfer, und Pencil sah, wie ihn der Killer heranwinkte.

»Komm, wir setzen uns hin, ich erzähl dir etwas.« Marcello lehnte sich mit dem Rücken an die Wand neben der Tür und ließ seinen Oberkörper an der Mauer entlang heruntergleiten, bis er saß.

Pencil zögerte, bewegte sich aber dann doch zu dem Mann, dessen dicker Bauch jetzt erst recht wulstig in die Luft ragte. Sie saßen etwa eineinhalb Meter voneinander entfernt. Marcello legte die Waffe zwischen sie auf den Boden, hielt jedoch seine Hand fest auf ihr.

»Ich hatte mal einen Kumpel, Morris hieß der Mistkerl, ein hinterhältiger kleiner Bastard, der hat mir mal erzählt, dass er einem die Birne weggeknallt hat«, sagte Marcello und schaute zu Glen Todores herüber.

Pencil zeigte sich wenig beeindruckt. ›Und jetzt?‹

»Genauso habe ich zunächst auch geschaut«, führte der berüchtigte Killer weiter aus. »Das Besondere kommt ja noch: Sein Opfer hat damals gerade einen geblasen bekommen.«

Der Schöne machte eine Pause. Pencil reagierte kaum.

»Das war sicher ein guter Tod, meinst du nicht auch?« Der vernarbte Mann wartete die Antwort nicht ab. »Wenn dein Schwanz von einer kleinen Tussi schön bearbeitet wird, stelle ich mir das gar nicht mehr so wahnsinnig schlimm vor. Eventuell merkst du das dann wirklich nicht mehr, wenn dein Hirn an die Decke klatscht.«

Pencil fragte beherzt nach: »Nun ja, vor oder nach dem Orgasmus?«

An Marcellos breitem Lächeln erkannte Glen, scheinbar genau den Punkt getroffen zu haben.

»Glen, ich bin stolz auf dich. Genau darauf wollte ich hinaus«, enthusiastisch sprach Marcello weiter. »Morris hat einen Fehler gemacht: Er hat nicht lange genug gewartet. Meiner Meinung nach ist es zwar nett, einen geblasen zu bekommen, wenn dir die Birne weggeballert wird, aber das Geilste ist doch, wenn du dabei kommst.«

Über sein ganzes Gesicht grinsend wartete Marcello auf eine Reaktion von Pencil. Es kam dem Kleinen, wie ihn Barkley manchmal nannte, vor, als würde die vernarbte Haut Marcellos über den Wangenknochen bis kurz vorm Zerreißen gespannt sein. Glen reagierte nicht weiter als mit einem kurzen Kopfnicken.

»Verstehst du?«, fragte der Killer. »Genau in dem Moment, wenn dein Gehirn sowieso schon Freudentänze aufführt, völlig am Verrücktspielen ist, da oben alles drunter und drüber geht, genau dann kommt noch eine schöne, fette Kugel und knallt dir alles auseinander.«

Pencil erkannte den Wahnsinn in Marcellos Augen. Er versuchte nachzudenken. ›Kann ich nach der Waffe greifen? Sicher nicht. Marcello hatte sie noch immer ziemlich fest in der Hand.‹

»Geil!«, sagte der Lieblingskiller von Barkley nach einer kurzen Pause, in der er sich das Szenario vorzustellen schien, vollkommen verzückt von seiner eigenen Idee.

»Glen«, sagte er dann ruhig, »willst du einen geblasen bekommen?«

Pencil wusste nicht, was er dazu sagen sollte. In jeder anderen Lage hätte er auf ein solches Angebot natürlich mit Freude reagiert.

»Von wem?«, fragte Pencil, obwohl er natürlich ahnte, dass Marcello keineswegs selbst dazu bereit wäre, außerdem standen dutzende willige Frauen in der Bar bereit.

Der Schöne Marcello lachte laut und sichtlich amüsiert auf: »Von mir bestimmt nicht!«

Glen Todores wurde bewusst, dass Marcello dieses geplante Szenario nutzen würde, um ihn Vergangenheit werden zu lassen. Aus diesem Grund konnte er nicht begeistert sein, aber er sah eine Chance darin, dass erstens diese Tür sich öffnete, zweitens etwas mehr Zeit verging und drittens eine weitere Person anwesend wäre. Zeugen waren immer gut.

»Also?«, fragte Marcello plötzlich wieder todernst.

Pencil nickte zurückhaltend.

Sogleich rief der Killer voller Glück und fast freundschaftlich: »Na also!«

Marcello sprang auf und ging zur Tür, er klopfte einen Code an die Tür: dreimal kurz, zweimal lang, zweimal kurz!

»Ich lasse dir eine Süße heraussuchen!«, versprach der Killer.

In diesem Moment bemerkte Pencil, dass Marcello die Waffe auf dem Boden liegen gelassen hatte. Marcello blickte voller Erwartung auf die Türklinke. Pencil starrte die Waffe an. Er konnte es kaum glauben, dass dieser Mann einen so derben Fehler begehen konnte. ›Dieser Killer hat mehr als einen berüchtigten Ruf und lässt die

Waffe neben seinem Opfer aus Versehen liegen? Was für ein unfassbarer Zufall!‹

Das Glück musste Pencil heute unendlich zur Seite stehen.

›Tu es!‹, dachte Pencil und sprach sich den Mut zu, den er nun nötig hatte.

Nach wenigen Sekunden ergriff er die Waffe und richtete sie sofort auf Marcello. Dieser bemerkte die Handlung von Glen Todores. Der Enthusiasmus des Killers versiegte sichtbar, und sein Kopf und die Schultern hingen enttäuscht herunter.

»Keine Bewegung!«, rief Pencil.

Marcello drehte seinen Kopf zu Pencil. Nur den Kopf.

»Glen, mach keine Dummheiten!«, ermahnte Marcello.

»Nenn mich gefälligst nicht ›Glen‹! Für dich bin ich Pencil und sonst nichts weiter.« Pencil wurde nervös, denn niemals zuvor musste er jemanden erschießen.

Seine Hand zitterte. Er musste es tun, um hier rauszukommen. Er musste es tun. Ja, das musste er wohl. Da war er sich sicher. Und genau jetzt fühlte er sich überlegen genug. Er, Pencil, würde sogar in die Geschichte der Szene eingehen.

›Ich werde der Mann sein, der diese Legende, den Schönen Marcello, getötet hat‹, dachte Glen Todores heroisch. ›Egal was in dieser Bar hinter der Hoftür noch geschehen wird, egal ob irgendein Leibwächter von Barkley mich später doch niederstrecken wird, ich werde mir mit diesem einen Schuss über Jahre hinweg einen Namen machen können.‹ Der Kleine verlor sich regelrecht in dem Gedanken, der ewig zu dauern schien, auch wenn es in Wirklichkeit nur wenige Augenblicke waren. ›Pencil, der Mann, der von Barkley missachtet wurde und bereits zum Tode verurteilt war: der Killer vom Schönen Marcello.‹

»Glen«, sagte Marcello noch immer in völliger Ausgeglichenheit.

»Ich heiße Pencil, du Arschloch!« Pencil brachte sich künstlich in Rage, um den Mut aufzubringen, diesen Mann nun endlich erschießen zu können.

»Glen.«

»Du wirst jetzt dein Maul halten!« Pencil schrie aus vollem Hals und drückte ab.

Als er das erste Mal den Abzug durchdrückte, spürte Pencil im selben Moment sogar eine Art Glücksgefühl. Er hatte es getan und hinter sich gebracht. Das, was er all die Jahre zu vermeiden versucht hatte: einen Menschen zu töten.

›Ich bin kein Killer‹, dachte Pencil, ›einen Menschen töte ich nur im äußersten Notfall.‹

Im Anschluss drückte er weitere drei, vier, fünf Mal ohne Pause ab. Es löste sich jedoch kein einziger Schuss. Kein einziger! Die Überraschung war in Pencils Augen deutlich zu sehen. Angst kam in ihm wieder hoch.

»Tse, tse, tse!«, sagte Marcello leise.

Pencil realisierte, dass der Killer nie einen Schuss aus dieser Waffe erwartet hatte. ›Es war alles nur ein Spiel!‹

»Schade, ich dachte, ich würde es erleben, dass einer, nur einer, irgendwann einmal die scheiß Waffe liegen lässt und mir traut. Aber dazu habe ich wohl nicht den richtigen Beruf«, sagte Marcello und zückte noch viel schneller als zuvor eine Waffe aus seiner Kleidung, die bereits mit einem Schalldämpfer bestückt war.

Pencil dachte: ›Verdammt!‹

Zwischen dem Ziehen der Waffe, dem Zielen und dem Moment, in dem Marcello abdrückte, vergingen nur Bruchteile einer Sekunde. Pencil wurde direkt zwischen die Augen in den Kopf getroffen. Der Mann sackte auf der Stelle zusammen und spürte scheinbar keinen Schmerz. Der Schöne Marcello verstand seinen Job.

»Hätte sowieso keine Nutte für dich gerufen«, murmelte Marcello, als er kalt auf die Leiche zu seinen Füßen niederblickte

Die Tür öffnete sich wenige Sekunden später, und er schritt wieder in den dunklen Flur. Marcello verschwand so schnell, wie er gekommen war. Die Entsorgung des leblosen Körpers würde ein anderer übernehmen.

»Jeder das, was er kann!« Barkley verfolgte dieses Motto akribisch.

Die Audienz

WENN MICH ZUVOR JEMAND gefragt hätte, was Liebe ist, dann hätte es für mich nur eine Antwort gegeben: absolut überbewertet. Da treffen zwei Menschen aufeinander, die voller Sehnsüchte auf der Suche nach der makellosen Erfüllung sind. Wenn ein Mensch sich verliebt, dann passiert nichts weiter, als dass ein bestehender Mangel gedeckt wird. Entweder der Mangel an körperlicher Zuwendung, sicherlich der häufigste Grund für kopflose Liebeleien, oder die Unvollständigkeit der gesellschaftlichen Akzeptanz. Als Single wirst du doch ständig gefragt, ob du nun endlich jemanden gefunden hast. Das geht an die nervliche Substanz. Keiner hält das auf Dauer aus. Der Mensch wird geradezu gezwungen, sich zu verlieben. Die Gehirnwäsche des Umfeldes zeigt früher oder später seine Wirkung ...

Sie konnte von einem Mann nur bewundert werden. Alles, was eine junge Frau ausmachte, um attraktiv und begehrenswert zu wirken, besaß sie. Amira konnte mit ihren Reizen spielen. Die Tänzerin wusste einzusetzen, was sie hatte. Ihre weichen und flüssigen Bewegungen wurden umrahmt von Anmut und Grazie. Gleichzeitig strahlte sie pure Sinnlichkeit aus und erweckte die blanke Lust. Mit großen Augen sah auch Pit sie an, wie sie an der Stange tanzte und von diversen Gästen des ›Milchshake‹ Geldscheine zugesteckt bekam. Amira, in ihrem zarten Alter von 21 Jahren, tat sich als wahrer Blickfang hervor – auch wenn die anderen, ebenfalls sehr hübschen Frauen einen ähnlich guten Job machten. Ihre langen blonden Haare flogen durch die Luft und ihre prallen Brüste unter dem engen Bikinioberteil erweckten einen durch und durch straffen Eindruck.

›Eine fabelhafte Frau‹, dachte Pit, der ihr aus der zweiten Reihe zusah, ›wie konnte sie nur in so einen Laden geraten?‹

Eigentlich beschäftigte ihn dieser Tage eine andere Angelegenheit. Er musste sich mit Sydney treffen, um das Geld, das Pit verlangte, abzuholen. Seit Tagen schon betete er sich seine Vorgehensweise vor, damit ihm nächste Woche bei dem korpulenten Mann keine Fehler unterliefen.

›Ich darf mich von diesem gerissenen Schweinehund nicht reinlegen lassen. Konsequent muss ich meinen Willen durchsetzen - einfach cool bleiben!‹, dachte Pit.

Würde er dies schaffen? Viel Geld stand am kommenden Montag auf dem Spiel. Gerade als sich Pit von dem Tanz berieseln lassen wollte, schaffte es Amira, ihn abzulenken. Sie sah Pit im Hintergrund und zwinkerte ihm spontan für einen Moment zu. Es versetzte ihn in eine Starre, die er, gepaart mit einer haarsträubenden Gänsehaut, kaum ertrug.

›Hat das gerade jemand mitbekommen?‹, durchfuhr es ihn.

Jedoch spürte er tief in sich zugleich eine Art Glücksgefühl, die Aufmerksamkeit dieser Frau erlangt zu haben.

Amira Khan erwies sich als Naturtalent, denn sie hatte diese Anstellung erst vor wenigen Wochen angenommen und tat sich bereits jetzt als einer der Show-Höhepunkte im ›Milchshake‹ hervor. Jung, frisch und unverbraucht machte es den Besuchern einfach Spaß, ihr zuzusehen. Nachdem sie nach Frankfurt am Main gebracht worden war, lernte sie unverzüglich Barkley kennen. Er hatte in ihr zunächst nichts weiter als Frischfleisch für sein Geschäft gesehen. Hätte er geahnt, wie gut sie sich auf der Tanzfläche bewegte, keine Sekunde hätte ihm ihr Können eine Wahl gelassen.

»Sie kennt nur ihr klaanes village in Aserbaidschan«, hatte Barkley damals gesagt. »Wie soll se hier bestehe? Ich habb hier nur hochqualitative Fraue in meim Lade. Se is noch en sweet chicken.«

»Versuch es, Barkley«, hatte ihn Christopher von Braun gebeten, der für Barkley seit Jahren als Vermittler in diesem zwielichtigen Milieu arbeitete. Er wusste um Amiras Qualitäten als Tänzerin. Zu einer lukrativen Prostituierten zu werden, war in diesem Laden nur ein kleiner Schritt. »Sie ist jung, ja, aber ich habe sie gesehen. Sie ist grandios!«

»Wie kommt dann überhaupt des blond hair uff ihrn Kopp?«, fragte Barkley berechtigter Weise, denn im Normalfall sind Frauen aus dem Aserbaidschan das optische Gegenteil von Amira.

»Wenn ich das wüsste«, meinte von Braun, den Herkunft und Familie seiner Mädchen wenig interessierte, »das ist ja gerade das Besondere an ihr, Barkley. So was findest du so schnell nicht wieder. Die Kleine ist nicht nur in ihrem Land eine Perle.«

Der Chef des ›Milchshake‹ hatte damals eingewilligt und sie anfangs im Vorabendprogramm auftreten lassen. Zu dieser Zeit konnte sie nicht viel falsch machen, denn die meisten Gäste fanden sich erst Stunden später ein. Allerdings sehr schnell durfte Amira, die die deutsche Sprache in Bruchstücken bereits erlernte, zur Primetime auf die Bühne. Zu dieser Zeit konnte man am meisten Geld verdienen - für die Frau aus dem kleinen, fremden Dorf eine wahre Goldgrube.

Pit nahm nun an der Bar Platz und genoss die letzten Minuten ihres heutigen Tanzes. Als sie die Bühne verließ, widmete er sich seinem Mojito. Er bemerkte kaum den Barkeeper, der sich auf der gegenüberliegenden Seite der Theke aufbaute.

»Die Kleine ist der Kracher, oder was meinst du, Pit?«, fragte der Mann hinter der Bar.

Aus den Gedanken gerissen, schreckte Pit hoch und blickte sein Gegenüber verdutzt an. Ihm lag schon lange eine Frage auf dem Herzen, die er von Amira persönlich eventuell nicht mit der vollen Wahrheit beantwortet bekommen würde.

»Sag mal, die kleine Amira«, fragte Pit, »arbeitet sie schon so richtig hier?«

Der Barkeeper verstand nicht recht. Er runzelte die Stirn und schaute Pit ernst in die Augen.

»Was denkst du, was sie hier sonst macht?«, wollte er wissen.

»Naja, du weißt schon, Tanzen ist das eine«, führte Pit aus.

Jetzt wusste der Angestellte, worauf Pit hinauswollte: »Ach so, naja, das ist so eine Sache. Private Kunden wollte sie noch nicht bedienen. Hab ich jedenfalls gehört. Sie kann froh sein, dass sie so hübsch ist, denn sonst hätte Barkley keine Geduld mit ihr.«

Erleichtert atmete Pit auf: »Okay!«

Es dauerte etwa eine halbe Stunde, da leistete Amira Pit Gesellschaft. Sie sah erschöpft aus. Die zuvor offenen blonden Haare hatte sie sich mit gekonnten Handgriffen hochgesteckt. Ihren zuvor fast nackten Körper hüllte sie in lässige Kleidung. Trotzdem erschien sie noch überaus sexy.

›Diese Frau hat das gewisse Etwas‹, war sich Pit sicher.

»Hallo!« Als sie ihn begrüßte, lächelte sie schüchtern, denn in seiner Gegenwart war sie nicht der draufgängerische Vamp, den sie stets auf der Bühne spielte.

Sie gaben sich einen Kuss auf die Wange, und sie setzte sich mit an die Bar. Pit lächelte herzlich, er mochte ihre Gegenwart. Er nahm versteckt ihre Hand und sah sie an. Sah sie nur an!

Was sollte ich tun? Diese Frau verdrehte mir vom ersten Augenblick an den Kopf. Als ich vor ein paar Wochen zu Barkley kam, um mit ihm mal wieder ein Geschäft abzuschließen, sah ich sie tanzen. Der Wahnsinn! Ich sah sie tanzen und es war um mich geschehen. Ob ich mich verliebt habe? Tse, ich und mich verlieben. Nur weil eine wunderhübsche Frau sich vor mir bewegte wie ein Engel und am Ende auch noch Interesse an mir zeigte? Ich und mich verlieben? Einfach so? Einfach so aus dem Nichts heraus? Ja, ich habe mich verliebt. Verdammt! Aber geplant war das natürlich nicht ...

Amira und Pit mochten sich sehr. Sie hatten etwas, was man fast eine Beziehung nennen konnte. Die junge Frau aus dem Aserbaidschan traf ihn das ein oder andere Mal außerhalb der Bar, und sie verlebten gemeinsam einige schöne Stunden. Mittlerweile fast täglich. Ihr gegenseitiges Verlangen wuchs von Tag zu Tag. So sehr, dass sie sich vorstellen konnten, ein echtes Paar zu sein. Für die Tänzerin bedeutete es ohnehin mehr als eine Liebschaft, wenn sie sich schon einem Mann hingab. Amira Khan, die dem kleinen russisch-orthodoxen Teil der Bevölkerung ihres Landes angehörte, nahm es früher sehr genau mit den Männern. Freie Liebe oder ähnliches konnte sich in ihrer Heimat nicht durchsetzen. Seit sie in Deutschland lebte, bekam sie eine andere Sicht der Dinge – erst recht in diesem Etablissement. Für deutsche Verhältnisse war eine solche Verbindung absolut gängig. Für die Aserbaidschanerin stellte sich eine solche voreheliche Beziehung in ihrem Land als indiskutabel dar.

›Ich und in einer Beziehung‹, dachte Pit. ›Unglaublich, aber wahr!‹

Jedoch machte sich Pit arge Gedanken um ihren Kontakt zu Barkley. ›Sie hat diesen Job. Sie tanzt und das ist alles, was sie will - was ich dulden könnte. Aber wie lange kann sie dem Druck noch standhalten? Früher oder später wird Barkley mehr von ihr verlangen.‹

Wie konnte sie den Fängen dieses Mannes entrinnen? Pit wusste, dass sie keinen Pass hatte. Seine Freundin befand sich noch illegal in diesem Land. Selbst mit Ausweis konnte sie nicht einfach fort von hier. Wo sollte sie auch hin? In die Heimat konnte und wollte sie nicht. Egal, wo sie sich ohne Ausweis hinbewegen würde, durch halb Europa, Barkley würde sie überall wiederfinden – über kurz oder lang – und erst recht in diesem Land.

›Und wenn er sie dann wieder in seinen Fängen hat‹, dachte Pit voller Sorge, ›das Beste, was ihr dann geschehen kann, ist dem Schönen Marcello oder einem anderen Killer zu begegnen, der einfach kurzen Prozess macht. Dann wäre alles schnell vorbei. Barkley kann noch viel unfreundlicher sein.‹

Heute verabredeten sich Pit und Amira wieder für die kommende Nacht. Bislang wusste noch niemand von der Verbindung. Es war in der Bar auch nicht erwünscht.

»Meine Mädscher koste money«, gab Barkley die Parole aus.

Abweichungen wurden nicht geduldet. Deswegen trafen sich die beiden heimlich und erst tief in der Nacht. Sie genossen ihre Zeit miteinander. Eine Zeit voller Leidenschaft, Zuneigung und besonders warmer Gefühle, die sie bis dato so noch nicht kannten.

Schnell wurde es Sonntag. Die Nervosität in Pit stieg. Am nächsten Tag sollte er bei Sydney sein. Die Aussicht auf den großen Deal mit ihm ließ ihn schon seit Tagen kaum schlafen. Das ›Milchshake‹ wurde am Abend wieder gut besucht. Der Verdienst versprach, für die junge Stripperin wieder enorm zu werden.

»Wie lange soll sie das noch machen?«, fragte Pencil Barkley, der sich stets im Hintergrund bewegte, und der Kleine deutete dezent auf die strippende Amira.

Der Bordellbesitzer und sein Mitarbeiter sahen aus einer dunklen Ecke des Lokals zur Bühne herüber.

»Die Schonfrist is bald over«, antwortete Barkley entschlossen. »Die Klaane muss bald rischtisch ran.«

Barkley sah, dass Pit von einem Leibwächter in die hinteren Räume geführt wurde. Er hatte um eine Unterredung mit Barkley gebeten, die nun stattfinden sollte.

»Pit ist da«, sagte Pencil zu seinem Boss.

»Ach ja, der wollt ja aach noch was«, tat der Albino, als würde er sich gerade jetzt erst daran erinnern.

»Pit wartet«, meinte Pencil nach einer Weile erneut und weckte in Barkley den Eindruck, ihn drängen zu wollen.

Erzürnt drehte sich der hochgewachsene Mann zu dem Kleinen: »Dann soll er eben wardde!«

Pencil schwieg. Jedes Wort seinerseits wäre jetzt zu viel gewesen. Er stand seinem Chef stumm zur Seite, als dieser Amiras Show beobachtete.

Nach wenigen Minuten versuchte es Pencil jedoch mit dem alten Thema: »Wie lange hat sie noch Schonfrist?«

Amira führte gerade einer ihrer besten Nummern vor und überzeugte jeden im Raum von ihrem Können. Barkley drehte sich zu seinem Mitarbeiter und sah ihn fast verachtend an.

»Solang ich es sach!«, meinte Barkley nüchtern.

Pencil bemerkte, wie Barkley wohl den Eindruck gewann, dass er ihn unter Druck setzen wollte. Alles andere als das war sein Plan. Der Kleine verfolgte, seit er hier bei Barkley seine Arbeit angetreten hatte, das Ziel, das Vertrauen des Bordellbesitzers zu erlangen. Nur wenn er sein Zutrauen gewinnen konnte, bekam er den Platz an Barkleys Seite, den er sich wünschte. Er wollte die unangefochtene rechte Hand werden und wähnte sich auf einem guten Weg. Wenn Pencil endlich zu seinem uneingeschränkten Berater aufstieg, der ersten Person, die in Problemfällen zu Rate gezogen werden würde, dann hätte er es geschafft. Dann konnte in seinem Leben nichts mehr schiefgehen. Pencil musste jedoch noch einen schweren Weg beschreiten, das wusste er. Mometan stand er Barkley oft als rechte Hand zur Seite, durchgesetzt hatte er sich jedoch noch lange nicht.

»Die Klaane is bald fällisch«, legte Barkley fest und wandte sich an den Kleinen: »Sie soll in mei Büro komme. Pronto!«

»Jetzt gleich? Du denkst daran, dass Pit schon in deinem Büro sitzt?«, erinnerte ihn Pencil, und Barkley schnaufte tief.

Dem Bordellbesitzer gefiel die Art des Kleinen nicht. Zwar bemühte er sich redlich, deswegen achtete Barkley die Arbeit Pencils. Sein Verhalten jedoch ging ihm zu weit.

›So en Klugscheißer‹, dachte Barkley, ›er waaß ja gar net, was hier gespielt werd.‹

»Ich waaß des«, fauchte Barkley Pencil an. »Unn dich will ich da aach sehe!«

Pencil fuhr es durch Mark und Bein. Er brachte Barkley höchsten Respekt entgegen und spürte vor allem Angst. Er tat, was der Boss wollte, während sich der Betreiber der Bar in seine hinteren Räume zurückzog. Der Kleine gab den Befehl an Amira weiter, sie beendete jedoch zunächst ihren Tanz.

Barkley wusste es. Ich sah es an seinem Blick, als er den Raum betrat. Er lächelte so überlegen, als könne er in meinen Gedanken lesen. Der Mistkerl wusste genau, weswegen ich ihn sprechen musste – und er wusste es schon länger. Dieser hinterhältige Typ hatte herausbekommen, dass Amira und ich etwas füreinander empfanden. Seine Informanten lauerten in jedem Winkel Frankfurts. Was lag da näher, als dass ich versuchen würde, sie von ihm freizukaufen? Sie befand sich in Gefahr. Diese Audienz bei Barkley zielte natürlich und offensichtlich darauf ab, dass ich Amira aus diesem Laden herausholen wollte. Mein eigentlicher Plan, Barkley mit der Tatsache zu überraschen und es ihm zu beichten, um damit eventuell seine Gunst zu gewinnen, ging mit seinem ersten Blick den Bach runter. Er wusste es und hatte sich auf diesen Empfang genauestens vorbereitet. Das sollte für mich zu einem klaren Nachteil werden ...

Pit fühlte sich äußerst unwohl. Niemals zuvor hatte er eine solche Anspannung gespürt.

›Meine Pillen‹, dachte Pit, der die Medikation für gewöhnlich regelmäßig einnahm, ›hab ich sie eigentlich genommen? Ich glaube schon.‹ Einen klaren Gedanken zu fassen, fiel ihm gerade jetzt sehr schwer.

»Du willst also heut mit mer redde«, sagte Barkley.

Pit schaute sich um. Die Leibwächter standen schweigend in den Ecken und machten, obwohl sie sich nicht bewegten, einen einschüchternden Eindruck. Sie blickten Barkleys Gegenüber nüchtern und durchdringend an. Pit musste all seinen Mut zusammenraffen und konzentrierte sich auf die Worte, die er nun geschickt zu wählen hatte. Der grundsätzliche Plan Amira mit hundert bis hundertfünfzigtausend Euro freizukaufen, konnte nun kaum greifen. Pit war nun leider nicht in der Lage, in den wenigen Augenblicken einen neuen Plan zu schmieden. Er hoffte nur, dass Barkley keine Forderungen stellte, die über Geld hinausgingen.

›Das Geld beschaffe ich schon‹, dachte Pit. ›Sydney wird mir viel mehr als die 150.000 Kröten geben müssen.‹

Er holte tief Luft und wollte Barkley bitten, mit ihm einen Handel einzugehen.

Jedoch bremste Barkley ihn wütend aus, bevor er nur ein Wort sagen konnte: »Sei still, Pit, ich will kaan Wort höre.«

»Ähem, Barkley!«, stammelte Pit, und missachtete unbewusst die Anordnung.

Er wurde sofort zurechtgewiesen. Barkley konnte es nicht akzeptieren, dass seine Befehle nicht befolgt wurden.

Er rief aggressiv: »Ich habb gesagt, du sollst dei Maul halde, asshole!«

›Verdammte Kacke‹, dachte der Mann mit dem Ziegenbart, ›das könnte heute böse enden!‹

Pencil betrat das Zimmer. Allein. Amira wurde in den nächsten Minuten erwartet. Sie ließ sich auf der Bühne nicht von dem Kleinen unterbrechen. Pencil lehnte sich still an eine Wand und ahnte nichts von der Laune Barkleys. Dieser wandte sich zu seinem Mitarbeiter. Aufgesetzt freundlich lächelte er ihn an. Unsicher grinsend blickte Pencil zu seinem Chef hinauf. Barkley kam ihm sehr nahe - bedrohlich nahe.

›Der Kleine hat heute auch keinen guten Stand beim Boss‹, bemerkte Pit und zeigte sich durchaus erleichtert, dass sich die Wut des Bordellbetreibers nicht allein auf ihn konzentrierte. ›Der soll seine Aggression ruhig an Pencil auslassen. Ich kann den sowieso nicht leiden.‹

Barkley fragte fast diabolisch anmutend: »Hatte ich net gesagt, du sollst die klaa Schlamp hier neihole?«

Pencil musste sich nun rechtfertigen, aber er wusste, dass ihm keine Ausrede glücken würde: »Sie bringt ihren Tanz zu Ende.«

Barkleys böser Blick sagte genug. Der Kleine verließ eilig den Raum, um Amira auf der Stelle zu holen. Der Bodellbesitzer ging zu seinem Sessel und machte es sich bequem. Nachdenklich schwieg er und schaute Pit mit seinen stechenden Albinoaugen an.

›Du bist so ein mieser Kerl‹, dachte Pit, wagte es jedoch nicht, auch nur ein Wort zu verlieren.

Gern hätte der Kleinganove sein Anliegen dem großen Boss endlich vorgetragen. Jeder wartete allerdings offensichtlich auf Amira. Pit wollte aber nicht, dass sie diesem Gespräch beiwohnte. Er holte Luft, um endlich zu sprechen. Dies realisierte der Albino sofort und hob warnend die Hand in dem weißen Handschuh. Er wollte kein Wort hören. Nicht ein einziges Wort. Er sagte es so, wie er es meinte. Pit verschluckte jeglichen Laut und tat, was er für das Beste hielt: Er schwieg.

Mehrere Minuten herrschte absolute Ruhe in Barkleys Büroraum. Unangenehme Stille. Plötzlich holte Barkley seine weitestgehend in dezenter Zurückhaltung ruhenden Hände hervor. Die weißen Handschuhe fielen jedem im Raum auf, gehörten jedoch allmählich zum gewohnten Erscheinungsbild des Bordellbesitzers. Barkley begann unverzüglich, die Gelenke seiner Finger zu überdehnen, was einen scheußlich knackenden Laut bewirkte. Allein dieses Knacken erfüllte den Raum. Ein Finger nach dem anderen. Gelenk für Gelenk.

›Ein grauenhaftes Geräusch‹, dachte Pit angewidert, blieb äußerlich allerdings gelassen.

An jedem Finger des Albinos krachten mehrere Glieder nacheinander. Pit lief es bei jedem Laut eiskalt den

Rücken runter, da der Amerikaner ihn äußerst streng dabei begutachtete.

Pit überkam das Gefühl, als wolle der Albino ihm damit sagen: »So breche ich dir deine Knochen, wenn du nicht tust, was ich dir sage!«

Dem Mann, der Amira liebte und sie aus den Fängen dieses Etablissements befreien wollte, wurde angst und bange. Pencil erschien wieder im Raum, ohne vorher anzuklopfen. Er lehnte sich an die Wand und ließ die Tür offen stehen. Wenige Momente später trat die Stripperin scheu und sichtlich gehemmt über die Schwelle. Die Tür wurde hinter ihr sogleich geschlossen. Jeder im Raum blickte sie an. Sie kam gerade von der Bühne und hatte lediglich einen knappen Tanga um die Hüfte und ein kleines Oberteil über ihren üppigen Brüsten. Die Zeit, sich etwas überzuziehen, wurde ihr nicht gelassen. Pit empfand sie als regelrecht nackt in diesem Raum. In dieser Aufmachung fühlte sich Amira nur wohl, wenn sie auf dem Podium ihre geübten Bewegungen im Rampenlicht durchführen konnte. Der Ziegenbärtige sah sie ungern in diesem Aufzug unter so vielen skrupellosen Männern.

Sie schaute Pit an, als wollte sie sagen: »Was ist hier los?«, und sein ängstlicher Gesichtsausdruck machte sie nervös, denn sie las darin: »Ich wollte das alles nicht. Ich konnte das nicht ändern. Es tut mir leid!«

Barkley erhob sich aus dem Sessel und ging auf die Frau zu.

Amira nahm sich ein Herz und sprach in ihrem akzentbelegten Deutsch: »Du hast mich gerufen?«

Ohne ihr eine Antwort zu geben, näherte sich der Chef. Er hob seine Hand und machte Anstalten, sie zu berühren. Die Hand unter dem weißen Handschuh strich imaginär über ihre nackte Schulter, wenige Millimeter über ihrer Haut glitt er durch die Luft. Der Albino fasste sie nicht an. Stark und stolz rührte sich Amira nicht. Nur ihr Gesichtsausdruck verriet ihre ablehnende Haltung.

»Weißt du, wenn du fer mich abbeide tust«, sagte Barkley leise, »dann is des eine Ehre fer dich.«

»Ich tanze gerne hier«, behauptete sie.

Pit erstarrte, sah gebannt, was passieren würde.

»Nadierlich tanzte gern hier«, bestätigte Barkley höhnisch, »but, mei Sweety, du sollst doch hier net nur tanze. Des waaßte doch!«

Leicht berührte der Albino ihre Haarspitzen. Amira machte eine störrische Kopfbewegung. Sie kniff leicht die Augen zu, als wollte sie klar machen, dass er mit ihr nicht so umspringen konnte.

›Tu das nicht, Amira‹, in Gedanken versuchte Pit, ihr Handeln zu beeinflussen.

Nur ahnte sie nicht, was für ein Mann Barkley sein konnte. Sie hatte noch kein Mädchen gesehen, das auf seinen Befehl hin verprügelt und sogar entstellt worden war. In ihrer kurzen Zeit im ›Milchshake‹ war sie das einzige Mädchen, das sich der normal üblichen Tätigkeit in diesem Bordell widersetzte. Alle anderen Frauen taten, was man verlangte, und sie schienen in Amiras Augen, sogar gut behandelt zu werden.

›Amira kennt das eigentliche Geschäft noch nicht‹, stellte Pit fest, ›und sie darf es auch nicht kennenlernen!‹

Bisher zeigte sich Barkley ihr gegenüber stets zuvorkommend und äußerst freundlich, aber er war ein völlig anderer Mensch, wenn seine Vorstellungen missachtet wurden. Ihr Verhalten konnte er nun nicht mehr dulden. Seine Geduld mit ihr war nahezu am Ende. Er wandte sich ab und gab seinen Leibwächtern ein kurzes Zeichen. Einen Augenblick später packten zwei seiner Garde sie mit harter Hand. Pit zuckte auf, aber nach einem bösartigen Blick von Barkley ließ er sich auf seinem Stuhl erneut nieder. Es gab keine Möglichkeit, Amira jetzt zu helfen. Sie musste tun, was Barkley befahl.

»Bleib schee sitze«, sagte der Albino zu Pit, dann wandte er sich zu Pencil: »And you, setz dich ebenfalls hie«, und er deutete gleichzeitig auf seinen Sessel.

Der Kleine ging zögernd zum Platz seines Chefs und blickte ihn unsicher an.

Bestimmend wiederholte Barkley zischend: »Ich habb gesacht, setz dich!«

Pencil tat, was Barkley befahl. Eine andere Wahl hatte er nicht, auch wenn er nicht ahnte, was vor sich ging. Amira wurde von den Bodyguards zum Sessel gezogen. Sie wehrte sich kaum.

Barkley beugte sich zu Pencil herunter: »Kaa Ängst, se werd der net wehtue!«

Der Kleine lächelte gequält und ahnte jetzt, was auf ihn zukommen würde. Er versuchte, es sich möglichst bequem zu machen. Barkley ging durch den Raum. Er starrte Pit an. Nervös rutschte der Freund von Amira auf seinem Stuhl herum. ›Was hat er nur vor?‹

»Du bleibst jetzd ganz ruhisch«, sagte Barkley zu ihm. »Hast du mich verstanne?«

Ich hätte ihm seine beschissenen Husky-Augen rausreißen können. In mir brodelte es, aber ich konnte nichts tun. Eine Bewegung von mir und die Leibwächter hätten mir den Kopf abgerissen. Ich sah Amira an. Sie war voller Angst und gleichzeitig voll aufgestauter Wut. Vor ihrer Wut hatte ich wiederum Angst. Wenn sie einen Fehler beging, dann konnte hier alles enden. Meine Liebe für sie würde keine Zukunft haben. Wie sollte ich sie nur für mich gewinnen können, wenn Amira nicht mehr lebte ...

Pit sah diese grellen Augen. Er wusste nicht, was dieser Mann nun genau vorhatte. Aber er wusste, jeder Fehler könnte sehr gefährlich sein. Pit nickte leicht und stimmte somit Barkleys Befehl zu, sich nicht weiter zu bewegen. Der Puffbesitzer lächelte. Überraschend drehte er sich zu dem Geschehen an seinem Sessel.

»Hey, Klaaner, was is? Pack de Schnibbel aus, Mensch!«, ordnete Barkley fast euphorisch und voll Vorfreude an.

Natürlich tat Pencil, was von ihm verlangt wurde, denn er verstand den Plan seines Chefs. Seine natürliche Scham vor den fremden Blicken musste er nun überwinden. Pencil öffnete den Reißverschluss und drückte seine Hose in die Kniekehle. Gleichzeitig legte er sein Genital frei. Das Bevorstehende wurde ihm längst klar. Dadurch ragte sein Glied nahezu vollständig erregt hervor. In derselben Sekunde drückten die Leibwächter, die offenbar den Plan kannten, Amira mit ihrem Gesicht in Pencils Schoß, die sich nach Kräften zu wehren versuchte. Dass sie keine Chance hatte, wurde jedem schnell klar. Barkleys Kopf schnellte herum und fixierte Pit mit seinem Blick. Dieser wagte es nicht, sich zu rühren.

›Das darf alles nicht wahr sein‹, dachte er. ›Warum nur?‹

Er wollte ihr helfen, musste etwas tun, aber ihm blieb keine Wahl, als es zu ertragen. Amira wehrte sich, sie versuchte, sich wegzudrücken, konnte dem Druck der groß gewachsenen Männer jedoch nicht standhalten. Sie näherte sich mit dem Mund Pencils Penis.

»Jetzd kannste endlich aafange, werklich fer mich zu abbeide«, sagte Barkley zu Amira. »Dei Gewaggel uff de Show-Bühn bringt uns doch hier net weiter.«

Pencil grinste freudig aufgewühlt, hoffte allerdings gleichzeitig, dass Amira auf keine dumme Idee kommen würde. Sie musste das Glied in ihren Mund nehmen. Ihre Schneidezähne könnten ihm immense Schmerzen bereiten. Pit schloss die Augen. Ein Leibwächter drückte ihren Kopf herunter und zog ihn an ihrem blonden Haar wieder hervor. Ein Rhythmus stellte sich ein, den Pencil zu genießen begann. Barkley genoss seine Überlegenheit. Niemand konnte sich seinem Befehl widersetzen - nicht in diesen vier Wänden. Mit Hilfe seiner Männer, die ihm treu ergeben waren, konnte er alles verlangen, was er wollte - von jedem. Nun musste sich auch Amira seinem Willen beugen. Die Männer der Leibgarde drückten ihren Kopf immer wieder herunter. Manchmal so tief, dass sich in ihrem Rachen kurzzeitig ein Würgereiz bemerkbar machte. Ihr liefen längst die Tränen, und sie ekelte sich unendlich.

Ich sah diese Frau. In der Zange der Männer tat sie mir so unbeschreiblich leid. Warum musste dieser Engel, dieser wundervolle Mensch nur so leiden? Sie hatte es nicht verdient, sie war doch vom Grunde ihrer Seele her gut. Niemals wollte sie je etwas Böses. Wenn sie lächelte, ging in mir die Sonne auf. Wenn sie mich küsste, explodierten in meinem Kopf die Emotionen. Sie so zu sehen, kniend vor diesem Kerl, das war schlimmer, als selbst in dieser Situation zu stecken. Hätte ich gekonnt, ich hätte mit ihr getauscht - nicht weil ich auf Pencil stand. Ist klar, ne ...

Amira Khan dachte nach, was sie wohl tun könnte. Pit hoffte, dass es bald vorbei sein würde und flehte innerlich: ›Beiß nicht zu, Amira! Nicht zubeißen!‹

Und es geschah früher, als erwartet. Der Kleine schrie auf. Als Pit die Augen öffnete, sah er, dass Pencil sein Gesicht schmerzverzerrt verzog. Die Tänzerin wurde von den Leibwächtern herumgerissen, weg von Pencil, denn der schrie laut und hielt seine Hände in den Schritt. Fassungslos verfolgte Barkley das Geschehen. Zorn blitzte in seinen Augen auf. Diese Stripperin konnte sich ihm gegenüber nicht geringschätziger verhalten. Pit sprang auf, wurde jedoch von dem Blick des Bordellbesitzers zurückgeschmettert.

»Wag es net!«, fauchte Barkley.

Regungslos blieb Pit stehen und zitterte am ganzen Körper. Ein Leibwächter gab Amira eine mächtige Ohrfeige. Sie fiel dadurch zu Boden und blieb zunächst zusammengekauert liegen. Pit erkannte jedoch, dass es ihr soweit gut ging. Sie war bei Bewusstsein. ›Die Schmerzen, die sie jetzt hat, vergehen!‹

Barkley schien sichtlich aufgeregt und sprach zu dem Freund der Stripperin: »Was glaabst du eischentlich, wer du bist, little asshole?«

Pit atmete schwer, sein Herz raste. Er spielte mit seiner Zunge nervös an dem Piercing der Unterlippe, hörte weiter zu, konnte nichts erwidern.

»Versteh mich net falsch, ich konnt dich immer guud leide, Pit. But du kimmst hierher unn legst hier eines meiner Sweetys flach, ohne defür zu bezahle. Unn was des Schlimmste is, die Klaane will es mit sonst keinem annern treibe. Mei Gutmütigkeit kickt se mit Füßen. Se derf hier tanze, ich gebb ihr money, se kann gut lebe, but ihrn klaane Arsch will se net defür hiehalle«, sagte Barkley vorwurfsvoll.

Diese Worte erleichterten Pit ein Stück weit. Denn damit erlangte er die Gewissheit, dass Amira sich tatsächlich bisher nicht prostituiert hatte. Andererseits ernüchterte ihn die Ausführung Barkleys: Nun erkannte er, dass der Bordellbesitzer tatsächlich von der Beziehung wusste. Das erschwerte Pits Plan erheblich.

›Barkley kann dieses geheime Verhältnis kaum billigen‹, wusste der Mann mit dem Ziegenbart.

Seine Mädchen bekamen für den Sex Geld, egal von wem. So lautete die Regel bei Barkley. Kam ein Verehrer, der die Prostituierte für sich haben wollte, so musste er sich mit dem Puffbesitzer zusammensetzen. Möglich war alles, aber nicht im Nachhinein - nach einem sogenannten Betrug waren die Würfel gefallen. Bevor der potentielle Liebhaber die Frau quasi umsonst haben durfte, musste er sie auslösen. Ein paar Mal ist Barkley in der Vergangenheit schon auf solche Handel eingegangen, aber nie, wenn er zuvor belogen wurde.

Pencil jammerte, der Schmerz an seinem Glied überwältigte seine Selbstbeherrschung. Ein solches Leid hatte er bisher niemals zuvor empfunden. Es schränkte, seine Fähigkeit zu denken, vollkommen ein. Der Schmerz fuhr ihm durch den ganzen Körper.

»Shut up, du widerst mich aa«, schimpfte Barkley, der Pencils Klagen nicht mehr ertragen konnte.

Er konnte den Kleinen einfach nicht mehr sehen. ›Er gibt so en lächerlisches Bild ab, tut jedoch als wär er de Allergrößte‹, überlegte der Albino.

»Wie konnt ich nur solch en Mann in meine Reihe zulasse?«, flüsterte der Boss und begriff zu spät, dass Pit seinen Satz hörte.

›Der Kleine macht es hier nicht mehr lange‹, kombinierte Pit sofort.

Barkley sprach weiter zu Pit: »Unn jetzd verletzt die klaa Schlamp aach noch mei Mitabbeider, unn was noch viel schlimmer is: Se widersetzt sich mir. Pit, wie soll ich da bloß reagiere?«

»Barkley«, Pit versuchte, das Wort an sich zu reißen, »es tut mir leid, wenn wir dir zuvor nicht die Wahrheit gesagt haben. Aber es ist einfach so passiert. Wir haben uns verliebt. So kam das eben.«

Der Bordellbesitzer begann, gellend darüber zu lachen: »Ihr habbt euch verliebt, ja? Des gibbs doch net. Naja, hübsch is die Klaa ja. Geschmack haste.«

»Ich bezahle dich natürlich, wenn du uns gehen lässt«, meinte Pit.

Breit lächelnd sah der Albino herüber. »Aah, das hör ich doch gern. Pit, du waaßt, wie du mich uff dei Seit ziehe kannst.«

Diese Worte erleichterten Pit, er blickte zu Amira, die erstaunt aufsah, während sie sich das Gesicht hielt. Ihr Freund sah, dass eine Gesichtshälfte leicht anschwoll, aber augenscheinlich blieb es bei der leichten Verletzung. Darüber musste sich niemand aufregen. Das verging. Der Amerikaner ging zu Pit und nahm ihn seitlich in einen Arm. Er lächelte, aber Pit spürte, dass dies lediglich Fassade war.

»Nadierlich bezahlste mich!«, flüsterte Barkley.

»Ich, ich kann dir morgen dein Geld geben«, versprach Pit mit nervös bebender Stimme.

Barkley runzelte zweifelnd die Stirn. »Morje? How much?«

Pit dachte nach: ›Werden die 100.000 vom ursprünglichen Plan ausreichen? Muss ich auf 150 erhöhen?‹

Er hoffte so sehr, dass sie sich einigen würden, wollte verhandeln. Pit holte Luft, um die Zahl auszusprechen.

»600.000!«, kam ihm Barkley zuvor, »oder wardde, mache mer 700 draus.« Der Albino demonstrierte seine Macht. »Du bist ein cleverer boy. Du kannst sicher so viel besorgen!«

Pit schluckte. »700.000?«

»Ich sehe, du hast mich verstanne, boy«, meinte Barkley, der der Utopie seiner Forderung nüchtern ins Auge sah.

»Aber Barkley«, begann Pit zu flehen, »wie soll ich 700…«

»700.000!«, bekräftigte der Besitzer des ›Milchshake‹ kompromisslos, »morje! Oder saache mer: In genau 24 Stunne, spätestens! Ab jetzd, right now!«

Der Bordellbetreiber blickte auf die Uhr.

»22 Uhr unn ferzeh Minute«, sagte er und brachte unmissverständlich zum Ausdruck, dass er es ernst meinte.

Kein Lächeln. Keine hintergründige Ironie. Voller Ernst, ohne einen Zweifel zu lassen, forderte Barkley den Preis in diesem definierten Zeitraum.

Er fügte hinzu: »Wennste the money net ufftreibe kannst, dann is se die längste Zeit so hübsch gewese. Also los, Pit! Go!«

»Okay«, Pit hob beschwichtigend die Arme, »ich organisiere das Geld.«

»Gut, unn je frieher du kimmst, desto besser bin ich gelaunt. Je schlechter gelaunt ich bin, desto blödere Ideen habb ich, was ihrn klaane sexy Arsch aageht«, drohte Barkley unterschwellig.

Amira lag verängstigt am Boden. Ihr kamen Tränen. Pit sah zu ihr herüber, und es brach ihm erneut das Herz, sie so zu sehen.

Das war unsere Chance. Ich weiß nicht, warum der Mistkerl es duldete, aber ich musste die angenehme Laune von Barkley nutzen. Wir hätten auch alle tot sein können. Da ich meinen festen Plan bereits hatte, wie ich das Geld besorgen konnte, wuchs in mir die Hoffnung, mit Amira wenigstens lebend und gesund aus dieser Sache herauszukommen. Just in diesem Moment wünschte ich mir nichts mehr, als in den letzten Jahren einfach nur ein normales Leben geführt zu haben – auch wenn mir dies im Normalfall zuwider war. Für ein bürgerliches Leben aber hatte ich vor Jahrzehnten schon die Weichen in die falsche Richtung gestellt. Jedoch ist es niemals zu spät, noch einmal hart gegenzulenken – und einlenken wollte ich nun mehr als alles andere. Amira sollte mein Beweggrund sein. Was konnte es besseres geben als ein Leben mit dieser Frau?

»Vertrau mir«, sagte Pit zu Amira, die ihn hoffnungsvoll anblickte.

Sie konnte nicht mehr tun. Sie musste warten und bangen. Amira wünschte sich, dass sie die Zeit, bis Pit wieder da war, ohne weitere Forderungen von Barkley oder weitere perverse Spielchen überstand. Im Augenblick plante der Boss keine Aktionen mit der blonden Schönheit. Für seine Mitarbeiter konnte er jedoch in solchen Fällen manchmal nicht garantieren. In den nächsten 24 Stunden sollte Amira aber relativ sicher sein. Was mit der Stripperin passieren würde, wenn Pit seinen Teil der Abmachung nicht einhielt, überlegte sich der Albino dann zu gegebener Zeit. Angenehm konnte es im Zweifelsfall für beide, Amira und Pit, nicht werden.

»Ja, trust him«, sagte Barkley ihr hoffnungsvoll zulächelnd, als Pit aus dem Büro stürmte, um sie zurückzulassen, »er is en cleverer boy. Er macht das schon, mei Sweety. Hast der de Rischtische ausgesucht.«

Amira Khan, die voller Stolz und Würde die Schwellung in ihrem Gesicht trug, wischte sich trotzig die Tränen fort. Sie bemühte sich, in ihrem Blick nicht klar ihre blanke Verachtung für diesen gefährlichen Mann erkennen zu lassen. Barkley bemerkte zu ihrem Glück nicht ihre inneren Gedanken und sah verächtlich Pencil an, der es nicht mehr wagte, einen Laut von sich zu geben. Man sah ihm jedoch an, dass er seinen Schmerz noch immer nicht überwunden hatte.

›Tja, Kleiner, das hast du nun von deiner Klugscheißerei‹, dachte Barkley, der seiner Stripperin den Biss innerlich gar nicht mehr übel nahm.

Er war ihr sogar fast dankbar, denn so trieb sie einerseits den Preis für sich in die Höhe, andererseits erteilte sie dem Kleinen eine deftige Lektion. Barkley sah sich bislang mit dem Lauf der Dinge zufrieden.

Milch mit Schuss

»DER TYP MIT DEM GELD ist da!«, rief Barkleys Mitarbeiter durch die Tür in die privaten Räumlichkeiten des Chefs.

Barkley lächelte, er hatte Besuch. Eine neue Tänzerin bot sich ihm an. Sie gefiel ihm.

›Sie hadd etwas Schüchdernes, Frisches, des braucht der Laden emool widder. Unn jetzd, da ich Amira verliere werd, uff welche Art aach immer, kimmt mer des neue Mädsche grad recht‹, dachte der Albino.

»Ich komm glei!«, rief Barkley und blickte dabei auch die Neue an, die die Doppeldeutigkeit wohl verstand.

»Unn nachher velleicht aach bei dir, mei Sweety«, sagte er dann deutlich und lächelte, wobei seine Gier kaum zu übersehen war.

»Vielleicht«, sagte sie, und spielte mit den Augen.

Da hatte er einen Einfall: ›Ich bestimme als Erster, wann se in des Geschäft eigeführt wird.‹ Ihm gefiel seine Idee. ›Velleicht habb ich gleich schon en Job fer dich, Sweety.‹

»Mach es der gemütlich, es dauert net lang, dann könne mer weiter üwwer dei Abbeit hier spreche«, meinte Barkley.

Sie fragte: »Dann habe ich den Job?«

»Sweety, habb ich etwas anneres behauptet?«

Er wartete ihre Danksagung nicht ab und verließ die Räumlichkeiten.

Wir waren echt ein tolles Paar. Amira und ich sahen aus, als wären wir von einem Zug überrollt worden. Sie mit ihrem Veilchen, und ich mit meinem kaputten Bein. Super! Als Blasius, von den Bluthunden Barkleys beglei-

tet, in den Raum kam und nur eine Plastiktüte dabei hatte, bin ich zwar erschrocken, aber scheinbar hatte er alles dabei. Es fielen ganze Gebirgsketten von meinem Herzen ab. An seinem Gesicht sah ich, dass alles gut gegangen sein musste. Mir ging vorher der Arsch ganz schön auf Grundeis. Das konnte ich Amira natürlich niemals so sagen. Sie dachte die ganze Zeit, dass Blasius das Geld problemlos bekommen könnte. So habe ich es ihr jedenfalls erzählt. Hörte sich für den nüchternen Betrachter eigentlich ziemlich unglaubwürdig an, aber sie hatte es zu dem Zeitpunkt geschluckt ...

»Hast du alles?«, fragte Pit, als Blasius neben ihm Platz nahm.

Blasius wirkte ernst, überlegt. Er hatte wohl in den letzten Stunden eine immense Veränderung durchgemacht. Jetzt spielte er ein klein wenig Gangster, was er glaubhaft rüberbrachte. Pit sah sich beeindruckt.

Blasius sagte ruhig und überzeugend: »Mach dir keine Sorgen.«

›Ich habe alles im Griff‹, dachte der Dörfler weiter.

Pit zeigte zwar seine Skepsis, lehnte sich aber zurück und umarmte Amira: »Okay!«

Sie warteten auf Barkley, der auch bald erschien. Es interessierte den Puffbesitzer sehr, ob er für Amira nun einige Euro kassieren konnte oder dem Schönen Marcello noch einen Auftrag erteilen musste, bevor dieser das Haus wieder verließ.

»Hey, da sin mer ja alle!«, rief Barkley sichtlich erfreut, als er Blasius neben seinem Freund Pit und Amira sah. »Zwo Tage sin so schnell vorüwwer. Dann könne mer ja wohl zur Tat schreite, oder?«

Fragend schaute er Blasius an und erwartete eine positive Reaktion. Alles andere hätte ihn in besonders schlechte Laune versetzt. Dies wusste Blasius ganz genau. Ihm war auch klar, dass Barkley jetzt, einen weiteren Versuch reingelegt zu werden, nicht akzeptieren konnte.

›Noch so eine Aktion wie mit den Zeitungen in dem Koffer würde das Schlimmste in ihm hervorrufen, was man überhaupt erwecken konnte‹, sagte sich Blasius.

Wenn dies passierte, dann sank der Wert des Menschen für Barkley unter Null, er wollte dann nur noch seinen Tod - dies ahnte der junge Mannhaupt.

»Komm, mei boy«, sagte Barkley zu ihm und legte seinen Arm um Blasius.

Er zog ihn von Pit und Amira fort, die ihnen erstaunt und gleichermaßen besorgt hinterher sahen. »Du bist en guude boy. Glaab mer, ich mag dich gern, honestly.«

Blasius versuchte, die Worte des gefährlichen Mannes einzuschätzen, aber auf sein Urteilsvermögen wollte er sich nicht verlassen.

»Setz dich, mei friend.« Barkley bot Blasius ein weiteres Mal seinen Sessel an, und alle waren von dieser scheinbaren Vertrautheit erstaunt.

Blasius tat wieder, was von ihm gefordert wurde. ›Was will der damit bezwecken? Das Geld bekommt er auch, wenn er nicht so scheißfreundlich ist.‹

»Du fraachst dich sicher, wesweeche ich so nett zu der bin, oder?«, stellte Barkley fragend fest.

Blasius nickte. »In der Tat, aber ich habe ja auch eine Menge Geld für Sie dabei!«

»Ja, das ist nadierlich en guude Grund, um zu einem Menschen freundlich zu sei, da magst du recht habbe«, führte Barkley fort, »jedoch is es net the only reason.«

»Nein?« Blasius wirkte ernst und gefasst.

»Naa!«, bekräftigte Barkley in seinem hessischen Dialekt und schüttelte den Kopf dabei, »unn guck net so, es gibbt kaan Grund, so angry zu schaue. Das könnt mer die Laune wieder verderbe.«

»Entschuldigung, das war nicht meine Absicht«, sagte Blasius und führte sich wieder vor Augen, mit wem er es hier zu tun hatte.

Mit einem möglichst offenen und freundlichen Gesicht versuchte Blasius, den Boss milde zu stimmen, und scheinbar schaffte er es.

Barkley lächelte anschließend breit und sprach weiter: »Ich will euch allen emool erzähle, warum ich diesen boy so wonderful find.«

Pit und Amira klammerten sich fest aneinander und horchten genau wie alle anderen, was Barkley nun zu sagen hatte.

›Was habe ich nur gemacht, dass der Mistkerl so auf mich abfährt?‹, fragte sich Blasius gedanklich. ›Oder meint er es nicht ernst und spielt nur mit uns allen?‹

»Dieser Mann da kam vor zwo Tagen hier her, und ich wünschte, er hätte schon many months ago den Weg zu mer gefunne. Pit, warum hast du ihn net schon frieher zu mer gebracht?«, wollte Barkley wissen.

Pit zuckte mit den Achseln. »Nun, weil ich ihn auch noch nicht so lange kenne.«

»Pit«, Barkley sah ihn Angst einflößend und durchdringend an, »dann verzeih ich dir. Dieser junge boy da«, Barkley schnellte theatralisch herum und zeigte auf Blasius, »hat mer wahrscheinlich das Lebbe gerettet. Okay, ich gebb zu, ich üwwertreib, but es hört sich guud an. Fakt is awwer, dass ich mich ohne diesen Mann womöglich noch en paar Jahre herumgequält hädd - was mer des Lebbe eventuell durchaus verkürze würd.«

›Was habe ich getan? Ihm das Leben gerettet?‹, führte sich Blasius noch mal Barkleys Worte vor Augen. ›Der spinnt doch!‹

Keiner im Raum wusste, worauf der Barbetreiber überhaupt hinaus wollte, und Pit vermutete schon, es wäre das Ende.

Dieses Verhalten von dem verdammten Ami erschien mir mehr als sonderbar. Es konnte in meinen Augen nur bedeuten, dass er ein Spielchen mit uns trieb. Das sah ihm ähnlich. Gerne verarschte er seine Opfer, bevor er ihnen die Fresse polieren oder sie beiseiteschaffen ließ. Das tat er für sein Ego, um seine Macht zu demonstrieren. Sein Selbstbewusstsein, sein Gefühl unendlich überlegen zu sein, möbelte er damit auf. Das habe ich schon ein paar Mal mitbekommen. Zuerst wickelte er seinen vermeintlichen Gegner gekonnt ein, quatschte ihn schön eine Empfindung der Sicherheit und Zutrauen in die Birne und dann, dann ließ er ihm mächtig wehtun. Aus dem Nichts heraus, einfach so ...

»Blasius kam hier nei ...«, unsicher drehte sich Barkley noch mal zu Blasius, und fragte: »Du heißt doch Blasius?«

Er nickte.

»Blasius kam her und hat mer doch tatsächlich gerate, dass ich mer üwwer die Händ pisse sollt. Imagine this!«, sagte Barkley weiter, und erst jetzt nahm Blasius die Hände wahr.

Sie waren nicht mehr verhüllt von den weißen Handschuhen. Auch Pit registrierte nun die Veränderung, so wie jeder andere im Raum. Die Handflächen sahen dennoch errötet aus, etwas wund.

»Ja, jetzd glotzt ihr mir alle uff die Griffel. Des is okay. Is e normale human reaction.« Barkley nahm bei diesen Worten die Arme hoch. »Unn ihr seht, dass mei Haut mächtig im Arsch is.«

»Kacke«, sagte Pit leise und beunruhigte seine Freundin sehr damit.

›Wie sahen die Hände denn vorher aus?‹, fragte sich Blasius, der sich noch nicht sicher war, ob Barkley dieses Thema nicht voller Sarkasmus und zudem mit einer noch verstecken Wut beschrieb.

Barkley schwieg. Er ging durch den Raum. Niemand sagte einen Ton oder machte ein Geräusch. Der Gangster zog einen Leibwächter an sich und flüsterte ihm etwas ins Ohr. Pit und Blasius sahen sich an.

Ihre Blicke sprachen Bände: ›Was wird nun passieren? Sollen wir etwas unternehmen?‹ Aber was konnten sie schon tun?

Der Bodyguard verließ den Raum.

»Ich bin en guudgläubische Mensch, des wisst ihr«, sagte Barkley anschließend.

Blasius Mannhaupt schnaufte unmerklich amüsiert auf und dachte: ›Das ich nicht lache!‹

»Unn so probierte ich aus, was dieser Mann mer empfohle hadd.«

Der Albino trat hinter Blasius und fasste über den Sessel hinweg an Blasius' Schultern. Der Dörfler bebte innerlich vor Furcht.

›Wird es gleich aus sein? Ist dies das Ende? Was habe ich nur getan? Warum konnte ich nicht meinen Mund halten?‹

Er blickte verängstigt aus den Augenwinkeln auf die erröteten Hände, die mit festem Griff seinen Nacken packten. Sie sahen alles andere als gesund aus. ›Hat die Haut unter dem Eigenurin noch mehr gelitten?‹

Blasius, Pit und Amira erwarteten endlich die schlechte Botschaft.

Barkley sagte: »Tja, was soll ich sagen, ihr hättet mei Flosse mal vorher sehe solle.«

Barkley beugte sich zu Blasius herunter: »Ich bin der zu Dank verpflichtet, mei boy! Thank you very much!«

Überrascht schaute Blasius zu ihm auf, und auch Pit und seine Freundin zeigten sich erstaunt. Das änderte die Situation natürlich vollkommen.

›Vielleicht treibt Barkley doch keine Spielchen?‹, dachte Blasius und wurde zuversichtlich.

»Die letzten zwo Tage, habb ich alles, was ich an Pisse hadd, üwwer diese Händ fließe lasse. Jeder Milliliter drang wieder in mei Pore ei, unn erst als des Zeug rischtisch schön eigewirkt war, habb ich mer die Finger wieder gewasche. Ich muss sagen, die ersten Male fühlte sich der warme Saft schon ekelhaft aa. But zu meiner Überraschung hadd es niemals so rischtisch gebrannt, oder so was. Im Geeschenteil, jetzd, nach zwo Tagen kann ich des erste Mal nach nunmehr fast einem Jahr diese beschissenen Handschuh ausziehe, die mer mei verkorkste Uncle Dokter empfohle hadde.« Barkley lachte ironisch. »Es ist doch echt Wahnsinn: Da bekam ich Salbe, Tablette, Cremes, Bestrahlunge unn was waaß ich noch alles verschribbe. Als nächstes wollte die bei mer sogar mit Hypnose aafange, unn alles, was ich mache musst, is mer üwwer die Fingersche zu pisse. Crazy!«

»Freut mich, dass ich dir helfen konnte«, sagte Blasius.

»Ja, du hast mer geholfe«, bestätigte Barkley, »but lass uns doch jetzd üwwer das Geschäftliche redde.«

Blasius dachte nach, er wollte Barkley nun endlich sein Angebot unterbreiten. »Ich habe hier eine halbe Million Euro für die Sache. Reicht das?«

Pit stockte der Atem.

Dieser Dorfmensch dachte in diesem Augenblick wohl, er könne mit dem Albino umgehen wie mit dem Weichei Paul von der Landstraße. Blasius hatte echt einen am Sender, ohne Frage. Ich hätte dies niemals gewagt. Ja, ich bin doch nicht lebensmüde ...

»Was tut dieser Kerl da?«, sagte Pit leise, und dachte bei sich: ›Will der handeln? Ist der irre? Will der uns alle umbringen? Hat Sydney, der fette Sack, ihm etwa wirklich nur 500.000 gegeben?‹

Amira griff Pits Hand und versuchte, ihn zu beruhigen. Der Bordellbesitzer schwieg. Er richtete sich auf, dachte nach. Blasius und die anderen warteten auf eine Reaktion. Die übrigen Leibwächter rührten sich. Offensichtlich machten sie sich bereit für einen Einsatz. Ein Wort von Barkley, und sie würden tun, was notwendig wäre. Ein Mann, der mit Barkley handeln wollte, kam nur selten durch. Der Albino kniff die Augen zu, atmete tief. Er musste innerlich über seinen Schatten springen.

»Du bist en harter Geschäftspartner!«, sagte der Amerikaner, »but, warum sollt ich uff dei Angebot eigehe?«

Blasius war auf die Gegenfrage gefasst. »Weil die kleine Nutte nicht mehr wert ist!«

Pit schrak auf, aber reagieren wollte er auf die Beleidigung nicht. Er hatte plötzlich das Gefühl: Blasius wusste, was er tat.

»Ha!«, Barkley war beeindruckt, »du hast durchaus recht, but die frigide Kuh will gar kaa bitch sei. Außer fer dein Kumpel da!«

Ruhig argumentierte Blasius: »Noch ein Grund mehr, weshalb die Alte nicht so viel wert ist. Die bringt dir doch sowieso nichts ein und macht nur Ärger.«

›Alte?‹, dachte Blasius. ›Hab ich wieder Alte gesagt?‹

Dies überzeugte Barkley. Er lächelte.

›Gleich hab ich den Albino auf meiner Seite!‹, hoffte der Heftricher

»Du bist echt guud«, sagte der Albino. »Willste net fer mich abbeide? Ich brauch en neue Berater, denn mein alter hadde, wie soll ich sagen, en klaane Abbeitsunfall.«

Dankend lehnte Blasius ab.

»Ich hab meine eigenen Geschäfte zu führen«, fügte er souverän hinzu.

›Meine eigenen Geschäfte? Habe ich das eben wirklich gesagt?‹, dachte der junge Mann und musste fast über sich selbst lachen. ›Zum Glück weiß der nicht, dass ich noch im Hotel Mama wohne und ein Moped namens Isolde fahre.‹

»What a pity!«, meinte der Albino lächelnd.

Der Leibwächter, der zuvor herausgeschickt wurde, betrat wieder den Raum, und die neue Stripperin aus Barkleys privatem Appartement folgte ihm.

»Is gebongt, mei boy«, bestätigte der Bordellbesitzer. »Sieh es so: Dass ich uff dei Aagebot eigehe tu, ist eine Art Dankeschön an dich. Fer mei Griffel.«

»Es war mir eine Ehre und ein Vergnügen«, sagte Blasius und als er sich selbst reden hörte, dachte er: ›Du hörst dich fast so an wie einer von diesen korrupten Gangstern aus Hollywood.‹ Irgendwie gefiel ihm das.

Der Deal war perfekt, und von Pit fiel fast jegliche Spannung ab.

»Ich habb nun awwer noch en klaanes Present fer dich.«

Der junge Mannhaupt sah die leicht bekleidete Stripperin kurz an und ahnte, was Barkley vorhatte. Er sträubte sich innerlich, denn er dachte wieder nur an Dörte. Er sehnte sich nach ihr, wollte die Sache hier möglichst schnell beenden und zu ihr. ›Wie komme ich nur wieder aus dieser Bar heraus, ohne Barkley zu verärgern und ohne Dörte gegenüber ein schlechtes Gewissen zu bekommen?‹

Eines war mir in dem Moment klar. Wenn Blasius wieder Zicken machte, dann konnte die super Stimmung, die Barkley jetzt noch hatte, rasend schnell umschwenken. Dieser Ami hatte einen an der Klatsche, das war klar. Der fand es wohl unglaublich geil, einem anderen Mann einen Blowjob von seinen Nutten zu schenken und dabei noch zuzusehen. Das hob wahrscheinlich seine unangefochtene Macht über alles hier in diesem Puff hervor. Krank! Aber was soll man machen? So handelte Barkley eben. Wer sollte ihm schon sagen, dass es nervte? Ich garantiert nicht. Im Gegenteil. Meine Klappe habe ich schön gehalten. Ich hatte nun tierisch Schiss in der Hose, dass Blasius doch alles versauen könnte, wenn er sich blöde anstellte. Er durfte Barkleys Gunst nicht schon wieder abweisen. Treue zu der eigenen Frau ist zweifellos etwas Gutes, aber hier nicht angebracht und sogar gefährlich ...

Barkley besprach sich kurz mit seiner Bewerberin. Und wie es schien, verstand sie, was er verlangte und willigte ein. Sie kamen auf Blasius zu. Der Dörfler ahnte, was Barkley da nun wieder ausheckte.

›Der will doch nicht schon wieder so eine Show machen?‹, dachte der Heftricher. ›Was findet der da nur so toll dran, wenn eines seiner kleinen Nutten es mir besorgt?‹

Blasius wurde wieder schüchtern, zog sich innerlich zurück, konnte kaum aufsehen.

»Mei brand new friend, derf ich dir meine neue Mitabbeiterin vorstelle? Die Klaa heißt Joyce. Is es net en perfekter Name fer dieses business?« Über seinen eigenen Scherz grinsend sprach Barkley weiter. »Se is hier ganz frisch, sozusagen noch ungeöffnet, verpackt unn ... jungfräulich.« Barkley lachte laut auf. »Unn weil ich dich guud leide kann, mei boy, unn einen mehr als großzügische Tach habb, derfste dich geehrt zeige, se in dieses business, wie soll ich sagen, eizuführe.«

Die Leibwächter von Barkley zeigten sich belustigt. Sie hatten ein Gespür dafür, wenn ihr Chef eine gute Stimmung unter den Mitarbeitern akzeptierte.

›Ist ja sauwitzig‹, dachte Blasius wütend, zeigte jedoch seinen Zorn nicht.

In anderen Situationen konnte ein Lachen diesen unheimlichen Groll in Barkley auslösen. Jedoch nicht heute, nicht jetzt. Jetzt gerade war eine gute Stimmung erwünscht.

Joyce näherte sich Blasius, der sie im Augenwinkel sah. Es behagte ihm gar nicht, obwohl sie einen sehr attraktiven Eindruck machte.

›Jung, hübsch und viel nackte Haut‹, dachte er, was ihn zwar beeindruckte, jedoch ließ er wieder kaum zu, dass es ihn erregte.

Blasius schlug dies schon vor zwei Tagen aus, und er musste es diesmal wieder tun. Auch wenn es ein Fehler war, musste er sich treu bleiben - sich und Dörte. ›Wie soll ich ihr das sonst erklären?‹

»Barkley«, sagte Blasius, »das ist absolut nicht nötig.«

Barkley wurde sofort ernst: »Was soll des heiße? Is mei gift unner deiner Würde?«

›Gift ist gut‹, dachte Blasius, ›das ist tatsächlich Gift für mich.‹

»Nein«, erwiderte er aber.

»Na dann, leg los! Go!«, forderte der Mann mit seinen stechenden Augen und ausweglosem Nachdruck.

Pit und Blasius hatten Blickkontakt.

»Was soll ich tun?«, fragte Blasius mit dem Zittern in seinen Augen.

Pit machte eine dezente Handbewegung, die sicher bedeuten sollte: »Mach weiter, mach schon! Tu es! Hast es doch gehört: Go!«

»Wait! Wait!«, rief Barkley plötzlich. »Es fehlt noch ebbes.«

Dieser Typ muss in seiner Kindheit echt so was von missachtet worden sein, dass er heute so ein Geltungs-

bedürfnis hat. Da will die Kleine loslegen und diese Albino-Pelle hat nichts Besseres zu tun, als erst mal einen Milchshake holen zu lassen. So was von bescheuert! Natürlich wusste sie gar nicht, was gespielt wurde und hat das Teil erst mal ausgetrunken, bevor sie losgelegt hat. Boah, war das langweilig. Er nannte es mal wieder: Vorführeffekt. Als sie die Milch also intus hatte und Barkley ihr den Fehler verzieh, konnte es endlich weitergehen ...

Joyce beugte sich zu Blasius herunter. Er konnte diese Frau nicht ansehen. Sicher würde ihr Anblick ihn erregen, und genau das wollte er verhindern.

›Vielleicht könnte ich mit vorgespielter Impotenz aus der Nummer herauskommen‹, dachte er für einen Augenblick. Blasius Mannhaupt sah in diesem Plan den letzten Ausweg. Er wusste, dass alles andere eine große Gefahr darstellte. ›Impotenz. Wie spielt man so was?‹

Joyce öffnete Blasius' Hose, er atmete tief. Er ließ die Unterhose jedoch nicht völlig herunter und zupfte nervös daran herum. Joyce legte sein Glied frei und griff danach. Er spürte, dass er seine Erregung nicht mehr zurückhalten konnte, geschweige denn verbergen.

›Verdammt‹, dachte Blasius, ›ich kann das nicht.‹

Barkley setzte sich halb auf die Platte seines Schreibtisches und erwartete nun eine genussvolle Show. Einerseits freute er sich, Blasius einen Gefallen zu tun, andererseits beobachtete er mit Vorliebe andere Paare. Blasius spürte, wie die Stripperin seinen Penis packte und im Begriff war, den Oralverkehr zu beginnen. ›Heiliger Strohsack!‹

Just in diesem Moment griff der mittlere Sohn der Mannhaupts den Kopf von Joyce und verhinderte ihr Vorhaben. Barkley zuckte auf, sah gespannt herüber, blieb jedoch noch gelassen. Eine Spannung durchfuhr jede Person im Raum. Der Heftricher sah nun das erste Mal zu seiner Gespielin herunter. Ihre Augen funkelten ihn an, und ein Schrecken höchsten Ausmaßes durchfuhr ihn. Blasius kannte diese Augen, er kannte dieses Gesicht, diese Lippen, er wusste wer diese Stripperin war.

›Das gibt es nicht‹, dachte er, ›wie konnte das …‹

Sie unterbrach seinen Gedankengang. Ihre Augen sahen ihn ernst an.

Die Frau flüsterte energisch und zischte dabei: »Lass mich!«

Blasius sah Dörte in die Augen und konnte immer noch nicht glauben, dass sie es wirklich und leibhaftig war. Sie sah vollkommen verändert aus - kaum wiederzuerkennen. So hatte er seine eigene Freundin noch niemals gesehen. Blasius wusste nicht, dass Dörte so sexy sein konnte. Ihre Anwesenheit erschreckte ihn, irritierte ihn, aber zugleich faszinierte sie ihn unheimlich.

›Was tut sie hier?‹, fragte er sich. ›Wie kommt sie nur hierher?‹

Aber in dieser Sekunde wusste Blasius, wie sie den Weg zu ihm gefunden hatte. ›Der Umschlag, den ich ihr zurück ließ. Natürlich!‹ Warum sie die Informationen nicht der Polizei übergeben hatte, verstand er nun zwar nicht, erfreute sich jedoch an der Tatsache, sie bei sich zu haben. Auch wenn es nicht ungefährlich war.

»Bin bei Barkley. Ffm-Kaiserstraße! Wenn ich mich in zwei Tagen nicht gemeldet habe, lass mich suchen!«

›Dieser Text muss unheimlich spannend auf sie gewirkt haben‹, dachte Blasius. ›Sie hat wohl auch die rote Pille gewählt und sich bis hier hin durchgefragt.‹

Blasius fühlte ihre weichen Haare, ihr Gesicht wirkte auf ihn so sinnlich wie nie zuvor, und ihre vollen Lippen hatte er bisher so nicht betrachtet.

»Lass mich«, sagte sie noch einmal leise, und er konnte nur antworten: »Aber die Hose nicht ganz herunterziehen.«

›Ohne Brille, mit offenem Haar und geschminkt ist sie ja ein richtiger Feger!‹, stellte Blasius dann für sich überraschend fest.

Seine Erregung ließ nicht nach, und er spürte, dass Dörte alias Joyce den Auftrag von Barkley nun endlich durchführen wollte. Blasius Mannhaupt ließ es geschehen.

Mann, Mann, ich kann euch sagen, normalerweise bin ich nicht so ein Voyeur, aber die Kleine war ein Naturtalent. Immerhin war es ihr erstes Mal. Die hatte es so richtig drauf und hat es dem kleinen Blasius ordentlich besorgt – dem großen Blasius natürlich auch. Die hat ihm mächtig einen gekaut. Am Anfang schien unser Dörfler noch vollkommen unentspannt. Gleichwohl haben da einige Leute zugesehen und dazu fast nur Männer. Nach und nach sah man dem kleinen Racker aber doch an, dass er es genoss. Ich weiß nicht, ob ihm genau in dieser Zeit eine Idee kam, wie wir nun auch den kleinen Blasebalg rausbekommen würden. Es konnte aber nur so gewesen sein - just währenddessen schmiedete Blasius einen Plan. Also, ich wäre dazu beileibe nicht fähig. Denken beim Blowjob? Nie im Leben! Respekt und Anerkennung meinerseits ...

»Oh yeah!« Barkley applaudierte begeistert. »Des hadde was, Joyce. Mei Hochachtung!«

Blasius knöpfte sich die Hose wieder zu und richtete sich auf. Dörte zog sich ein wenig zurück.

»Tja, mei boy, endlich haste deinem Namen alle Ehre gemacht. Des hat uns allen hier gefalle. Bravo!«

›Jetzt hat er es doch getan‹, dachte Blasius. ›Auch er konnte sich einen doofen Witz über meinen Namen nicht verkneifen.‹

Dann meinte Barkley: »Jetzd derfste mer the money gebbe, unn mer beide sin quitt.«

Blasius hob die Hand: »Warte mal, Barkley!«

»Ja?«, skeptisch erwartete er, was Blasius nun vorzutragen hatte.

»Was kostet die Kleine?«, fragte Blasius.

Barkley fühlte sich geschmeichelt: »Naa, naa, die Nummer war umsonst, mei boy. Bitte, nemm es als gift von em very good friend.«

»Das meinte ich nicht«, Blasius sah Barkley streng an. »Ich will sie haben.«

»Du willst se habbe?«, fragte Barkley nach.

»Ja, ich will sie für mich.«

Barkley erstaunten die Worte von ›mei boy‹. Blasius Mannhaupt erhob sich aus dem Sessel und versuchte, sich vor dem Bordellbesitzer aufzubauen. Natürlich konnte seine Körpergröße keinen Eindruck machen, aber sein Ego tat es plötzlich doch. ›Bei Paul hat es auch geklappt.‹

»But velleicht will se gar net mit der mit, mei boy«, behauptete Barkley ruhig.

»Frag sie!«, forderte Blasius und blickte in diese Albinoaugen, die ihn ohne Emotion betrachteten.

»Okay, Joyce«, Barkley wandte sich Dörte zu, »würdeste mit ihm mitwolle? Also, willst du mer werklich erzähle, du hattest einmal seinen Schwanz im Mund unn hast dich in ihn verliebt oder so was in der Art?«

Der Puffbetreiber lachte, denn diese Vorstellung war für ihn besonders lächerlich. Wie sollte diese Frau von ihm wegwollen? Sie hatte sich ja gerade erst beworben.

Dörte sagte: »Ja.«

»Sorry?« Den Amerikaner verblüffte seine vermeintlich neue Stripperin. »Was, ja?«

Dörte ging zu Blasius. Er nahm sie in den Arm. Bei diesem Bild des jungen Paares begriff Barkley, was da gerade in seinem Büro ablief. Er verstand, dass sich die beiden schon vorher gekannt haben, dass sie sich hier eingeschlichen haben musste.

Nun standen die Chancen fifty-fifty. Würde Barkley seine gute Laune in seine Beurteilung mit einfließen lassen, oder würde er handeln, wie er es immer tat? In dem einen Fall würde Blasius hier und heute sein Leben beenden müssen, Dörte würde dann wohl noch einige Zeit für den Dreckskerl arbeiten, bevor sie dann letztlich auch überflüssig wurde. Andererseits konnte Blasius mit seiner tollen Freundin, die nun mächtig verführerisch vor uns allen stand, auch davon kommen, vielleicht mit einer kleinen finanziellen Schuld, die er leisten musste. Aber was macht das schon, wenn man bedenkt, was die Alternative wäre ...

»200!«, sagte Barkley.

»200?«, fragte Blasius.

»200!«, sagte Barkley ausdrücklich und überzeugend, »but aach nur, weil ich ausgesprochene Sympathie verspür - fer euch beide.«

»200?«, fragte Blasius.

›Verdammt noch mal‹, dachte Pit, ›wie oft denn noch?‹ Er spürte, dass er sein Medikament benötigte. Die Packung mit den Pillen lag in der Innentasche seiner Jacke, jedoch getraute er sich nicht hineinzugreifen.

›Hoffentlich ist das alles bald zu Ende hier!‹, dachte Pit flehend.

»Ja, 200!«, wiederholte Barkley.

Blasius ging zu Pit. Er nahm die Plastiktüte, die er mitgebracht hatte und legte sie auf den Schreibtisch. Barkley sah interessiert aus. Geld öffnete stets sein Herz - aber nur viel Geld. Wie viel ›viel Geld‹ war, entschied er von Fall zu Fall. In diesem Fall war es … viel Geld.

»500.000«, berichtete Blasius, »die sind da drin. Wie abgemacht.«

»Okay!«, sagte Barkley. »Und?«

Blasius schaute zu Pit. Dieser ahnte nun, dass Blasius ursprünglich Geld unterschlagen wollte und das Geld, das Barkley verlangte, eigentlich bei sich hatte. Blasius Mannhaupt griff in die rechte Innentasche seiner Jacke und holte ein Bündel Scheine hervor. Danach griff er in die linke Seitentasche, in die linke hintere Hosentasche, in die rechte hintere Hosentasche und in einer der beiden vorderen Hosentaschen. Insgesamt holte er den geforderten Betrag hervor und legte ihn sichtbar oben auf die Tüte. Jeden überraschte, dass so viel Geld in so wenige Taschen passte - nur Barkley nicht, er kannte sich aus.

»200.000«, sagte Blasius selbstbewusst.

»M-hm, sehr beeindruckend, mei boy«, Barkley machte große Augen. »Hast du noch mehr?«

Blasius schwieg. Ein Blick von Barkley zu seinem Leibwächter reichte. Er durchsuchte Blasius sogleich, der sich nicht im Geringsten wehrte. Barkleys Mitarbeiter fand ein weiteres Bündel in der rechten Seitentasche der Jacke. Weitere 50.000 Euro legte er auf den Tisch.

»A-ha!« Barkley erfreute der Anblick von barem Geld immer. »Ich würd sagen, de Preis is grad gestiegen.«

Blasius hatte keine Wahl. Er musste ihm das Geld überlassen.

»Können wir dann gehen?«, fragte Blasius zutiefst ernst.

Barkley trat an Blasius Mannhaupt heran. Sehr nahe kam er ihm, so wie er es gerne tat. Es dramatisierte seinen Auftritt unheimlich. Blasius hielt dem scharfen Blick stand. So stolz, wie er es zuvor niemals gewesen war.

Barkley hauchte: »Ja.«

›Ich geh kaputt‹, dachte Pit erleichtert, der das Szenario ängstlich beobachtete.

»Was ist mit dem Pfand?«, fragte Blasius mutig.

Barkley zog die Augenbrauen hoch: »Der Pfand?«

Ich dachte, mir fällt ein Ei aus der Hose. Da wollte der Gangster uns tatsächlich laufen lassen, und das, obwohl er für seine Verhältnisse schon zig Gründe gehabt hätte, uns einfach kaltzumachen. Erst war da dieser eigenartige Rat mit der Pisse, für den allein wäre Barkley früher schon vollkommen ausgetickt. Dann schlug Blasius ihm den ersten Blowjob aus, zusätzlich der Scheiß mit den Zeitungen von Sydney im Koffer, anschließend wollte Blasius auch noch feilschen. Zu guter Letzt klinkte sich auch noch seine Freundin ein und verarschte den Albino vom Allerfeinsten. Wie kam der Dörfler eigentlich auf die Idee, einen derartigen Kriminellen wie den Amerikaner so über den Tisch ziehen zu wollen? Und dann, als alles zu funktionieren schien, haute Blasius nicht einfach ab, sondern war auch noch so rotzig und wollte diesen verfickten Mustang zurück. Dieser scheiß Mustang hatte es ihm wohl angetan. Das konnte doch eigentlich nur schiefgehen, Mann ...

Mittelstrahl

DARAN, DASS ICH HIER SPRECHEN kann, erkennt man, dass ich aus der Sache lebend herausgekommen bin. Meine Amira habe ich natürlich auch mitnehmen können. Ohne sie wäre ich niemals gegangen. Blasius ist ein richtig dickes Risiko eingegangen. Ein Abenteuer, das ich so nicht unbedingt gebraucht hätte. Echt nicht ...

Pit schwieg lange. Sein Bein schmerzte und die Blessuren, die er den Leibwächtern zu verdanken hatte, ebenfalls. Er genoss, seine Amira im Arm zu halten. Ihr flossen still Tränen die Wange herunter. Sie schmiegte sich in ihren Mantel gehüllt an Pits Schulter und war froh, dem Bordell nun entkommen zu sein.

Blasius sah in den Rückspiegel: ›Pit ist bald wieder auf dem Damm. Er nimmt die Schmerzen scheinbar wie ein Mann, und das blaue Auge von Amira ist in ein paar Tagen vergessen.‹

Unter dem langen Mantel trug sie lediglich ihr Bühnenoutfit, das sie in diesem Moment hasste. Sie wollte nur gerne aus dieser Kleidung heraus. Amira besann sich jedoch auf die Situation, die es momentan nicht zuließ. Pit und seine Freundin saßen auf dem Rücksitz des Mustangs und schauten gemeinsam in die Nacht.

Blasius fuhr den Wagen und legte zärtlich seine Hand auf Dörtes Oberschenkel, die verliebt vom Beifahrersitz zu ihm herübersah. Auch sie hatte aus der Bar warme Kleidung mitgenommen, die ihren Körper bedeckte.

›Ich bin nur froh, dass Dörte nichts passiert ist. Oder sollte ich ab heute Joyce zu ihr sagen?‹, er grinste zu ihr herüber, ließ jedoch kein Wort fallen.

Das Paar wurde von diesem neuen, aufgefrischten Gefühl der Liebe beherrscht. Blasius und Dörte spürten, wie die Geschehnisse sie enger zusammentrieben und sie mehr denn je einer gemeinsamen Zukunft entgegensahen. Jeder für sich erkannte, den Menschen gefunden zu haben, der den Rest des Lebens mit ihm teilen sollte. Blasius wollte Dörte bei sich haben, sie mit Sicherheit auch heiraten, wenn die Zeit gekommen war. Er wollte dies von sich aus, aus dem Tiefsten seines Herzens. ›Und nicht, weil mein Vater es erwartet.‹

»Geschissen auf die Kohle«, sagte Pit mit gedämpfter Stimme, während er an seinem Lippenpiercing gedankenvoll zog, »was brauchen wir das ganze Geld, wenn wir doch noch am Leben sind? Es gibt so viele glückliche Menschen, die ohne das große Geld ein fantastisches Leben führen. Vielleicht suche ich mir einfach einen Job! Irgendwo! Dort lebe ich mit dir und sehe zu, wie wir über die Runden kommen«, seine Freundin hörte ihm zu und drückte sich fest an ihn.

Pit hatte während der letzten zwei Tage oft nicht damit gerechnet, aus den Fängen von Barkley zu entkommen. Er hatte immense Schmerzen gehabt, und seine Hoffnung sowie sein Selbstbewusstsein waren geschwunden. Der Kleinganove hatte sich einfach nur gewünscht, weiterleben zu können, eine Chance auf einen Neuanfang zu bekommen. Sein bisheriges Leben wollte er vergessen, nicht schon wieder auf die schiefe Bahn geraten. Ein ehrliches Leben war sein Ziel, ohne Lügen, ohne Kriminalität. Einfach noch mal bei Null anfangen. Wie sehr bereute er doch in den letzten Stunden alles, was er bisher getan hatte. Jedoch, wenn er nicht bei Barkley ein und ausgegangen wäre, wenn er nicht im ›Milchshake‹ seine Geschäfte abgewickelt hätte, Amira säße dann nun nicht neben ihm. Es war ein glücklicher Zufall, dass gerade sie dort zu tanzen anfing.

Pit glaubte grundsätzlich nicht an übersinnliche Dinge wie Schicksal. Diesmal aber konnte er sich dieser Erklärung kaum verwehren. Die beiden wären sich nirgends begegnet, außer in diesem Bordell. Insofern hatte sein Werdegang etwas Gutes. Amira sollte nun die entscheidende Wende bringen. Sie sollte der Anlass und das Mittel sein, ein gutes Leben zu führen. Er liebte sie so sehr. Das Gefühl spürte er erstmals so intensiv in seiner Brust, und die Flammen loderten stärker als nur ein kleines Strohfeuer. Es sollte sehr lange vorhalten, das fühlte Pit, und er wollte es zulassen, dass die Flammen weitere Funken schlugen - sich noch weiter ausbreiteten.

Auch Amira Khan konnte nicht dankbarer sein. Sie liebte diesen Mann, der ihr anfangs sehr mysteriös erschien. Pits Geheimnis machte ihn jedoch erst recht interessant für sie. Sie erkannte schnell, dass er ein Mann werden konnte, der ihr Leben bereicherte. Er sollte ihr Mann sein. Nur ihr Mann.

Pit dachte über die letzten Stunden nach. Er wühlte in seiner Tasche und zog seine Tablettenschachtel hervor, die er vor einigen Tagen im Krankenhaus erhalten hatte.

Als er die Medizin, die er schon seit Stunden ersehnte, endlich schluckte, wollte er von seinem neuen Freund Blasius wissen: »Weswegen wolltest du den Mustang unbedingt zurück? Bist du lebensmüde?«

»Eben nicht«, behauptete Blasius und stieß bei Pit auf Unverständnis, »stell dir vor, die Polizei wäre demnächst bei Barkley aufgetaucht, weil der Wagen hier gestohlen gemeldet wurde. Dann hätten wir den Albino doch wieder am Hacken.«

»Wieso gestohlen?«, meinte Pit.

Blasius erklärte nur kurz: »Du kennst doch den Mistkerl Sydney.«

Nickend stimmte Pit im zu, und ihm fiel etwas auf: »Sag mal, warum hat dir Sydney eigentlich 750 Tausend gegeben? Wie hast du 50 mehr aus ihm rausbekommen?«

Blasius grinste hinter dem Steuer des Mustangs breit. Dörte auf dem Beifahrersitz schaute zu ihm herüber, während sie seine Hand hielt.

»Tja«, sagte Blasius, und er sah Pit über den Spiegel auf der Rückbank in die Augen, »du hast doch mitbekommen, wie gut ich verhandeln kann.«

»Verhandeln nennst du das also«, erwiderte Pit sarkastisch, »so, so! Ich nenn es: Mit deinem Leben spielen.«

Nach wenigen Momenten fügte Pit hinzu: »Jedenfalls, ohne dir Honig ums Maul schmieren zu wollen, Dörte, du warst schon ein Schnäppchen.«

Sie drehte sich lächelnd zur Rückbank: »Ich nehme das mal als Kompliment!«

Pit interessierte zunächst, wie Blasius das Geld von Sydney bekommen konnte, jedoch wunderte ihn jetzt, wohin der Mustang gesteuert wurde: »Wo fahren wir eigentlich hin?«

»Wir geben den Wagen zurück!«, meinte Blasius, dem noch Sydneys Worte im Ohr klangen: »Den Mustang melde ich ebenfalls als gestohlen.«

»Ha, ja genau«, rief Pit aus, der Blasius' Worte falsch verstand, »ich bekomme noch Kohle für das Auto von Sydney!«, er hatte diese Quelle längst verdrängt, »mein Wagen steht ja noch vor seinem beknackten Autohaus. Das müssen wir auch holen.«

Pit war glücklich, doch noch Kapital in Aussicht zu haben. Für einen Neustart konnte dies nur hilfreich sein.

Blasius war ihm noch einen Bericht schuldig: »Was hältst du davon, wenn wir den Wagen einfach so abgeben?«

»Bist du blöde?«, rief Pit. »Der Schlitten hier bringt mir noch mal 50.000 Steine.«

Blasius informierte mich, wie die letzten beiden Tage verlaufen waren, nachdem er mich bei Barkley zurücklassen musste. Der Hammer! Bombe bringt die Diva um, das hätte ich dem niemals zugetraut. Dass Blasius Bombe dann beklaut hat, war gewagt, aber der Plan ging auf. Wenn wir den Mustang bei dem fetten Sydney nun abstellten und den Bullen einen Wink gaben, würde der Sack schön auffliegen. Das hätte er verdient! Dann wäre es aus mit dem Versicherungsbetrug. Recht so ...

»Dann hast du also noch 30.000?«, fragte Pit.

Blasius lächelte überlegen: »Sicher, Mensch!«

»Geil!« Pit konnte seine Begeisterung nicht zurückhalten, fragte dann: »Aber wo? Barkleys Monster hat dich doch durchsucht?«

»Zehntausend hatte ich im linken Schuh, zehn im rechten«, erzählte Blasius voller Stolz.

Pit rechnete im Geiste nach und wollte dann wissen: »Und die restlichen Zehn?«

»Willst du nicht wissen«, meinte Blasius grinsend.

»Will ich nicht wissen?« Pit wunderte sich. »Doch. Will ich wissen.«

»In der Unterhose!«

›Kann das sein?‹, dachte Pit und fragte: »Aber deine Perle hat dir doch einen gekaut. Wie soll das denn …?«

Auch Dörte blickte unsicher. Von einem Bündel Geld hatte sie gar nichts gemerkt.

Blasius grinste breit. »Ich kann dir sagen, das war harte Arbeit, dass mir die Scheine nicht rausrutschten.«

Pit verzog das Gesicht, lachte aber gleichzeitig lauthals: »Du hast sie doch nicht mehr alle, Mann. Die darfst du behalten. Hast sie dir verdient. Ist dein Anteil!«

Blasius nahm das Angebot schweigend an. Er griff fest die Hand von Dörte und empfand Glück. Er überstand ein Abenteuer, wie er es noch niemals erlebt hatte.

Der junge Mannhaupt gestand sich selbst ein, dass er so ein Abenteuer auch nicht wieder brauchte. ›Einmal durch die tiefsten Tiefen des Kaninchenbaus zu krabbeln, das reicht aus.‹

Er hatte die rote Pille gewählt und nichts bereut. So, wie alles verlaufen war, endete es durchaus positiv für ihn. Die ersehnte Aufregung in seinem Leben hatte er bekommen, und seine Freundin entpuppte sich als eine attraktive und begehrenswerte Frau. Wenn der Wagen gleich bei Sydney abgeliefert wurde, ging sein Plan vollends auf. Es war alles perfekt.

»Pit«, sagte Blasius nach reiflicher Überlegung, »was hast du jetzt vor?«

Pit antwortete, ohne zu zögern: »Weggehen. Mit Amira ein neues Leben beginnen. Vielleicht mach ich ja selbst eine Bar auf, oder so was. Aber ohne Tänzerinnen und den Kram. Eine ganz normale, kleine Bar. Ja, das wäre was.«

»Ach«, sagte Blasius interessiert und fragte anschließend: »Und was denkst du, wie viel Kapital man da benötigt, um richtig gut einzusteigen?«

Pit sah Amira an. Sie grübelte. Dann meinte sie mit ihrem Akzent: »100 bis 200 Tausend kann gute Bar machen.«

»Das ist doch ein guter Plan«, erklärte Blasius.

»Aber unrealistisch! Wenn du mir die Knete gibst, dann fang ich auch eine Eigenurintherapie an«, behauptete Pit.

Der Mustang hielt wenig später in der Nähe von Sydneys Autohaus. Alle vier schwiegen. Der Wagen sollte nun zurückgelassen werden.

»Es ist so ein geiler Wagen«, sagte Pit. »Es ist eine Schande, dass ich den hierlassen soll.«

»Du musst es tun, denn er ist unter Garantie als gestohlen gemeldet. Es wundert mich, dass wir überhaupt bis hierher gekommen sind. Irgendein Bulle hätte uns längst einkassieren müssen«, erklärte Blasius, und Pit gab ihm nickend recht.

»Es ist dennoch eine verdammte Schande …«, bekräftigte Pit und wollte mit Amira gerade aus dem Wagen aussteigen, um zu seinem alten Kleinwagen zu humpeln.

»Warte mal!«, unterbrach ihn Dörte. »Ich hab da eine Idee!«

Keiner der übrigen drei ahnte, was sie vorhatte. Dörte kramte ihr Mobiltelefon hervor und drückte die Tasten. Einige Momente herrschte völlig gespannte Stille im Innenraum des Mustangs.

»Hallo, mein Name ist Dörte Schmitzdorf. Gestern war ich auf ihrem Revier. Wäre zufällig einer der beiden Beamten gerade vor Ort und zu sprechen?«, sagte Dörte, und weder Pit und Amira noch Blasius konnten sich das Verhalten der jungen Frau erklären.

»Du warst bei den Bullen?«, flüsterte Blasius entsetzt.

Dörte hob ermahnend die Hand und konzentrierte sich weiter auf ihr Telefongespräch. »Der eine Beamte hieß Presser. Den Namen des anderen kenne ich leider nicht.«

Einer der Beamten vom gestrigen Tag hatte angeblich gerade Dienst und sollte mit ihr verbunden werden.

»Was hast du vor?« Blasius machte sich Sorgen, wagte es jedoch nicht, seine Stimme zu erheben.

›Um Gottes willen‹, dachte er, ›was tut sie da?‹

Dörte gab ihm keine Antwort und wartete ab. Sie hoffte nur, dass der kleinere, freundliche Polizist an den Apparat kommen würde. Jedoch hatte sie kein Glück.

»Ja?« Sofort erkannte Dörte seine überhebliche Stimmlage.

Dieser Mann hielt es mal wieder nicht für nötig, seinen Namen zu nennen.

»Hallo, Dörte Schmitzdorf hier. Können Sie sich an mich erinnern? Ich war gestern mit der Familie Mannhaupt bei Ihnen im Hause«, meinte Dörte.

»Klar, weiß ich wer da ist. Ich nehme an, der Bengel ist immer noch nicht bei Mama daheim?«

»Äh, nein, ist er nicht. Gibt es denn etwas Neues Ihrerseits?«, wollte Dörte vorsichtig und äußerst höflich wissen.

Der Beamte atmete tief und hörte sich genervt an: »Mädchen, es ist mitten in der Nacht. Gehen Sie ins Bett!«

»Gibt es etwas Neues oder nicht?«, hakte Blasius' Freundin plötzlich energisch nach.

›Mach keinen Fehler, Dörte‹, dachte Blasius skeptisch, aber in seinem Inneren glaubte er nicht an eine leichtsinnige Handlung seiner Freundin.

Blasius, Pit und Amira lauschten erwartungsvoll, konnten jedoch leider nur Dörtes Part des Dialoges vernehmen.

Pit tippte seinen Vordermann an: »Was tut sie da?«

Blasius zuckte verzweifelt mit den Schultern.

»Es gibt nichts. Okay?«, erwiderte der Polizist.

»Und der rote Mustang, haben Sie etwas über ihn herausfinden können? Ist der gestohlen, oder so was?«, fragte sie, und nun endlich begriffen alle, welchen Plan Dörte verfolgte.

»Hör zu, Mädchen! Ich weiß nicht, von was für einem Schlitten Ihr da geredet habt«, erklärte der Beamte besonders wütend, »aber es ist kein einziger roter Mustang in diesem ganzen beschissenen Land mit einem Offenbacher oder Frankfurter Kennzeichen als gestohlen gemeldet oder sonst irgendwie auffällig geworden.«

»Sicher nicht?«, drängelte Dörte.

»Ganz sicher!«, erhob der Mann seine Stimme. »Und jetzt schieb deinen entzückenden Arsch ins Bett, zu wem auch immer.«

Dörte erwiderte betont freundlich: »Vielen Dank, Sie glauben gar nicht, wie sehr Sie mir geholfen haben.«

Blasius blickte seine Freundin fragend an.

Sie lächelte in die Runde: »Was würdet ihr sagen, wenn wir den Wagen erst mal behalten könnten?«

Pit ahnte, welche Auskunft der Polizist weitergegeben haben musste und schleuderte spontan einen Freudenschrei heraus. Er rief: »Tritt aufs Gas, Blasi!«

»Was ist mit dem Polo?«, fragte Blasius.

»Vergiss die Schleuder, der ist höchstens zwei Riesen wert und sowieso nicht auf meinen Namen zugelassen. Tritt aufs Gas!«

Eine Sekunde später stieg Blasius auf das Gaspedal. Sie fuhren los. Keiner wusste wohin genau, außer der Fahrer.

»Du wolltest doch eine Eigenurintherapie beginnen«, sagte Dörte zu Pit.

»Nur wenn du mir die Kohle für die Bar gibst!«, grinste der Blonde mit dem Ziegenbart.

»Versprochen?«, wollte Dörte wissen.

»Joh«, Pit winkte ab, »vielleicht hilft es sogar gegen Epilepsie!« Sie lachten alle gemeinsam auf.

»Aber nicht vergessen: Mittelstrahl ist der beste Saft!«, fügte Dörte lachend hinzu, und Amira rümpfte dabei leicht die Nase.

»Sag mal, hast du nicht gehört, was meine Süße hier vorhin gesagt hat?«, fragte Pit, fast schon genervt. »Dazu brauchen wir mindestens 100, wenn nicht, dann sogar 200 Tausend Taler.«

Dörte lachte breit: »Na, dann machen wir das doch!«

Blasius legte die Stirn in Falten. ›Was will sie damit sagen?‹

»Wie, wir machen das? Was denn?«, fragte Pit, und Blasius fügte hinzu: »Schatz, was redest du denn?«

»Na, wir machen eine Bar auf«, erklärte Dörte.

»Wir haben aber nur 30«, betonte Pit.

Dörte sah Blasius an und sagte ironisch lächelnd: »Ach, ich hab da noch eine eiserne Reserve.«

»Eiserne Reserve?«, Pit dämmerte etwas.

Dörte blickte ihren Freund an. »Aber wir müssten vorher ein paar aktuelle Tageszeitungen für deinen Papa besorgen, denn die alten wird Barkley nicht mehr rausrücken wollen«, sagte die junge Frau plötzlich.

Pit rührte sich nicht. Er glaubte nicht, was er da hörte. Das konnte doch nicht sein.

›Dörte?‹, dachte Pit. ›Sie hat uns alle verarscht?‹

»Du hast die Kohle?«, rief er dann und griff Blasius von hinten an die Schulter, wodurch er ihn schüttelte. »Du hast die Kohle? Sydney hat mich gar nicht betrogen?« Als Dörte nickte, wurde es still in dem Wagen. Jeder realisierte, dass die junge Frau aus dem kleinen Idsteiner Vorort das Leben aller aufs Spiel gesetzt hatte. Pit schaute mit ernster Miene in den Rückspiegel, wo er Blasius' Augen fixierte. Blasius konnte es nicht glauben. ›Ist sie denn vollkommen verrückt geworden?‹

Blasius rang nach Worten. Er konnte aber nichts mehr sagen. So was hatte er nicht erwartet. Er blickte Pit im Spiegel des Wagens an.

›Ist er sauer?‹, fragte sich der Fahrer des Mustang unsicher, und auch die Frauen ahnten nicht, was in Pit nun vorging.

Dieses kleine Dorfmädchen hat uns alle an der Nase herumgeführt. Mich, ihren Freund und was das Schlimmste war: Barkley. Das hätte verdammt noch mal so richtig ins Auge gehen können, dann hätte keiner von uns nur einen Mucks mehr von sich gegeben. Nun ver-

stand ich auch, weswegen sie überhaupt in Frankfurt auftauchte. Sie wollte für ihren Fehler im Zweifel selbst geradestehen. Wir hätten alle tot sein können. Wie sollte ich mit dieser Situation umgehen? Dörte hatte viel riskiert. Natürlich ahnte sie nicht, welche Auswirkungen ihr Tun hätte haben können. Sie ergriff ihre Chance beim Schopfe, an diesen Batzen Geld zu kommen ...

Plötzlich schrie Pit lauthals: »Du hast die Kohle!«, und man merkte ihm die pure Freude an.

Er umarmte seine Amira und stieß wiederum erfreut aus: »Ja, sie hat die Kohle!« Immer wieder. »Sie hat die Kohle! Sie hat die Kohle!«

Alle vier lachten gemeinsam, und Blasius Mannhaupt musste sich konzentrieren, nicht vor lauter Übereifer in den Straßengraben zu fahren.

›Wenn ich uns jetzt totfahre, dann war alles umsonst!‹, dachte er belustigt, und er blickte in den Spiegel.

»Ich sag nur Mittelstrahl, Pit!«, warf Blasius spöttisch ein.

Der Mann, der der Kleinkriminalität neuerdings abschwor, antwortete: »Blasius, sei froh, dass ich nicht wusste, was deine Braut vorhatte. Hätte ich gewusst, dass alte Zeitungen in dem Koffer waren, ich hätte euch entweder umgebracht, oder ich wäre vor Angst gestorben.«

»Wo ist es?« fragte Blasius, und seine grinsende Freundin antwortete knapp: »Bei dir!«

»Bei mir?«, wiederholte der junge Mannhaupt ungläubig. ›Die ganze Zeit lag des Rätsels Lösung bei mir daheim?‹

Blasius fuhr den Mustang nach Heftrich. Er musste zum versteckten Geld. In seiner Etage im Haus der Eltern wartete das Bargeld. Dörte tauschte die Scheine im Koffer gegen die Zeitungen, als sie per Zufall zum

Haus der Mannhaupts kam, um Blasius einen kleinen Besuch abzustatten. Dieser war jedoch bereits auf dem Weg ins Idsteiner Krankenhaus. Der rote Mustang faszinierte die Frau. Und gerade, als sie sich den Wagen genauer ansah und im Kofferraum das Geld entdeckte, konnte sie nicht anders. Es war ihre Chance. Viel zu verlockend. Später deponierte sie das Geld in einem kleinen Plastiksack in den Räumen ihres Freundes, wo sie seine Nachricht fand.

Blasius dachte über die Begegnung mit seinen Eltern nach: ›Es ist mir egal, wie meine Eltern auf mein Erscheinen reagieren werden. Von dem Geld erzähle ich ihnen sicher nichts, und meinen neuen Lebenswandel werde ich mit mir alleine regeln. Nur mit mir alleine - und Dörte.‹

Er konnte sich nun mit seinen Freunden mehr als 700.000 Euro teilen. Das war das Risiko, das er anfänglich kaum erfassen konnte, kaum wert. Wie hätte der Dörfler allerdings ahnen können, was da in Frankfurt auf ihn wartete?

»Als ich diesen Koffer vor mir hatte«, erklärte Dörte, »und ich dieses Geld sah ... ich musste es nehmen. Es war so aufregend«, sagte sie auf dem Weg zu Blasius' Elternhaus.

»Ich kann das gut nachvollziehen, Kleines«, meinte Pit leise, und auch Blasius Mannhaupt stimmte dem innerlich zu: ›Auf ein solches Abenteuer hätte ich mich auch eingelassen.‹

Angekommen im Hof seiner Eltern handelten der junge Mannhaupt und Dörte ganz schnell. Er nahm sie bei der Hand und eilte ins Haus. Sie ignorierten zunächst seine Mutter, die auch in dieser Nacht kein Auge zugemacht hatte und den Mustang bereits in der Auffahrt bemerkte.

»Junge! Dörte!«, rief sie gedämpft, denn selbst jetzt wollte sie den Vater nicht aufwecken. »Wo wart ihr? Was ist los?«

Das Paar stieg die Treppe hinauf in die obere Etage.

Blasius sah Dörte fragend an, und natürlich wusste sie was er dachte: ›Wo ist das Geld?‹

Dörte griff hinter die Couch an der Wand und holte eine Tüte hervor.

»Es ist also tatsächlich wahr«, sagte Blasius leise, der es bis zu dieser Sekunde einfach nicht glauben konnte.

Er griff langsam nach dem Geld. Der Puls der beiden raste. Es wurde Realität. Sie hielten mehr Geld in Händen, als sie sich jemals erträumt hatten.

Sie sahen bereits einige Sekunden schweigend in den Kunststoffbeutel, als Blasius dann sagte: »Komm! Komm, wir gehen!«, und schon waren sie wieder auf dem Weg nach unten.

Da stand die Mutter im Hausflur und sah Blasius an. Sie konnte nichts sagen. Der Sohn gab Dörte ein kurzes Zeichen, dass er nachkommen würde. Mit der Tüte in der Hand verließ Dörte das Haus.

Blasius ging langsam auf seine Mutter zu. Diese Situation rührte den Mann enorm. Er wollte seine Mutter niemals leiden sehen. Der Sohn umarmte die Frau, die wieder zu weinen begann. Blasius kämpfte gegen seine Tränen. Es gelang ihm nur schwer.

Der junge Mann sagte: »Mama, mach dir keine Sorgen. Mir geht es gut. Ich bin erwachsen. Dörte ist bei mir. Ich werde mich melden!«

»Aber Junge …«, die Mutter wollte natürlich wissen, was passiert war.

»Mama, bitte, glaub mir, es ist alles in Ordnung. Auch wenn es für dich nicht so scheint.« Anschließend wandte er sich ab und verließ sein Elternhaus. Er blickte nicht zurück.

Blasius fuhr vom Hof. Als Dörte im Mustang das Geld präsentierte, warf auch Pit einen Blick darauf. Mit ihm gingen die Gefühle durch. Er jubilierte lauthals. »Verdammte Kacke, das glaubt uns kein Mensch!«

So glücklich hatte sich der Mann noch nie gefühlt. Ohne Geld hätte er sich auch eine schöne Zeit mit Amira machen können, aber so gestaltete sich der Start wesentlich angenehmer. Sein jubilieren ging fast in ein freudiges Schluchzen über – aber weinen wollte Pit jetzt ganz und gar nicht.

»Unsere erste Tochter nennen wir Dörte!«, sagte Pit plötzlich mit einem Augenzwinkern, und er bemerkte Amiras entsetzten Blick. »Aber nur mit Zweitnamen, denn der Name ist eigentlich viel zu …, naja, wie soll ich sagen …?«

»Sag ›hässlich‹, das passt am besten«, bestätigte Dörte und fragte: »Wie wäre es denn mit Joyce?«

»Um Gottes willen«, rief Pit lachend, »wir nennen sie weder Joyce noch Cindy, Dolly oder Gina. Wir wollen ihren Lebensweg ja nicht auf diese Weise vorprogrammieren.«

Dann wollte Blasius wissen: »Und wenn es ein Junge wird?«

Pit rümpfte die Nase und meinte scharfzüngig: »Blasius, sei mir bitte nicht böse, aber deinen Namen können wir dem Kleinen echt nicht antun.«

Ein vielverspechendes Leben konnte nun für die neuen Freunde beginnen.

Weitere Veröffentlichungen von Sascha Ehlert:

Korrekte Weltstorys, Alder!
Verlag M. Naumann – ISBN 978-3936622355

Weihnachde – Die Nerve lische blank
Verlag M. Naumann – ISBN 978-3936622492

Weihnachstress im Frankenland
Verlag M. Naumann – ISBN 978-3936622713

Merianstraße
Verlag M. Naumann – ISBN 978-3940168115

Weshalb es so toll ist ein Mann zu sein
Verlag Edition Nove – ISBN 978-3852516288

Disco-D@te
Verlag M. Naumann – ISBN 978-3940168399

Die Zahnindianer – Band 1
Titus-Verlag – ISBN 978-3942277020

Das kostenlose Verlagsprogramm schickt Ihnen gerne

TITUS
VERLAG

Bremenstraße 9
65191 Wiesbaden
Telefon 0611-7109703
Telefax 0611-7109703
E-Mail: info@titus-verlag.de
Internet: www.titus-verlag.de